語言文字叢書

中山市沙田族群的方音承傳及其民俗變遷

馮國強、何惠玲　著

目次

第一章
緒言

第一節　沙田話研究情況

關於中山沙田話研究，廣東省人民政府民族事務委員會〈陽江沿海及中山港口沙田疍民社會調查〉（1953年）看來是最早一篇。該次調查由廣東省民族事務委員會、中山大學社會學系部分師生、省屬民政廳、水產局等機關組成調查組，調查於一九五二年十二月十四日到一九五三年三月十四日止，最後寫成〈陽江沿海及中山港口沙田疍民社會調查〉、〈粵東疍民社會調查〉、〈粵北疍民社會調查〉，分別於一九五三年出版成三冊，內部刊行。〈陽江沿海及中山港口沙田疍民社會調查〉便是描寫了中山港口鄉（今已改成鎮）農業疍民的沙田話。[1] 最後這三冊由廣東省民族研究所合成起來，編成《廣東疍民社會調查》（廣州市：中山大學出版社，2001年）。鄭偉聰〈小欖話變調研究〉《第二屆國際粵方言研討會論文集》（1990）、蔡燕華《中山粵方言的地理語言學研究》（廣州市：暨南大學碩士論文，2006年）、何惠玲《中山粵閩客方言聲母比較研究》（天津市：天津師範大學碩士論文，2008年），這兩篇碩士論文都是涉及小欖沙田話。馮國強〈中山

1　廣東省民族研究所合成起來，編成《廣東疍民社會調查》（廣州市：中山大學出版社，2001年），頁57〈珠江三角洲中山縣沙田的疍民〉就是用上「農業疍民」來形容沙田人，「農業疍民」就是本書所稱的農舸（蜑）。他們的源頭是順德漁民，協助開墾香山沙田，當沙田形成耕地，他們便由漁民轉成上岸的半漁半農，跟著打後再轉成農民，所以沙田話在沙田區又稱作農民話、圍口話、沙話。

市橫欄四沙農蜑沙田話語音系特點〉《第二屆蜑民文化學術研討會論文集》（2014）、馮國強〈中山市橫欄鎮四沙貼邊沙田話的音系特點和同音字匯〉《南方語言學》（2015年12月）、高然〈中山人與中山方言〉《南方語言學》（2016年5月）。

　　鎮誌方面，描寫了沙田話的有《中山市小欖鎮誌》（1152-1979）（上冊）（2012年）、《中山市小欖鎮誌》（1980-2007）（下冊）（2012年）、《中山市坦洲鎮志》（2013年），坦洲是沙田地區，此誌書描寫了此鎮沙田話的水鄉蜑（舡）語，至於農蜑（舡）的沙田話未有觸及。

　　二○一四年，筆者在中山各鎮調查沙田話時，南頭、阜沙、板芙、三角、民眾、橫欄、港口、黃圃、東升各鎮鎮誌、宣傳辦、黨政辦、文體教育局、文聯、共青團委書記或鎮委主任先後邀請筆者幫助該鎮撰方言誌。橫欄鎮的沙田話更寫了同音字匯。至於何惠玲，也協助中山市全市各鎮調查方言，當中包括了沙田話，當中有些與筆者重疊的，二人也一起合作寫橫欄鎮方言誌。

第二節　沙田話研究意義和價值

　　把水上人稱作蛋、蜑或蜒，都是對漁民是一種侮辱和歧視，筆者在《珠三角水上族群的語言承傳和文化變遷》寫作「舡」，「舡」，不是漢字，是古壯（壯族人，源流是古越的後裔）方塊字，壯語是小船之意，壯音是 teŋ[42]，從舟，丁聲。[2] 所以 [teŋ^{22} ka^{55}]（艔家）或 [teŋ^{22} ka^{55}]（定家）實在是古越水上人對自己的水上族屬一種稱呼，

2　張元生（1931-1999）：〈壯族人民的文化遺產——方塊壯字〉《中國民族古文字研究》（北京市：中國社會科學出版社，1984年），頁509、頁513；張壽祺（1919-2003）《蛋家人》（香港：中華書局，1991年）之〈蛋家命名的原意〉，頁60-64也持此說。

　　沙田族群實際是疍族族群，他們本是魚疍，主要是珠江邊的沿海地方不斷成沙，不能再出海打魚，大部分便轉業替順德、南海、番禺等豪族在沿海地方一邊築堤圍墾一邊務農，豪強稱他們為農蛋。[4] 至於不想當農蛋的，或許部分沒有從事耕稼技術的魚疍，便離開家鄉，到各地繼續打魚維生，如跑到中山石岐、坦洲、神灣、板芙、南朗、黃圃、民眾、小欖、港口等灣頭打魚[5]，一些更來到香港定居和打魚。香港島石排灣旁的鴨脷洲，有一座洪聖古廟，廟內有一個古鐘，鐘文顯示此廟建於乾隆三十八年（1773年），鐘銘寫著是由「順德陳村罟棚」的水上族群所籌建。他們甚至改變「流刺作業」的捕魚方式，轉成「罟棚作業」。[6]

　　在過去，疍民依分工分成魚蜑、蠔蜑、木蜑之稱，[7] 後因珠江沿海成沙急速，被迫放棄打魚或養蠔，故於清一代方出現農疍一類疍人。

　　本書的寫作，是延續《珠三角水上族群的語言承傳和文化變遷》

2015年），頁19-21。「蜑」（疍）字，肇慶廠排人彭慧卿跟筆者說，肇慶西江流域、高要、羚羊峽一帶水路的人把蜑字說成「定」[ten^{22}]，讀音與壯語幾乎一致。

4　〔清〕龍廷槐（1749-1827）：〈擬照舊雇募守沙擬〉，《敬學軒文集》（〔清〕道光壬寅年[1842]鐫），收入《北京師範大學圖書館藏稀見清人別集叢刊》（桂林市：廣西師範大學出版社，2007年），卷12，頁4下：「邇年，農蛋十室九空，海利既並於豪強，魚蝦亦匯於網罟，止有耕種一途，藉支旦夕。有貲本者，尚可貰田力作，無貲本者，唯憑僱耕糊口。」

5　因此中山沙田話裡便構成一種農疍話和漁疍話，這些漁疍話說的就是海疍那種。

6　馮國強：《珠三角水上族群的語言承傳和文化變遷》（臺北市：萬卷樓圖書公司，2015年），頁9-10。

7　〔宋〕周去非（1163年進士）著：《嶺外代答》，《欽定四庫全書》（臺北市：迪志文化出版社有限公司，1999年文淵閣四庫全書電子版），史部十一，卷3，〈蜑蠻〉，頁7下。

　　〔明〕羅曰褧（1858年舉人）撰，余思黎點校：《咸賓錄》（北京市：中華書局，2000年），頁230。從宋代到明代，蜑民依舊分成魚蜑、蠔蜑、木蜑，未見有農蜑之稱。

的海舡、河舡的方音進行描寫，希望通過此書把沙田族群的農舡方音面貌更全面、深入的呈現。另一方面，也將語言和民俗文化加以聯繫，分析沙田族群的民俗變遷。

第三節　中山地理位置和沙田話的分佈

中山市位於廣東省中南部，珠江三角洲中部偏南的西、北江下游出海處。市境內總面積一千八百五十九平方公里，其中陸地面積為一千六百八十三平方公里，海域面積一百七十六平方公里。地處北緯22°11'-22°46'，東經113°09'-113°46'。北接番禺市和順德市，西部江門市區、新會市和斗門縣，東南連珠海市，並隔珠江口伶仃洋與深圳市和香港相望。

中山市平面形狀南北狹長，約六十六公里，東西短窄，約四十五公里。市境陸地總面積一千六百八十三平方公里，其中平原佔百分之六十八，是一個以平原為主的地區。

主要水道有雞鴉水道、小欖水道、橫門水道、黃沙水道、黃圃水道、石岐河、北台溪、大環河（小隱涌）。[8]

二〇一六年中山市下轄東區街道（原屬香山縣治）、南區街道（屬於昔日舊城區石岐的近郊）、西區街道（部分原屬香山縣治，後沙朗鎮併入西區）、石岐區街道（原中山舊城區）、火炬開發區街道[9]、五

8　中山市地方誌編纂委員會編：《中山市誌》（廣州市：廣東人民出版社，1997年），上冊，頁87-103。

9　中山火炬高技術產業開發區原屬張家邊區。宋咸淳年間開村時因村處海邊，且為張姓人首居於此，故名張家邊。一九八五年經省政府批准列入中山城區，稱為張家邊辦事處。一九九〇年三月分設為張家邊辦事處、中山港區辦事處及中山火炬高技術產業開發區，一九九三年三合為一，定名為中山港區。一九九五年改稱中山火炬高技術產業開發區，設立管理委員會，為市政府派出機構。

桂山街道、小欖鎮、古鎮鎮、南頭鎮、東鳳鎮、黃圃鎮、阜沙鎮、三
角鎮、民眾鎮（浪網鎮併入民眾鎮）、東升鎮（坦背鎮併入東升鎮）、
港口鎮、橫欄鎮、沙溪鎮、大涌鎮、板芙鎮、神灣鎮、南朗鎮（橫門
鎮併入南朗鎮）、三鄉鎮、坦洲共二十四個鎮區街道。

　　中山市常住總人口三百一十四點二三萬人（2010年人口普查），
通用語言為粵語和普通話，還有一小部分本地人講閩語或客家話。粵
語乃指石岐話、沙田話（順德話）、三角話（近莞城話）、古鎮話（近
新會話）。沙田話則分佈於小欖鎮、橫欄鎮、三角鎮、民眾鎮、阜沙
鎮、南頭鎮、東鳳鎮、板芙鎮、坦洲鎮、沙朗鎮（今稱西區街道）、
東升鎮、黃圃鎮、港口鎮。沙田話人口約六十萬七千人，佔中山粵語
區人口的百分之七十點四。[10] 以上鎮區的方言可分成水上腔和順德腔
兩種，以順德腔為主，水上腔只分布在海邊，當地人不加以區分，把
兩種腔合稱為沙田話片。

---

10 蔡燕華：《中山粵方言的地理語言學研究》（廣州市：暨南大學碩士論文，2006
　　年），頁10稱沙田話人口約一百二十七萬，佔全市總人口的百分之四十九。蔡燕華
　　所說沙田人口數字跟中山市地方誌編纂委員會編：《中山市誌》（廣州市：廣東人民
　　出版社，1997年），下冊，頁1375不同。今以《中山市誌》為準。

中山市沙田話分布圖

第四節　沙田圍墾和開墾者

何謂沙田？〔元〕王禎《王禎農書》云：「沙田，南方江淮間沙淤之田也，或濱大江，或峙中洲，四周蘆葦駢密以護堤岸；其地常潤澤，可保豐熟。」[11] 沙田就是從沙洲開發出來。屈大均稱：「粵之田，其瀕海者，或數年或數十年，輒有浮生。」[12]

中山沙田是由西海十八沙和東海十六沙合成的，從成沙期來說，西海十八沙成沙期較早。

西海十八沙與東海十六沙、位於珠江三角洲下游腹部，西江流域以東的小欖水道（東海）為界，以西為西海十八沙，以東為東海十六沙。兩大沙區，主要是由西江流域的沙泥沉積而成（包括西江，洪奇瀝，小欖水道，橫琴水道，流經的地方、八個入海口—洪奇瀝，橫門水道，磨刀門水道，泥灣門水道，雞啼門水道，崖門水道，虎跳門水道和虎門水道）

「西海十八沙」包括欖面沙，螺沙，高沙，流板沙，績麻沙，烏沙（前面屬於小欖鎮），石崗沙（橫欄鎮一、二、三沙）鹹角沙（在橫欄鎮四沙），白蠔沙(在橫欄鎮的五、六沙)、指南沙、拱北沙（在橫欄寶裕一帶）、橫欄沙（前面屬於橫欄鎮）、赤洲沙（今屬大涌鎮）、雞翼沙、太平沙、白鯉沙、庵沙、觀音沙（今屬東升鎮）等沙洲。[13]

---

11 〔元〕王禎（active 1333）：〈農器圖譜〉〈田制〉〈沙田〉，《王禎農書》（北京市：中華書局，1956年），卷11，頁147。

12 〔清〕屈大均（1630-1696）：〈地語〉〈沙田〉，《廣東新語》（〔清〕康熙三十九年〔1700〕序，出版者不明），卷2，頁25上。

13 佛山地區革命委員會《珠江三角洲農業誌》編寫組編：《珠江三角洲農業誌》（中國：出版地不詳，1976年），初稿（一），頁77。初稿寫於一九七六年，行政區以公社稱呼，今筆者改成鄉鎮，至於大隊改成村委會。以上村資料是分散的，今把村集

　　宋末、珠江三角洲的沙坦向有住民耕沙的特點，古鎮、小欖以南，有更多的沙田，而且濱海未經墾辟的荒地尚多。據元至明初，為地主豪紳所佔有的老沙田及新生沙坦祖嘗田。[14]

　　「東海十六沙」就是指大浪網、大坳沙，石軍、吳婆沙，鐘沙（以上今屬於黃圃鎮）、大南上、大南下、浮墟沙、牛角沙、北流、坡頭上、坡頭下（以上今屬於阜沙鎮）、白鯉、馬鞍、三角（以上今屬於三角鎮）、罟步沙（以上今屬於東鳳鎮）等十六條沙洲。[15]

　　中山北部的西海十八沙與新會東南部，其成沙和開發都比東海十六沙與番禺南部為早。估計明中葉之前，人們集中在西海十八沙和新會東南部的海坦進行圍墾；到明中葉之後，發展到東海十六沙和番禺南部一帶圍墾。[16]

　　中於所屬的鎮內。東海十六沙也是這樣子處理。西海十八沙和東海十六沙資料得到中山四沙貼邊人馮林潤先生審閱和重組村落鄉鎮資料。

14 佛山地區革命委員會《珠江三角洲農業誌》編寫組編：《珠江三角洲農業誌》（中國：出版地不詳，1976年），初稿（一），頁77。

15 佛山地區革命委員會《珠江三角洲農業誌》編寫組編：《珠江三角洲農業誌》（中國：出版地不詳，1976年），初稿（一），頁89。
　　《珠江三角洲農業誌》十六沙名稱應該是出自龍廷槐：〈擬照舊雇慕守沙擬〉，《敬學軒文集》（〔清〕道光壬寅年〔1842〕鑴），收入《北京師範大學圖書館藏稀見清人別集叢刊》（桂林市：廣西師範大學出版社，2007年），卷12，頁1上：「竊查香山縣東海，大浪網、大南上截、大南下截、波頭上截、波頭下截、石軍、浮墟、大坳、牛角、吳婆、中沙、白鯉、北流、罟步、三角、馬鞍等十六沙。」這是龍廷槐的說法，香山人說法見廣州香山公會編：〈香山東海沙名表〉，《東海十六沙紀實》（廣州市：廣州香山公會初印，1911年10月，藏於廣東省立中山圖書館特藏部），頁6分別列出是大坳沙、玻頭沙、中沙、牛角沙、罟步沙、浮墟沙、馬鞍沙、石軍沙（一名石沙）、吳婆沙、三江沙、白鯉沙、大南沙、鹹標沙、浪網沙、田基沙、海心沙。兩者相同共九個沙，就是大坳沙、大南沙、玻頭沙、罟步沙、浮墟沙、馬鞍沙、石軍沙、吳婆沙、白鯉沙。

16 佛山地區革命委員會《珠江三角洲農業誌》編寫組編：《珠江三角洲農業誌》（中國：出版地不詳，1976年），初稿（二），頁20。
　　黃永豪：《土地開發與地方社會　晚清珠江三角洲沙田研究》（香港：文化創造出版

　　關於沙田的發育形成，要經過魚遊、櫓迫、鶴立、草坲、圍田等幾個階段。[17]

一、魚游階段：水流出口門後，呈擴散狀下洩，因而在江外堆成心月形的沙灘；或平行海濱而形成水下泥堤，低潮時水深僅有二至三米。這種水深由於極適於魚群活動，故稱魚游階段。魚游階段的水下沙灘，為構成以後坦地的前身。

二、櫓迫階段：由於水下沙坦的不斷淤高，因而低潮時水深僅有一至一點五米，俗稱水坦。小船撐竿可觸及淤泥，但搖櫓已感困難，所以叫櫓迫階段。

三、鶴立階段：低潮時水深約零點二至零點三米，灘尾在低潮時可露出水面而成坦，但高潮時仍被淹沒，落潮時乾出，人們可蹬板滑行，俗稱白坦。由於白鶴可在沙坦上往往覓食，故又叫鶴立階段。

四、草坲階段：由於沙灘的淤淺，因而在海岸前緣的靜水或背風處，有秋茄、老鼠簕等植物群落生長，低潮時一般灘地均可露出水面，人工種植的鹹水草可迅速稠密生長，俗稱草坦，又叫草坲階段。

五、圍田階段：草坦一般再經二、三年後，隨著坦面的淤高，漸漸可經常露出水面，只是漲潮時仍然淹浸薄層潮水。土壤的潛水位亦逐漸降低，表層通氣條件日益改善，氧化脫鹽過程亦開始發展，此時便可動工拍圍，開墾利用，即成「沙田」。

社，2005年），頁10云：「東海十六沙約位於香山縣、順德縣和番禺縣交界的地方，約位於現今石岐以北、小欖以東和潭州以南的地區。大約在明末清初開始開發。」說法與《珠江三角洲農業誌》初稿（二）略有不同。

17 丘斌存：《廣東沙田》（曲江市：新建設出版社，1941年，藏於廣東中山圖書館特藏部），頁1稱沙田之形成分作四個階段，分別是水坦、草坦、熟田、沃壤。

　　從上面的過程可以看出，沙田的形成一是要有泥沙的淤積，此為先決條件，二是要靠人力的參與，如上述沙田發育形成五階段中，前三階段基本上是自然淤積起主要作用，後兩者就要人工的力量了，入工加速淤積成田。[18]

　　由於前三階段發育於自然階段，是很漫長的，民眾便通過築堤圍加速其發育完成前三個階段。至於築堤、落沙拍圍成田，主要是由熟悉水性的舡民來擔當這工作。這些工作是要出海工作，只有「視水如陸」的水上舡民方能習慣這種水面艱辛工作。[19]

　　兩宋國祚共三百一十九年，這三百多年間，築堤圍約十餘處，大小共二十八條，堤長度共達六萬六千〇二十四丈；元共築堤圍其十一處，內計堤圍有三十四條，長度共五萬〇五百二十六丈。有明一代（276年），珠江三角洲共築堤圍一百八十一條，總長度達兩百二十二萬〇三百九十九丈，比宋元兩代四百年總共築堤長度十一萬六千五百五十丈，還要多出十萬〇三千八百四十九丈，這就是說，明代兩百七十六年珠江三角洲的堤圍工程比宋元四百年多出近一倍。[20] 由此來看，明代的海堤圍墾進入了盛期。到了清代，清修築堤圍總數已超過兩百七十二條，比明代築堤數增加百分之五十以上。[21] 明清年代，珠江三角洲的人民通過圍墾過程加速沙田發育，就是在櫓迫階段便投石、種鹹水草等加速泥沙的積高，從而加快進入拍圍成田。拍圍成

---

18 佛山地區革命委員會：《珠江三角洲農業誌》編寫組編：《珠江三角洲農業誌》（中國：出版地不詳，1976年），初稿（一），頁123-124。

19 〔宋〕周去非著：《嶺外代答》，《欽定四庫全書》（臺北市：迪志文化出版公司，1999年文淵閣四庫全書電子版），史部十一，卷3，〈蜑蠻〉，頁7下：「以舟為室，視水如陸。」。

20 佛山地區革命委員會：《珠江三角洲農業誌》編寫組編：《珠江三角洲農業誌》（中國：出版地不詳，1976年），初稿（二），頁5、頁12、頁114。

21 佛山地區革命委員會：《珠江三角洲農業誌》編寫組編：《珠江三角洲農業誌》（中國：出版地不詳，1976年），初稿（二），頁41、頁114。

田，一般三年便可以。[22]

　　明萬曆二十年（1592年），順德人均畝數只有十三畝，可見順德人口太稠密，謀生不易，而同一年的香山人均可以耕作三十一點三畝，這是引發順德人大量遷到新開發沙田區香山的直接原因。[23]咸豐《順德縣誌》稱萬曆間「惟是順地狹民稠，惟香山環海……大小黃圃之沙坦彌多，順民告承接踵。」[24]這是解釋了中山沙田話何以接近順

22　〔清〕屈大均（1630-1696）：〈地語〉、〈沙田〉，《廣東新語》（〔清〕康熙三十九年〔1700〕序，出版者不明），卷2，頁26上表示一般沙坦在種草後，只需三年便可開墾成田。龍廷槐：〈與瑚中丞言粵東沙坦屯田利弊書〉，《敬學軒文集》（〔清〕道光壬寅年〔1842〕鐫），收入《北京師範大學圖書館藏稀見清人別集叢刊》（桂林市：廣西師範大學出版社，2007年），卷1，頁2上-頁3上云：「民之報墾者，每或數人，或十數人，以至數十人不等。報墾稅數，自數頃以至數十頃、百頃亦不等。皆視水勢之緩急、廣狹，以定其縱橫長短之數。議既定，則各出貲，以為衙門報領貼之費。准墾之後，俟其水勢漸淺，人力可施，又合貲雇工賃舟運石沉累海底，周圍數百丈，以至數千丈，不等。名曰石基。又名底基。石基既累，幸不為風浪沖刷之，數年或十數年，潦泥淤與基平，則又運石再累。至再至三，如是者又數年十數年，漸積漸高，於是潮退盡時而坦形可見。乃運高田有草之硬泥，四周築為大堤。中間間以小堤，縱橫棋布，又曰硬泥基。基既成，又幸不為風浪沖刷，閱數年潦泥複淤與基平，又再築。又積之數年十數年泥復與基平，則坦形互然出面矣，名曰水坦。水坦泥土如漿，踐之滅頂，乃用小艇載蘆荻散栽之（粵人名為朗）。數年後，荻茂根蟠，其土漸實，則去荻而種之以草。四周仍留荻以禦風濤，名曰草坦。計自累底基以後，有歲修、有小修，有守基之人、守獲守草之艇，防偷掘，亦以候風信。種草後數年，或十數年，坦益高，泥益實，乃相其高阜之處，試種稻之能耐鹹潮淹浸者，名為出水蓮（俗名蝦稻言如蝦之日在水中也）。由此漸開漸拓，遲之十數年，乃可種上稼而名之為田。」龍廷槐就是詳細描述了如何加速成田的過程，至於成田時間卻不是屈大均所言三年，龍廷槐卻誇大說成十數年。黃永豪稱龍廷槐如此說是保護其開墾利益，見黃永豪：《土地開發與地方社會——晚清珠江三角洲沙田研究》（香港：文化創造出版社，2005年），頁27。

23　馮江（1972-）：《祖先之翼——明清廣州府的開墾、聚族而居與宗族祠堂的衍變》（北京市：中國建築工業出版社，2010年），頁58-59明代廣州府田地概覽（表3-1）。

24　郭汝誠撰：〈輿地略〉〈風俗〉，《順德縣誌》（〔清〕咸豐癸丑〔1853〕刻，板藏公署），卷3，頁35下-頁36上。

德話，就是順德人為了生計而大量遷到香山。順德人遷來中山另一個
原因是沙田可稻可菱可漁，而且在未成為熟田之前，三年不向官府納
稅，成為熟田之後，納稅也較輕。[25] 順德人龍廷槐《敬學軒文集》卷
一〈與瑚中丞言粵東沙坦屯田利弊書〉云：「貧民、蛋戶皆藉耕佃工，
築之業以糊口，承墾息，則人皆失業。」[26] 這些移民，除順德貧民
外，大多數是順德蜑民。這些蜑民和失業遊民，因耕佃的需要而定居
下來，把沙田區發展成村成市，如《東海十六沙紀實》稱清中葉以後
「因農成村，因村成市。已成村場數十沙，已成墟市者十餘沙……均
摩肩接踵，攘往熙來。其村場也雲連櫛比，大有成都成邑之勢。」[27]
葉顯恩、林燊祿稱這些沙田，未發育成沙田時，根本是一片茫茫水
域，生活條件惡劣。要在此定居，一般人視為畏途。最初的「落沙
者」（定居者），主要是習慣水上生活的蜑民，後來一些被生活迫得走
投無路的單寒小姓，才不得不移居沙區。據道光《南海縣誌》記載：
「業戶固居鄉中大廈，即家人、佃戶亦不出鄉。其于田者，止為受雇
蜑戶、貧民、佃戶，計工給足米薪，駕船而往出入。飲食皆在船中，
無須廬舍。」可見始時無人居住，「因農成村」是條件有所改善之
後。在沙田區這種沿著堤圍搭寮而居的線狀聚落、是沒有宗族組織
的。在此居住的蜑民等為民田區和圍田區的大族所支配和役使。[28] 對
於蜑民來說，築堤耕佃，原非其業。然而，滄海桑田，生態發生了巨

25 陳澤泓（1947-）：《廣府文化》（廣州市：廣東人民出版社，2007年），頁142。

26 龍廷槐：〈與瑚中丞言粵東沙坦屯田利弊書〉，《敬學軒文集》（〔清〕道光壬寅年
〔1842〕鐫），收入《北京師範大學圖書館藏稀見清人別集叢刊》（桂林市：廣西師
範大學出版社，2007年），卷1，頁12上。

27 廣州香山公會編：〈沙所之村市〉，《東海十六沙紀實》（廣州市：廣州香山公會初
印，1911年，藏於廣東省立中山圖書館特藏部），頁16。

28 葉顯恩（1937-）、林燊祿：〈桑基魚塘生態農業與珠江三角洲近代風雲〉，《明清時期
珠江三角洲區域史研究》（廣州市：廣東人民出版社，2011年），頁200。

變。原是在順德前沿的寬闊的海域變成了沙坦，居住於珠江漏水灣上的蜑民生活天地日益縮小。圍圈工築沙田的興起，正為他們提供了生路；而且在水中的工種，最容易為他們所適應。因此，自明代起，蜑民被勢家大族役使圍築，耕佃沙田……可見沙田的蜑區的蜑戶已以工築耕佃為生活之源。隨著圍築沙田範圍的擴大，需要承擔工築耕佃的蜑戶，其數量也日巨。但是，如前所述，蜑民人口的蕃衍，從明至清末成倍地增加。[29] 除了葉顯恩、林燊祿認為這些築沙者、雇農是蜑民，蕭鳳霞、劉志偉也認為：「珠江三角洲地區沙田的佃戶雇工，一般都被視為蜑民。」[30] 通過四位學者看法，沙田的佃戶雇工，都是疍（蜑）民，便明白何以中山沙田話就是疍語，也明白何以中山沙田區人稱其語為順德話，或者說是一種粵語順德腔，卻不曾聽聞沙田話稱作南海話或番禺話。

清雍正七年（1729）下詔准許疍民上岸務農，於是疍民成為開發珠江三角洲沙田的重要勞動力。日人西川喜久子認為於蜑戶雖被雇於豪強，開發沙田，但他們又是耕作的農民，即是造沙所修工程是利用耕作農民的農閒時間進行的。[31]這些疍戶結墩塞水修工程的時間，屈大均指出農疍的造沙等工程是在「二月下旬，偕出沙田上結墩……至五月而畢，名曰田了，始相率還家……七八月時，耕者復往沙田塞水，或塞洪箔。」[32]

29 葉顯恩、林燊祿：〈明清珠江三角洲沙田開發與宗族制〉，《中國社會經濟史研究》（廈門市：廈門大學歷史研究所，1998年），第4期，頁62。

30 蕭鳳霞（1950-）、劉志偉：〈宗族、市場、盜寇與蜑民──明以後珠江三角洲的族群與社會〉，《中國社會經濟史研究》（廈門市：廈門大學歷史研究所，2004年），第3期，頁8。

31 〔日〕西川喜久子、翟意安（1978-）譯：〈清代珠江下游地區的沙田〉，《中山大學研究生學刊》（社會科學版）（廣州市：中山大學研究生院，2001年），第3期，頁25。

32 屈大均：〈地語〉〈沙田〉，《廣東新語》（〔清〕康熙三十九年〔1700〕序，出版者不明），卷2，頁23下。

　　於清一代，在香山的沙田田主，主要是順德人，《東海十六沙紀實》、《鳳城識小錄》、〈沙田志初稿〉便有記載。《東海十六沙紀實》稱順德擁有香山沙田十之三四。[33] 順德大良龍葆誠《鳳城識小錄》稱「十六沙大半係順人所享之業」，就是稱順德人擁有沙田一半以上。[34]〈沙田志初稿〉稱「（中山）縣轄沙田，除少數為外縣人管外（多為順德人，民初管理東十六沙十分之四業權），餘均屬諸邑人。」[35] 佔有如此多東海十六沙沙田，主要是順德大良龍氏、順德北門羅氏。[36]他們控制和經營東海十六沙是始於明末清初。[37] 龍氏族人及族產所擁有的沙田，有百分之九十四為東海十六沙沙田。[38] 咸、同（1831-1875）之間，順德龍元僖辦順德團練局，與順德羅氏、溫氏（與大良龍元僖是姻親關係）等大族共同爭奪東海十六沙的控制。[39] 由此可知，東海十六沙是由順德大良龍氏、大良北門羅氏、龍山溫氏所控制和擁有。龍氏《鳳城識小錄》稱其佔東海十六沙十之五，餘下不少部分便是由北門羅氏、龍山溫氏擁有，劉稚良〈沙田志初稿〉卻未說清

---

33 廣州香山公會編：〈護沙外之支銷〉，《東海十六沙紀實》（廣州市：廣州香山公會初印，1911年，藏於廣東省立中山圖書館特藏部），頁25。

34 龍葆誠撰：《鳳城識小錄》（出版地不詳，〔清〕光緒乙巳年〔1905〕順德龍氏攸園刊本，今藏於廣東中山圖書館之特藏部），卷下，頁12上。

35 劉稚良：〈沙田志初稿〉，《中山文獻》（中山市：中山縣文獻委員會編印，1947年），頁58。

36 黃永豪：《土地開發與地方社會　晚清珠江三角洲沙田研究》（香港：文化創造出版社，2005年），頁149。

37 黃永豪：〈大良龍氏與東海十六沙〉，《土地開發與地方社會　晚清珠江三角洲沙田研究》，（香港：文化創造出版社，2005年），頁10、頁87-121。

38 黃永豪：《土地開發與地方社會　晚清珠江三角洲沙田研究》（香港：文化創造出版社，2005年），頁90。

39 吳建新（1954-）：〈清代墾殖政策的兩難選擇──以珠江三角洲沙田的放墾與禁墾為例〉，《古今農業》（北京市：全國農業展覽館（中國農業博物館），2010年），第1期，頁94。

楚。這裡是可以解釋到中山人稱沙田區的農舡的沙田話為順德話，就是擁有大量東海十六沙業權的沙田業主役使開墾沙田和耕佃者，就是在順德當地找上舡民來工作。

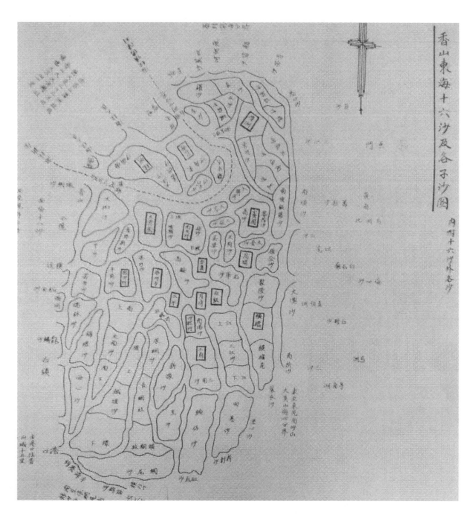

此圖取自廣州香山公會編：《東海十六沙紀實》
（廣州市：廣州香山公會初印，1911年，藏於廣東省立中山圖書館特藏部）

第五節　沙田地名特點

　　沙田成田之前，原是茫茫大海，經過宋元明清築堤圍墾方成沙田，故其地名有許多沙田特色。

一、以成沙先後命名：如：一沙、二沙、三沙、四沙、五埒、六圍等。

二、以沙洲形態命名：石鼓洲、大角嘴、大塔圍、金斗灣、金魚瀝、關刀塘等。

三、以出海口命名：如：橫門、涌口門等。

四、以拍圍成沙命名：如：新沙、新涌、新洲、新地、新塘等。

五、以沙圍的高低命名：如：高沙、低沙、坦洲、坦背等。

六、以面積大小命名：如沙仔、大滘、大涌、小欖、大欖等。[40]

<hr>

40　馮林潤（1935-2015）：《沙田拾趣》（北京市：中國文聯出版社，2001年），頁51-55。

第二章
中山沙田話方音特點

第一節　小欖鎮區、寶豐村沙田話音系特點

小欖鎮區沙田話音系特點

　　何惠玲（1982年），碩士，中山方言調查者，替中山市寫過不少鎮誌。居於小欖鎮區已三代，不知先輩從何處遷來。吳瑞芬（1955年），何惠玲的母親，因身體原因，不宜進行方言調查，但在旁提點許多寶貴意見。本文以何惠玲為主，吳瑞芬作輔助參考。

　　小欖是中山市北部經濟重鎮，區域商貿中心，是沙田區的最重要一個大鎮，故把小欖鎮置於首位。關於小欖各族始遷祖，除杜姓來自福建外，其餘何、李、麥、梁、劉、甘等諸姓均來自南雄、順德、新會、番禺、新寧（台山）等，少部分來自外省。《香山縣誌續編》記載的一百多個入欖各姓始遷祖，來自順德佔首位，比例近半數，因而受順話影響頗大。[1]

1　中山市小欖鎮地方誌編纂委員會編：《中山市小欖鎮誌》（1152-1979）（廣州市：廣東人民出版社，2012年），上冊，頁213。

1.1　聲韻調系統

聲母十九個，零聲母包括在內

p　補步品邊　　pʰ　普排編片　　m 模務文孟

　　　　　　　　　　　　　　　　　　　　　f 火貨飛扶

t　多店代敵　　tʰ　拖天臺圖　　　　　　l 羅李另泥

tʃ　借捉支竹　　tʃʰ　此初尺陳　　　　　ʃ 修所水甚

　　　　　　　　　　　　　　　　　　　　j　由因仁月

k　歌居件甲　　kʰ　驅級拒求　　ŋ 我顏牛外

kw 瓜貴鬼郡　　kwʰ 誇坤群規　　　　　　　　　w 和環汙旺

　　　　　　　　　　　　　　　　　h 可坑香田

ø　哀安丫握

1.2　韻母

韻母表（韻母五十七個，包括兩個鼻韻韻母）

主元音	單母音	複母音		鼻尾韻			塞尾韻		
a	巴沙也打	ai 大介椎拉	au 包爪郊效	am 探膽衫蠶	an 丹產慢思	aŋ 盲坑橙橫	ap 答蠟蛤匣	at 達殺刮髮	ak 或白客黑
(ɐ)		ɐi 絮米軌威	ɐu 偷勾流布	ɐm 感林深錦	ɐn 吞民困燈		ɐp 恰粒急泣	ɐt 轄乞佛突	
ε	姐車耶野		εu 飽隆傻刨茅	εm 減舔鹹暈	εn 邊間鰜鬳	εŋ 柄餅鏡頸	εp 盒夾招甲	εt 八刮挖滑	εk 雙尺笛吃
(e)		ei 碑四美尾				eŋ 冰明另等			ek 力水的拆
i	知耳示技		iu 標少橋腰	im 漸厭尖念	in 便然年先		ip 接攝貼協	it 別舌撮結	
ɔ	多果禾保	ɔi 台改哀外			ɔn 桿汗拔按	ɔŋ 忙汪望港		ɔt 割葛喝渴	ɔk 博角國撲
(o)				om 甘柑欱合		oŋ 東公中昔	op 盒合		ok 木毒竹局
u	姑戶足附		ui 杯媒回會		un 半貫碗門			ut 撮括閱沒	
œ	靴					œŋ 娘象央雙			œk 略路弱藥斈
(ə)			ey 徐妥銳帥		ən 鄰論循順			ət 律恤出述	
y	豬餘句士				yn 短川玄存			yt 奪說穴	

鼻韻　m̩ 唔　ŋ̩ 吾五午蜈

ɔ 實際是介於 ɔ 與 o 之間的音，ɔ 不能描寫成 o，鎮區話「馮」、「房」是不同音。

ui 的韻尾 i，在一般語速時，是難以分清是 ui 或 uy，但任慢唸時，這個韻尾很明顯是 y 不是 i，許多沙田話都有這種特點。

1.3 聲調

調類		調值	例字
陰平		55	丁開初三
陰上		35	古走短楚
陽平		42	陳床時唱
陽上		13	五有柱蟹
去		21	戶用共自
上	陰入	5	急出七曲
下		3	答百各刷
陽入		2	麥落宅俗

　　陰平調有55（蕉^{55}、呢個篩^{55}、訓練班^{55}）和53（招^{53}、篩^{53}一篩^{53}、一班^{53}人）兩個調值，正文一律標55。

　　古去聲清聲母派入陽平。陽平，是一個明顯降調，本文陽平以一個降調42來處理。

　　陽去是微降的21（實際是一個221的調值），本文以21來描寫陽去。

2 語音特點

2.1 聲母方面

2.1.1　無舌尖鼻音 n，古泥母、來母字今音聲母均讀作 l。

　　　古泥（娘）母字廣州話基本 n、l 不混，鎮區部分人卻是 n、l 相混，結果南藍不分，諾落不分。

	南（泥）		藍（來）		娘（泥）		良（來）
廣州	nam^{21}	≠	lam^{21}	廣州	$nœŋ^{21}$	≠	$lœŋ^{21}$
鎮區	lam^{42}	=	lam^{42}	鎮區	$lœŋ^{42}$	=	$lœŋ^{42}$

2.1.2　鎮區沙田人會把 t^h 讀成 h，這個特點，小欖鎮另一條村子寶
　　　　豐村是沒有出現的。

	同	甜	天	田
廣州話	$t^hoŋ^{21}$	t^him^{21}	t^hin^{55}	t^hin^{21}
鎮區	$hoŋ^{42}$	him^{42}	hin^{55}	hin^{42}

2.1.3　古遇攝合口一等字，在廣州話聲母一般讀作 雙唇舌根半母音
　　　　w-，但沙田話部分匣母、云母與遇攝合口一三等字相拼，讀作
　　　　齒唇擦音 f-。中山沙田人，主要從順德、南海遷來，所以其
　　　　沙田話便保留了順德、南海這個特點。[2]

	胡遇合一匣	互遇合一匣	戶遇合一匣	芋遇合三云
廣州	wu^{21}	wu^{22}	wu^{22}	wu^{22}
鎮區（老年人）	wu^{42} / fu^{42}	wu^{21} / fu^{21}	fu^{21} / wu^{21}	wu^{21} / fu^{21}
鎮區（年輕人）	wu^{42} / fu^{42}	wu^{21} / fu^{21}	fu^{21} / wu^{21}	wu^{21} / fu^{21}

2.1.4　鎮區沙田話某些字還保留重唇音。

	扶	浮	伏
廣州話	fu^{21}	$fɐu^{21}$	fok^2
鎮區	$p^hɐu^{42}$	$p^hɐu^{42}$	pok^2（口語）

2　詹伯慧（1931-）主編：《廣東粵方言概要》（廣州市：暨南大學出版社，2004年），
　　頁127。

2.2　韻母方面

2.2.1　古遇攝合口一等字在廣州話是讀作 ou，鎮區讀作 ɐu；古效攝
　　　　開口一等字的韻母在廣州話是讀作 ou，鎮區便唸作ɔ，這是南
　　　　海、順德的特點。[3] 小欖寶豐村也有這個特點。

	部遇合一並	鋪遇合一滂	墓遇合一明	吐遇合一透	蘇遇合一心
廣州	pou²²	pou³⁵	mou²²	tʰou³³	lou⁵⁵
鎮區	pɐu²¹	pɐu³⁵	mɐu²¹	tʰɐu⁴²	ʃɐu⁵⁵

	遭效開一精	保效開一幫	刀效開一端	好效開一曉
廣州	tʃou⁵⁵	pou³⁵	tou⁵⁵	hou³⁵
鎮區	tʃɔ⁵⁵	pɔ³⁵	tɔ⁵⁵	hɔ³⁵

2.2.2　古止攝開口三等字在廣州話韻母讀 ei，沙田話跟南海、順德
　　　　話一樣讀作 i，但沙田話只限於與 k　kʰ　h 相拼成則讀作
　　　　i，與其他聲母相拼時，依舊讀 ei。[4]

	肌止開三見	企止開三溪	喜止開三曉	希止開三溪
廣州	kei⁵⁵	kʰei³⁵	hei³⁵	hei⁵⁵
鎮區	ki⁵⁵	kʰi³⁵	hi³⁵	hi⁵⁵

2.2.3　古遇攝一等端組字、古遇攝三等見組、曉組字，廣州話讀
　　　　ɵy，鎮區話則讀 y。[5]

3　詹伯慧主編：《廣東粵方言概要》（廣州市：暨南大學出版社，2004年），頁129。
4　詹伯慧主編：《廣東粵方言概要》（廣州市：暨南大學出版社，2004年），頁130。
5　彭小川（1949-）：〈廣東南海（沙頭）方言音系〉，《方言》（北京市：商務印書館，
　　1990年2月），第1期，頁23。

	對週合一端	墟週合三溪	居週合三見	許週合三曉
廣州	tɵy³³	hɵy⁵⁵	kɵy⁵⁵	hɵy³⁵
鎮區	ty⁴²	hy⁵⁵	ky⁵⁵	hy³⁵

2.2.4 古止攝開口三等韻與精、莊兩組聲母相拼時，這些字在廣州話韻母是讀 i，鎮區沙田話讀作 y。這個特點跟順德一致的。[6]

	私（精組）	次（精組）	獅（莊組）	事（莊組）
廣州	ʃi⁵⁵	tʃʰi³³	ʃi⁵⁵	ʃi²²
鎮區	ʃy⁵⁵	tʃʰy⁴²	ʃy⁵⁵	ʃy²¹

2.2.5 咸攝開口一等見組、影組、曉組為主的字，廣州話陽聲韻讀 ɐm，入聲韻讀 ɐp，鎮區話前者讀 om，後者讀 op，這一類字並不多。這一點特點與順德、南海沙頭話相近。[7]

	柑咸開一見	甘咸開一見	盒咸開一匣	鴿咸開一見
廣州	kɐm⁵⁵	kɐm⁵⁵	hɐp²	kɐp³
鎮區	kom⁵⁵	kom⁵⁵	hop²	kop³

2.2.6 古效攝開口二等字，口語部分字讀音為 ɛu。[8]

甘於恩（1959-）：〈三水西南方言音系概述〉，《第二屆國際粵方言研討會論文集》（廣州市：暨南大學出版社，1990年），頁102。

6 詹伯慧主編：《廣東粵方言概要》（廣州市：暨南大學出版社，2004年），頁128-129。

7 彭小川：〈廣東南海（沙頭）方言音系〉，《方言》（北京市：商務印書館，1990年2月），第1期，頁23。

甘於恩：〈三水西南方言音系概述〉，《第二屆國際粵方言研討會論文集》（廣州市：暨南大學出版社，1990年），頁102。

8 彭小川：〈廣東南海（沙頭）方言音系〉，《方言》（北京市：商務印書館，1990年2月），第1期，頁23。

甘於恩、吳芳：〈廣東順德（陳村）話調查紀略〉，《粵語研究》（澳門：澳門粵方言

	爆效開二	刨效開二	飽效開二	貓效開二
廣州	pau^{33}	p^{h}au^{21}	pau^{35}	mau^{55}
鎮區	kɛu^{42}	p^{h}ɛu^{42}	pɛu^{35}	mɛu^{55}

2.2.7 古山攝開口二、四等，合口二等為主的白讀字讀作 ɛn ɛt。[9]

	間山開二	繭山開四	邊山開四	還山合二
廣州	kan^{55}	kan^{35}	pin^{55}	wan^{21}
鎮區	kɛn^{55}	kɛn^{35}	pɛn^{55}	wɛn^{42}

	八山開二	滑山合二	挖山合二	刮山合二
廣州	pat^3	wat^2	wat^3	kwat^3
鎮區	pɛt^3	wɛt^2	wɛt^3	kwɛt^3

2.2.8 古咸攝開口一、二等讀作 ɛm ɛp。[10]

學會，2007年12月），第2期，頁43。

甘於恩：〈三水西南方言音系概述〉，《第二屆國際粵方言研討會論文集》（廣州市：暨南大學出版社，1990年），頁102。

9 彭小川：〈廣東南海（沙頭）方言音系〉，《方言》（北京市：商務印書館，1990年2月），第1期，頁23。

甘於恩、吳芳：〈廣東順德（陳村）話調查紀略〉，《粵語研究》（澳門：澳門粵方言學會，2007年12月），第2期，頁43。

甘於恩：〈三水西南方言音系概述〉，《第二屆國際粵方言研討會論文集》（廣州市：暨南大學出版社，1990年），頁102。

10 彭小川：〈廣東南海（沙頭）方言音系〉，《方言》（北京市：商務印書館，1990年2月），第1期，頁23。

甘於恩、吳芳：〈廣東順德（陳村）話調查紀略〉，《粵語研究》（澳門：澳門粵方言學會，2007年12月），第2期，頁43。

甘於恩：〈三水西南方言音系概述〉，《第二屆國際粵方言研討會論文集》（廣州市：暨南大學出版社，1990年），頁102。

	減咸開二	喊咸開一	餡咸開二	斬咸開二
廣州	kam^{35}	ham^{33}	ham^{35}	tʃam^{35}
鎮區	kɛm^{35}	hɛm^{42}	hɛm^{35}	tʃɛm^{35}

	夾咸開二	甲咸開二	插咸開二	掐咸開二
廣州	kap^{3}	kap^{3}	tʃʰap^{3}	hap^{3}
鎮區	kɛp^{3}	kɛp^{3}	tʃʰɛp^{3}	hɛp^{3}

2.2.9　曾攝開口一、三等、梗攝開口二等、合口二等字 ɐŋ 唸作ɐn。

	朋曾開一	憑曾開三	亨梗開二	宏梗合二
廣州	pʰɐŋ^{21}	pʰɐŋ^{21}	hɐŋ^{55}	wɐŋ^{21}
鎮區	pʰɐn^{21}	pʰɐn^{21}	hɐn^{55}	wɐn^{21}

2.2.10　把 ɐk 唸作ak。

	黑	麥	北	測
廣州	hɐk^{5}	mɐk^{2}	pɐk^{5}	tʃʰɐk^{5}
鎮區	hak^{5}	mak^{2}	pak^{5}	tʃʰak^{5}

這個特點，不單是年輕人，老年人也是如此的。這個特點與小欖寶豐村有少許差異。寶豐村話裡，老人家不會把 ɐk 唸作ak，但年輕人卻是有這種變異之處。

2.3　聲調方面

聲調部分跟廣州話一樣，差異之處是古陰去歸入古陽平，陽平字唸作42；陽去22唸作21。

	爆	刨	部
廣州	pau^{33}	p^{h}au^{21}	pou^{22}
鎮區	kɛu^{42}	p^{h}ɛu^{42}	pɐu^{21}

小欖寶豐村沙田話音系特點

　　梁旺好（1951年），女，退休老師。自黃圃遷來到她已三代，再早從何遷來已不清楚。馮明枝（1983），男，本科學歷，能說滿口寶豐村話。兩位合作人先後接受調查，本文反映以老人為主。

　　當八百多年前南宋先民南下定居小欖時，位於全鎮最南端的「寶豐」還是一片汪洋。由於小欖是西江下游出海口之珠三角的一部分，歷經多次的海浸旋迴，滄海桑田，遂成陸洲。

　　寶豐，曾稱新豐，屬小欖鎮。清咸豐七年（1875年），張坤海從順德來此建圍館，稱寶豐。光緒十二年（1886年）成村落，建村至今近一百四十年。寶豐村開村時，只有五十餘戶、兩百來人。寶豐村名曾易名為新豐，因避鎮內同名故改為今名。寶豐村位於鎮政府駐地東南偏南七點五公里、中山市區西北十五公里處，面積一點九平方公里。東臨大洋洲河，南接東升鎮太平村，西接小欖鎮聯豐社區，北接盛豐社區，社區居委會駐地在原金龍村小組。

　　一九七七年從原埒東大隊分離出來成立寶豐生產大隊，一九八三年十一月稱鄉，一九八七年三月稱村，一九八九年二月設管理區，與村委會並存。一九八九年九月撤銷管理區，仍稱寶豐村民委員會。二〇〇四年十二月改制為寶豐社區居民委員會，轄天龍、新龍、金龍、橫河和桑枝圍等五個居民社區。

　　寶豐地形平坦，土地肥沃，水網交錯，屬典型的沙田水鄉風貌，有「魚米之鄉」稱號。全村原有直河、一河涌、二河涌、三河涌、四河涌、新龍涌、喃無涌、羊沙逕涌、大洋洲河等河涌，縱橫交錯，生產主要以水上運輸為主。一九八〇年，全大隊有水稻田六百七十七畝，魚塘三百一十三畝。一九九七年至二〇〇二年改種地氈草，面積

達八百多畝。

　　一九八○年，轄區人口一千四百六十八人。一九八七年，一千六百四十六人。二○○三年，戶籍人口兩千○八十七人。二○一三年，居民戶五百七十六戶，戶籍人口兩千三百四十六人，農業人口佔百分之九十八以上。社區共有姓氏六十九個，其中梁、馮、冼、霍、吳等姓氏人數居多。人口以漢族為主，少數民族有壯族、瑤族、滿族等。[11]

1.1　聲韻調系統

聲母十九個，零聲母包括在內

p	波步怖品	pʰ	頗爬編片	m 魔夢昧媽		
					f 火褲飛互	
t	多丁豆毒	tʰ	拖梯體挺	l 羅利另泥		
tʃ	姐爪舟竹	tʃʰ	且初尺陳		ʃ 修所世水	
					j 由音仁月	
k	哥幾共江	kʰ	驅級求強	ŋ 蛾顏偽外		
kw	瓜軌鬼國	kwʰ	誇困菌狂			w 和話蛙旺
					h 可恰許下	
ø	阿安丫矮					

<hr>

11 小欖寶豐村歷史由村書記梁添佳提供。

1.2　韻母

韻母表（韻母五十六個，包括兩個鼻韻韻母）

	單母音	複母音			鼻尾韻			塞尾韻		
		-i	-u	-y	-m	-n	-ŋ	-p	-t	-k
a	a 巴炸昨他話	ai 大戒街快	au 胞㧌歐巢		am 耽膽杉粟	an 丹山班彎	aŋ 棠坑棚橫	ap 答塔夾峽	at 達察刷發	ak 或白客隔
(e)		ɐi 祭堤軌揮	ɐu 某口否普		ɐm 林深譖感	ɐn 吞民婚文	ɐŋ 崩爭牲宏	ɐp 洽執入吸	ɐt 筆失突物	ɐk 北得則刻
ε	ε 姐者揩耶		ɛu 貓覺抄飽		ɛm 鹹餡減減	ɛn 病梗餅鄭		ɛp 夾甲鴿䁖	ɛt 攝雙㧬踢	
(e)		ei 彼四季尾					ɛŋ 冰京丁兄			ɛk 力亦擲斥
i	i 是自耻旗		iu 標招驕聊		im 漸劍尖念	in 便然天先		ip 聶頁貼協	it 別舌傑結	
ɔ	ɔ 多果未高	ɔi 台才呆內			ɔm 甘敢	ɔn 幹看汗安	ɔŋ 東公中唐	ɔp 盒鴿	ɔt 喝割葛渴	
(o)			ou 路姐醋凍							ok 木穀竹局
u	u 姑姐耻父	ui 杯培回會				un 般官碗盆			ut 撥沫活沒	
œ	œ 靴薔嫁						œŋ 娘相向香			œk 略咯藥腳
(e)				ey 纍絮鋭女		en 剷㩧句順			et 律血出𣶈	
y	y 豬知未舉					yn 聯川犬存			yt 脱劣越穴	
鼻韻	m 唔　　ŋ 吾五午梧									

1.3 聲調

調類		調值	例字
陰平		55	剛專初三
陰上		35	古紙比平
陽平		42	人文床正
陽上		13	五野柱舅
去		21	弟望助自
上	陰入	5	急出即曲
下		3	答接各割
陽入		2	岳入白服

古去聲清聲母是派入陽平，陽平是42。

陽去方面是21。

陽入是一個平調的2。

2 語音特點

2.1 聲母方面

2.1.1 無舌尖鼻音 n，古泥母、來母字今音聲母均讀作 l。

古泥（娘）母字廣州話基本 n、l 不混，寶豐沙田話把 n、l 相混，結果南藍不分，諾落不分。

	南（泥）		藍（來）		娘（泥）		良（來）
廣州	nam^{21}	≠	lam^{21}	廣州	$nœŋ^{21}$	≠	$lœŋ^{21}$
寶豐村	lam^{42}	=	lam^{42}	寶豐村	$lœŋ^{42}$	=	$lœŋ^{42}$

2.1.2　古遇攝合口一等字，在廣州話聲母一般讀作 雙唇舌根半母音
　　　　w-，但沙田話部分匣母、云母與遇攝合口一三等字相拼，讀作
　　　　齒唇擦音 f-。中山沙田人，主要從順德、南海遷來，所以其
　　　　沙田話便保留了順德、南海這個特點。

	湖遇合一匣	護遇合一匣	戶遇合一匣	芋遇合三云
廣州	wu^{21}	wu^{22}	wu^{22}	wu^{22}
寶豐村	fu^{42}	fu^{21}	fu^{21}	fu^{21}

2.2　韻母方面

2.2.1　沙田話舌面前圓唇半開母音 œ 為主要母音一系列韻母很豐
　　　　富，有 œ、œŋ、œk、ɵn、ɵt、ɵy 之外，ɔŋ、ɔk 與部分 ɔ
　　　　也讀作 œŋ、œk、œ。

	蕾蟹合一	雷蟹合一	隊蟹合一
廣州	lɵy^{21}	lɵy^{21}	tɵy^{22}
寶豐村	lœ^{55}	lœ^{42}	tœ^{21}

　　　　部分古宕開一、宕開三、宕合一、宕合三、江開二、梗開二、梗
合一、梗合二、曾合一、通合一 ɔŋ、ɔk 韻母讀作 œŋ、œk。這個
特點，鎮區是沒有出現的。

	藏宕開一	崗宕開一	巷江開二	弸梗開二
廣州	tʃɔŋ^{22}	kɔŋ^{55}	hɔŋ^{22}	pʰɔŋ^{13}
寶豐村	tʃœŋ^{21}	kœŋ^{55}	hœŋ^{21}	pʰœŋ^{13}

	莫宕開一	藿宕合一	確江開二	國曾合一
廣州	mɔk^{2}	fɔk^{3}	kʰɔk^{2}	kwɔk^{3}
寶豐村	mœk^{2}	fœk^{3}	kʰœk^{2}	kœk^{3}

　　寶豐村年輕人代表馮明枝舉凡山開一 ɔn、ɔt 唸作œŋ、œk，梁
旺好則只有岸、汗字唸作ŋœŋ²¹˙hœŋ²¹，這個現象在十三個沙田話
裡，是唯一小欖寶豐村有這個特點。這個特點，鎮區是沒有出現的。

	肝山開一	看山開一	割山開一	喝山開一
廣州	kɔn⁵⁵	hɔn³³	kɔt³	hɔt³
寶豐村	kœŋ⁵⁵	hœŋ³³	kœk³	hœk³

2.2.2　古遇攝合口一等字在廣州話是讀作 ou，寶豐村於幫組、端
　　　　組、泥組字裡讀作 ɐu；古效攝開口一等字的韻母在廣州話是
　　　　讀作 ou，寶豐村於精組、曉組、見組便唸作ɔ，這是跟南海、
　　　　順德的特點；[12] 古遇攝合口一等字與古效攝開口一等字與其餘
　　　　各組聲母相拼便唸作ou。[13]

	部遇合一並	鋪遇合一滂	慕遇合一明	吐遇合一透	盧遇合一來
廣州	pou²²	pou³⁵	mou²²	tʰou³³	lou²¹
寶豐村	pɐu²¹	pɐu³⁵	mɐu²¹	tʰɐu⁴²	lɐu⁴²

	遭效開一精	騷效開一心	見效開一見	好效開一曉
廣州	tʃou⁵⁵	ʃou⁵⁵	kou⁵⁵	hou³⁵
寶豐村	tʃɔ⁵⁵	ʃɔ⁵⁵	kɔ⁵⁵	hɔ³⁵

　　年輕人方面，舉凡是幫、端、曉三組字便唸作ɔ，其他便唸作
ou。至於與泥組相拼時字還會唸作ɐu。

---

12 詹伯慧主編：《廣東粵方言概要》（廣州市：暨南大學出版社，2004年），頁129。
13 這個特點，不見於鄭偉聰：〈小欖話變調現象初探〉，《第二屆國際粵方言研討會論
　　文集》（廣州市：暨南大學出版社，1990年），頁93-100；也不見於蔡燕華《中山粵
　　方言的地理語言學研究》（廣州市：暨南大學碩士論文，2006年）。

2.2.3　古止攝開口三等字在廣州話韻母讀 ei，沙田話跟南海、順德話一樣讀作 i，但沙田話只限於與見組 k　kʰ　h 相拼成則讀作 i，與其他聲母相拼時，依舊讀 ei。[14]

	紀止開三見	期止開三群	忌止開三群	汽止開三溪
廣州	kei³⁵	kʰei²¹	kei²²	hei³³
寶豐村	ki³⁵	kʰi⁴²	ki²¹	hi⁴²

2.2.4　古遇攝三等見組、曉組，廣州話讀 ɵy，寶豐村話則讀 y。[15]

	舉遇合三見	墟遇合三溪	據遇合三見	許遇合三曉
廣州	kɵy³⁵	hɵy⁵⁵	kɵy³³	hɵy³⁵
寶豐村	ky³⁵	hy⁵⁵	ky⁴²	hy³⁵

2.2.5　咸攝開口一等見組、影組、曉組為主的字，廣州話陽聲韻讀 ɐm，入聲韻讀 ɐp，沙田話前者讀 om，後者讀 op，這一類字並不多。這一點特點與順德、南海沙頭話相近。[16]

	柑咸開一見	甘咸開一見	盒咸開一匣	鴿咸開一見
廣州	kɐm⁵⁵	kɐm⁵⁵	hɐp²	kɐp³
寶豐村	kom⁵⁵	kom⁵⁵	hop²	kop³

14 詹伯慧主編：《廣東粵方言概要》（廣州市：暨南大學出版社，2004年），頁130。

15 彭小川：〈廣東南海（沙頭）方言音系〉，《方言》（北京市：商務印書館，1990年2月），第1期，頁23。

　甘於恩：〈三水西南方言音系概述〉，《第二屆國際粵方言研討會論文集》（廣州市：暨南大學出版社，1990年），頁102。

　彭小川：〈廣東南海（沙頭）方言音系〉，《方言》（北京市：商務印書館，1990年2月），第1期，頁23。

　甘於恩：〈三水西南方言音系概述〉，《第二屆國際粵方言研討會論文集》（廣州市：暨南大學出版社，1990年），頁102。

2.2.6 古效攝開口二等字，口語部分字讀音為 ɛu。[17]

	覺效開二	抄效開二	膠效開二	貓效開二
廣州	kau³³	tʃʰau⁵⁵	kau⁵⁵	mau⁵⁵
寶豐村	kɛu⁴²	tʃʰɛu⁵⁵	kɛu⁵⁵	mɛu⁵⁵

2.2.7 古山攝開口二、四等，合口二等為主的白讀字讀作 ɛn ɛt。[18]

	關山合二	慣山開二	邊山開四	山山開二
廣州	kwan⁵⁵	kan⁵⁵	pin⁵⁵	ʃan⁵⁵
寶豐村	kwɛn⁵⁵	pɛn⁵⁵	pɛn⁵⁵	ʃɛn⁵⁵（拜山）

	八山開二	拔山開二	滑山合二	刮山合二
廣州	pat³	pɛt²	wat²	kwat³
寶豐村	pɛt³	pɛt²	wɛt²	kwɛt³

2.2.8 古咸攝開口一、二等讀作 ɛm ɛp。[19]

---

17 彭小川：〈廣東南海（沙頭）方言音系〉，《方言》（北京市：商務印書館，1990年2月），第1期，頁23。
　甘於恩、吳芳：〈廣東順德（陳村）話調查紀略〉，《粵語研究》（澳門：澳門粵方言學會，2007年12月），第2期，頁43。
　甘於恩：〈三水西南方言音系概述〉，《第二屆國際粵方言研討會論文集》（廣州市：暨南大學出版社，1990年），頁102。

18 彭小川：〈廣東南海（沙頭）方言音系〉，《方言》（北京市：商務印書館，1990年2月），第1期，頁23。
　甘於恩、吳芳：〈廣東順德（陳村）話調查紀略〉，《粵語研究》（澳門：澳門粵方言學會，2007年12月），第2期，頁43。
　甘於恩：〈三水西南方言音系概述〉，《第二屆國際粵方言研討會論文集》（廣州市：暨南大學出版社，1990年），頁102。

19 彭小川：〈廣東南海（沙頭）方言音系〉，《方言》（北京市：商務印書館，1990年2月），第1期，頁23。

	減成開二	含成開一	餡成開二	鹹成開二
廣州	kam³⁵	hɐm²¹	ham³⁵	ham²¹
寶豐村	kɛm³⁵	hɛm⁴²	hɛm³⁵	hɛm⁴²

	夾成開二	甲成開二	蛤成開一	鴿成開一
廣州	kap³	kap³	kɐp³	kɐp³
寶豐村	kɛp³	kɛp³	kɛp³	kɛp³（也讀作 kop³）

2.2.9　舉凡梗開三 ɛŋ、ɛk，唸作ɛn、ɛt。這個特點，鎮區是沒有出現的。

	病梗開三	鄭梗開三	尺梗開三	吃梗開三
廣州	pɛŋ²²	tʃɛŋ²²	tʃʰɛk³	hɛk³
寶豐村	pɛn²¹	tʃɛn²¹	tʃʰɛt³	hɛt³

　　年輕人於曾攝開口一、三等、梗攝開口二等、合口二等字 ɐŋ 唸作ɐn。入聲 ɐk 唸作成 ak，這個特點與鎮區年輕人一致。

	朋曾開一	憑曾開三	亨梗開二	宏梗合二
廣州	pʰɐŋ²¹	pʰɐŋ²¹	hɐŋ⁵⁵	wɐŋ²¹
寶豐村	pʰɐn²¹	pʰɐn²¹	hɐn⁵⁵	wɐn²¹

	北曾開一	得曾開一	側曾開三	麥梗開二
廣州	pɐk⁵	tɐk⁵	tʃɐk⁵	mɐk²
寶豐村	pak⁵	tak⁵	tʃak⁵	mak²

甘於恩、吳芳：〈廣東順德（陳村）話調查紀略〉，《粵語研究》（澳門：澳門粵方言學會，2007年12月），第2期，頁43。

甘於恩：〈三水西南方言音系概述〉，《第二屆國際粵方言研討會論文集》（廣州市：暨南大學出版社，1990年），頁102。

2.3 聲調方面

聲調部分跟廣州話一樣，變調也一致的。差異之處是古陰去歸入古陽平，陽平字唸作42；陽去22唸作21。

	汽	含	藏
廣州	hei^{33}	hɛm^{21}	tʃɔŋ^{22}
寶豐村	hi^{42}	hɛm^{42}	tʃœŋ^{21}

第二節　橫欄鎮四沙沙田話音系特點

本文調查合作人是馮林潤（1935-2015年12月31日），知其遠祖已居於四沙貼邊九隊，來了多久，卻不清楚，只知是是從順德陳村遷來，退休幹部，本文以馮林潤為主要合作人，其餘作參考之用。黃勝養（1944年），貼邊八隊人，只知祖父已是貼邊人，從祖父到他最少在貼邊最少也有三代；不知道從何遷來；程勒勝（1936年），貼邊人，先輩從中山小欖遷來；馮錦章（1930年），四沙貼邊人，先輩從三角遷來已三代；黃榮標（1953年），貼邊人，先輩在貼邊到他最少有六傳；馬坤聯（1933年），貼邊人，祖父從中山東鳳同安村遷來數代，不知道從何遷來；梁桂勝（1956年），貼邊七隊，關於先輩從何遷來，有數說，一說從東莞遷來，一說從順德陳村弼滘遷來，一說從南海石灣遷來，一說是從番禺海傍遷來，有祠堂，從始遷祖到他是二十九傳人，一時稱從始遷祖到他不知道是多少傳，這是水上人遷上岸後仿效陸上人做祠堂和族譜出現普遍混亂現象，其族譜反映是從不同的梁氏族譜抄來的。

橫欄位於珠江三角洲南部，西江出海口東岸，距中山市城區十三公里，總面積七十六平方公里，轄十個村民委員會和一個居民委員

會，戶籍人口五點七六萬（六普），一九八六年正式稱鎮。橫欄一名，源於古代香山西海十八沙中的橫欄沙。南宋年間香山西北部沖積平原形成過程中，首先出現一個個的沙丘。這些沙丘逐步擴大後，被稱作沙。在現在橫東村的一帶的一個沙丘形成後，形狀像橫放於海中的木欄，因而這個地方便稱作為「橫欄沙」。之後，西海十八沙不繼開墾擴大，形成今天橫欄地域的石崗沙、畎角沙、指南沙、拱北沙、白蠔沙、橫欄沙、雞翼沙、赤洲沙，逐步有人進入築圍墾耕或漁獵謀生。[20]

　　橫欄鎮四沙鄉，位於珠江三角洲西部，西江下游右邊。是較早形成的沖積平原，在宋代（960-1279年）已築有四沙小圍，即位於中山古鎮之南，貼邊（村）附近[21]，馮林潤認為就是現在的三頃六圍。[22]到了明代（1368-1644年）已築白濠沙等小圍，即在四沙以外再築起一、二、三、五、六沙[23]，這一帶是比較典型的農蜑聚居地之一。當時的漁民最早上岸居住的是在貼邊三頃六圍北部的「荷包督」（現在貼邊八隊，當時是地勢較高的地方）。當時珠三角的漁民大規模的遷人應是明清時期，在荷包督附近建有梁家祠及黃家祠，以後陸續有吳、馮、陳、李等姓遷入到新茂、畎角、穗隆、永豐等圍（地），逐

20 趙龍明（1967-）等編：《橫欄印記》（廣州市：羊城晚報出版社，2016年），頁2。

21 珠江三角洲農業志編寫組：《珠江三角洲農業志：堤圍和圍墾發展史》（初稿）（廣州市：佛山地區革命委員會《珠江三角洲農業志》編寫組，1976年），頁11。
　《廣東省中山市地名誌》編纂委員會編：《廣東省中山市地名誌》（廣州市：廣東科技出版社，1989年），頁206：貼邊，在橫欄鎮政府北偏西五點三公里處，貼邊有四千七百三十二人。南宋寶祐年間（1253-1258），順德陳村人梁文坤遷此，接著有黃、梁、吳、馮等姓人遷來，並建有四沙小圍。因明初在小欖高沙設屯田點，村與屯軍毗鄰，故名貼邊。

22 馮林潤：《中山市橫欄鎮四沙簡介》（未發表），頁1。

23 珠江三角洲農業志編寫組：《珠江三角洲農業志：堤圍和圍墾發展史》（初稿）（廣州市：佛山地區革命委員會《珠江三角洲農業志》編寫組，1976年），頁33。

漸形成了一個品字形的長條型的四沙鄉。由於早築圍，又是早開村，範圍又比較大，故此後來附近的鄉村都稱四沙是沙㘷。[24] 在明代，四沙已分別築有屢豐、茂生、樂穗、合生、德隆、四有、㘷角、裕祥、永豐等三十多個小圍。[25]

　　中山沙田話的居民主要來從自順德、番禺、南海等縣遷來，他們當年來到中山，還是水上族群，來中山的目的，主要是來協助圍墾沙田，後來不少這些水上族群棄船上岸，改捕魚為半漁半農，打後，再積沙成整片陸地，方完全進行農耕，定居於陸地，當地人稱這種方言為沙田話。現在的大沙田人與水上人方言也屬於沙田話，但兩者也有區別。[26] 主要沙田人於明清時期已遷來，來了一段很長時間。

24　馮林潤：《中山市橫欄鎮四沙簡介》（未發表），頁2。
25　馮林潤：《中山市橫欄鎮四沙簡介》（未發表），頁3。
26　蔡燕華：《中山粵方言的地理語言學研究》（廣州市：暨南大學碩士論文，2006年），頁10稱水上話與沙田話無大區別。
　　中山橫欄四沙馮林潤協助筆者進行沙田話調查時，他很強調自己是沙田人，沙田人也是漁民之後人，因此特別強調沙田話就是蜑家話。筆者從兩者的音系特點角度來看，還是有區別。

1.1　聲韻調系統

聲母十九個，零聲母包括在內

p	菠薄怖邊	pʰ	普排鄙批	m	模無文麥		
						f	灰苦黃湖
t	多低豆狄	tʰ	拖天投填			l	羅李歷你
tʃ	借爭證竹	tʃʰ	秋闖尺船			ʃ	私色水臣
						j	耶因仍逆
k	古己共江	kʰ	驅級求劇	ŋ	蛾顏銀外		
kw	刮均季郡	kwʰ	垮困菌規			w	和環汙韻
						h	可客丸藥
ø	哀安握鴉						

1.2 韻母

韻母表（韻母五十八個，包括兩個鼻韻韻母）

單母音	複母音		鼻尾韻			塞尾韻		
a 巴沙下炸	ai 大界佳快	au 包炒搞校	am 男三站餡	an 丹盼狼彈	aŋ 盲坑棚橫	ap 答臘插鴨	at 達察刮發	ak 或白客革
(ɐ)	ɐi 世米勤揮	ɐu 某狗流溜	ɐm 臨林金岑	ɐn 吞民困訓	ɐŋ 朋更粳甕	ɐp 恰立入泣	ɐt 畢失悠勿	ɐk 北得則黑
ɛ 姐車射野		ɛu 抄包餃交	ɛm 減含鹹鹼	ɛn 邊鞭眼閒	ɛŋ 病頸餅鏡	ɛp 合盒夾甲	ɛt 八滑刮	ɛk 隻尺踢吃
(e)	ei 皮璃鼻美				eŋ 冰明另泳			ek 力亦的析
i 見示規旗	iu 表少橋條		im 沾劍尖念	in 便然田先		ip 業怯貼協	it 別舌熱結	
(ɐ) 多果和草	ɔi 台在菜內	ou 佈土數母	om 含庵甘暗	on 肝竿汗滿			ot 割喝渴撥	
(ɔ)					oŋ 東公中客	op 合盒甘讀		ok 木屋目束
u 姑夫扶父	ui 杯梅回會			un 般官換門			ut 掇括闊沒	
œ 靴薔穡壞					œŋ 秧昌相方			œk 著略約落
(ə)	ɵy 女趣歲淚			en 鄉論旬順			et 佛术出述	
y 豬魚舉資				yn 短全縣存			yt 脫劣月血	
鼻韻			m̩ 唔　　ŋ̩ 吾五梧午					

1.3 聲調九個

調類		調值	例字
陰平		55（53）	衫巾蚊蕉（剛丁初三）
陰上		35	古紙口手
陰去		32	蓋正襯試
陽平		42	人麻陳平
陽上		13	五野倍舅
上	陰入	5	急一即曲
下		3	答說鐵割
陽入		2	局白合服

　　陰平調有55（衫[55]、蕉[55]、呢個篩[55]、訓練班[55]）和53（三[53]、招[53]、篩[53]一篩[53]、一班[53]人）兩個調值，正文一律標55。

　　陽平，貼邊從陳村遷來的村民（如馮林潤），部分人會說成33（順德陳村話的陽平就是33）或微降的332（因此很接近33之故，以33來描寫也行），不是來自陳村的貼邊村民便說成一個明顯降調。本文陽平以一個降調42來處理。

　　陰去，用三個數字表示是332，如用兩個數字表示，33和32都可以。本文最後決定以一個微降32來處理。

　　陽去方面，澳門中國語文學會會員鄭偉聰於八〇年代末調查沙田話，把陽去處理成22，筆者也認為可以以22來描寫（只要說明實際上略有下降，似21調便行），但部分人在某些陽去字卻是讀成微降的21（實際是一個221的調值）。最後以21來描寫陽去。

　　陽入是一個平調的2，不是一個31或21降調。

2 語音特點

2.1 聲母方面

2.1.1 無舌尖鼻音 n，古泥母、來母字今音聲母均讀作 l。

古泥（娘）母字廣州話基本 n、l 不混，四沙沙田話把 n、l 相混，結果南藍不分，諾落不分。四沙 n、l 相混，結果女呂不分，諾落不分。

	南（泥）		藍（來）		娘（泥）		良（來）
廣州	nam^{21}	≠	lam^{21}	廣州	$nœŋ^{21}$	≠	$lœŋ^{21}$
四沙	lam^{42}	=	lam^{42}	四沙	$lœŋ^{42}$	=	$lœŋ^{42}$

2.1.2 kw k不分和kw' k'不分。

唇化音聲母 kw kw' 與 ɔ 系韻母相拼，消失圓唇 w，讀成 k k'。

戈 = 哥 $kɔ^{53}$ 國 = 角 $kœk^3$

礦 = 抗 $k'œŋ^{33}$ 廓 = 確 $k'œk^3$

2.1.3 古遇攝合口一等字，在廣州話聲母一般讀作 雙唇舌根半母音 w-，但沙田話部分匣母、云母與遇攝合口一三等字相拼，讀作齒唇擦音 f-。中山沙田人，主要從順德、南海遷來，所以其沙田話便保留了順德、南海這個特點。[27]

	胡遇合一匣	互遇合一匣	戶遇合一匣	芋遇合三云
廣州	wu^{21}	wu^{22}	wu^{22}	wu^{22}
四沙	fu^{42}	fu^{21}	fu^{21}	fu^{21}

---

27 詹伯慧主編：《廣東粵方言概要》（廣州市：暨南大學出版社，2004年），頁127。

2.1.4　四沙話部分匣母合口讀為 f，這一特點可以見於番禺市橋和順德大良。[28]

	黃(宕合一匣)	簧(宕合一匣)	蝗(宕合一匣)	鑊(宕合一匣)
廣州	wɔŋ²¹	wɔŋ²¹	wɔŋ²¹	wɔk²
四沙	fœŋ⁴²	fœŋ⁴²	fœŋ⁴²	fœk²

2.1.5　部分古全濁聲母船、射讀為 tʃʰ，與廣府話讀 ʃ 不同。[29]

	船 (船)	射 (船)
廣州	ʃyn²¹	ʃɛ²²
四沙	ʃyn⁴²；tʃʰyn⁴²（主）	tʃʰɛ²¹

2.1.6　古喻母在廣州話裡讀半母音濁擦音 j，四沙話裡，古喻母字聲母有唸為 h 的現象。[30]

	緣 (以)	圓 (云)	園 (云)	雨 (云)	越 (云)	藥 (以)
廣州	jyn²¹	jyn²¹	jyn²¹	jy¹³	jyt²	jœk²
四沙	hyn⁴²	hyn⁴²	hyn⁴²	hy¹³	hyt²	hœk²

2.1.7　曉母廣州話今讀作 j，四沙話讀作 清喉擦音 h。

---

28 詹伯慧主編：《廣東粵方言概要》（廣州市：暨南大學出版社，2004年），頁127。
　　甘於恩、吳芳：〈廣東順德（陳村）話調查紀略〉，《粵語研究》（澳門：澳門粵方言學會，2007年12月），第2期，頁42。

29 甘於恩、吳芳：〈廣東順德（陳村）話調查紀略〉，《粵語研究》（澳門：澳門粵方言學會，2007年12月），第2期，頁42。

30 彭小川：〈廣東南海（沙頭）方言音系〉，《方言》（北京市：商務印書館，1990年2月），第1期，頁22。沙頭話也有這種現象。
　　詹伯慧主編：《廣東方言概要》（廣州市：暨南大學出版社，2004年），頁126。

	賢（曉母）	丸（曉母）	贏（影母）	亦（影母）
廣州	jin^{21}	jyn^{35}	jɛŋ^{21}	jek^2
四沙	hin^{42}	hyn^{55}	hɛŋ^{42}	hek^2（這樣子說的已很少）

2.2 韻母方面

2.2.1 古止攝開口三等韻與精、莊兩組聲母相拼時，這此字在廣州話韻母是讀 i，但四沙沙田話大部分韻母讀作 y。這個特點跟順德一致的。[31]

	絲（精組）	諮（精組）	史（莊組）	士（莊組）
廣州	ʃi^{55}	tʃi^{55}	ʃi^{35}	ʃi^{22}
四沙	ʃy^{55}	tʃy^{55}	ʃy^{35}	ʃy^{21}

但由於四沙沙田人長期與廣府人接觸，部分字韻母已讀成 i，如「紫、撕、賜、瓷、磁、祠、詞、次」；有一部分的韻母可以讀成 y 和 i，如「飼、柿、此、事、廁、士」，當追問那個音為準確時，便會說讀 y 為準確和正宗，足見沙田話開始出現變異。這種現象，不單是馮林潤如此，筆者於二〇一四年調查了整個中山沙田話區，各合作人也有這個現象。

2.2.2 沙田話舌面前圓唇半開母音 œ 為主要母音一系列韻母很豐富，有 œ、œŋ、œk、ɵn、ɵt、ɵy 之外，ɔŋ、ɔk 與部分 ɔ 也讀作 œŋ、œk、œ。

	糯果合一	砣果合一	坐果合一	螺果合一
廣州	nɔ^{22}	tʰɔ^{21}	tʃʰɔ^{13}	lɔ^{21}
四沙	lœ^{21}	tʰœ^{42}	tʃʰœ^{13}	lœ^{42}

---

31 詹伯慧主編：《廣東粤方言概要》（廣州市：暨南大學出版社，2004年），頁128-129。

　　部分古宕開一、宕開三、宕合一、宕合三、江開二、梗開二、梗合一、梗合二、曾合一、通合一 ɔŋ、ɔk 韻母讀作 œŋ、œk。這個特點，也擴散到中山各處舡語和澳門部分舡語去。[32]

	臟宕開一	桑宕開一	邦江開二	蚌梗開二
廣州	tʃɔŋ²²	ʃɔŋ⁵⁵	pɔŋ⁵⁵	pʰɔŋ¹³
四沙	tʃœŋ²¹	ʃœŋ⁵⁵	pœŋ⁵⁵	pʰœŋ¹³

	薄宕開一	霍宕合一	學江開二	國曾合一
廣州	pɔk²	fɔk³	hɔk²	kwɔk³
四沙	pœk²	fœk³	hœk²	kœk³

2.2.3　古效攝開口一等字的韻母在廣州話是讀作 ou，四沙部分沙田話讀作 ɔ，這是跟南海、順德很一致。[33]

	保效開一	老效開一	掃效開一	告效開一
廣州	pou³⁵	lou¹³	ʃou³³	kou³³
四沙	pɔ³⁵	lɔ¹³	ʃɔ³²	kɔ³²

2.2.4　部分古止攝開口三等字在廣州話韻母讀 ei，沙田話跟南海、順德話一樣讀作 i，但沙田話只限於與 k kʰ h 相拼成則讀作 i，與其他聲母相拼時，依舊讀 ei。[34]

	己止開三見	旗止開三群	技止開三群	氣止開三溪
廣州	kei³⁵	kʰei²¹	kei²²	hei³³
四沙	ki³⁵	kʰi⁴²	ki²¹	hi³²

32 筆者調查的澳門舡語是沒有這現象，但郭淑華：《澳門水上居民話調查報告》（廣州市：暨南大學碩士論文，2002年），頁21的描述，是有這種特點。

33 詹伯慧主編：《廣東粵方言概要》（廣州市：暨南大學出版社，2004年），頁129。

34 詹伯慧主編：《廣東粵方言概要》（廣州市：暨南大學出版社，2004年），頁130。

2.2.5　古遇攝三等見組、曉組，部分蟹合一，廣州話讀 ɵy，四沙沙田話則讀 y。[35]

	居 遇合三見	駒 遇合三見	許 遇合三曉	退 蟹合一定
廣州	kɵy⁵⁵	kʰɵy⁵⁵	hɵy³⁵	tʰɵy³³
四沙	ky⁵⁵	kʰy⁵⁵	hy³⁵	tʰy³²

2.2.6　古效攝開口二等字，口語部分字讀音為 ɛu。[36]

	鉸 效開二	抄 效開二	交 效開二	貓 效開二
廣州	kau³³	tʃʰau⁵⁵	kau⁵⁵	mau⁵⁵
四沙	kɛu³²	tʃʰɛu⁵⁵	kɛu⁵⁵	mɛu⁵⁵

2.2.7　古山攝開口二、四等，合口二等為主的白讀字讀作 ɛn　ɛt。[37]

---

35 彭小川：〈廣東南海（沙頭）方言音系〉，《方言》（北京市：商務印書館，1990年2月），第1期，頁23。

甘於恩：〈三水西南方言音系概述〉，《第二屆國際粵方言研討會論文集》（廣州市：暨南大學出版社，1990年），頁102。

36 彭小川：〈廣東南海（沙頭）方言音系〉，《方言》（北京市：商務印書館，1990年2月），第1期，頁23。

甘於恩、吳芳：〈廣東順德（陳村）話調查紀略〉，《粵語研究》（澳門：澳門粵方言學會，2007年12月），第2期，頁43。

甘於恩：〈三水西南方言音系概述〉，《第二屆國際粵方言研討會論文集》（廣州市：暨南大學出版社，1990年），頁102。

37 彭小川：〈廣東南海（沙頭）方言音系〉，《方言》（北京市：商務印書館，1990年2月），第1期，頁23。

甘於恩、吳芳：〈廣東順德（陳村）話調查紀略〉，《粵語研究》（澳門：澳門粵方言學會，2007年12月），第2期，頁43。

甘於恩：〈三水西南方言音系概述〉，《第二屆國際粵方言研討會論文集》（廣州市：暨南大學出版社，1990年），頁102。

	邊 山開四	閑 山開二	間 山開二	山 山開二
廣州	pin⁵⁵	han²¹	kan⁵⁵	ʃan⁵⁵
四沙	pɛn⁵⁵	hɛn⁴²	kɛn⁵⁵	ʃɛn⁵⁵（拜山）

	八 山開二	滑 山合二	刮 山合二	挖 山合二
廣州	pat³	wat²	kwat³	kwat³
四沙	pɛt³	wɛt²	kwɛt³	kwɛt³

2.2.8 古咸攝開口一、二等讀作 ɛm ɛp。[38]

	減 咸開二	含 咸開一	鹹 咸開二	暗 咸開一
廣州	kam³⁵	hɐm²¹	ham²¹	ɐm³³
四沙	kɛm³⁵	hɛm⁴²	hɛm⁴²	ɛm³²（暗瘡）

	夾 咸開二	合 咸開一	盒 咸開一[39]	鴿 咸開一
廣州	kap³	hɐp²	hap²	kɐp³
四沙	kɛp³	hɛp²	hɛp²	kɛp³

2.2.9 少部分 un ut 與 p pʰ m 相拼時，可讀成 ɔn ɔt。這是順德大良話的特點。[40]

---

38 彭小川：〈廣東南海（沙頭）方言音系〉，《方言》（北京市：商務印書館，1990年2月），第1期，頁23。

　　甘於恩：吳芳：〈廣東順德（陳村）話調查紀略〉，《粵語研究》（澳門：澳門粵方言學會，2007年12月），第2期，頁43。

　　甘於恩：〈三水西南方言音系概述〉，《第二屆國際粵方言研討會論文集》（廣州市：暨南大學出版社，1990年），頁102。

39 合、盒也讀作 hop²。

40 參見詹伯慧（1931-）、張日昇（1938-）：《珠江三角洲方言字音對照》。

	滿	搬	抎	撥
廣州	mun^{13}	pun^{55}	p^{h}un^{35}	p^{h}ut^3
四沙	mɔn^{13}	pɔn^{55}	p^{h}ɔn^{35}	p^{h}ɔt^3

2.3　聲調方面

聲調部分跟廣州話一樣，變調也一致的。差異之處是廣州話陰去33唸成32；陽平21，讀作42；陽去22唸作31。

	蓋	人	代
廣州	kɔi^{33}	jɐn^{21}	tɔi^{22}
四沙	kɔi^{32}	jɐn^{42}	tɔi^{21}

第三節　三角鎮沙欄結民村沙田話音系特點

本文調查合作人是陳藝興（1953年），沙欄結民村人，先輩是從順德容奇遷來，從太祖到陳藝興已十六代。

結民村位於鎮政府偏西面〇點六公里。清初，順德人到此地定居，清嘉慶初年，人口漸稠，分別在居住地建立社壇，屬月灣汛所轄。嘉慶三年（1798年），村民在現懷山涌口建西慶社壇；後又有人於今結民、民樂、民興聚居，分築瀝尾、魷魚大、胡彭份和官佃等圍。嘉慶六年（1801年）在原崛尾涌尾建北寧社，後搬至結民大涌邊；同年在瀝尾涌邊建東源社和天后廟。一九一二年前屬沙欄鄉管轄，一九一二至一九四六年，屬香山縣（後為中山縣）九區沙欄鄉轄下的北寧和西慶村，一九四六年屬九區正義大鄉所轄。一九四七年歸屬正義鄉。一九五〇年合併改為結民村，寓意村民團結。一九五八年改為三角公社結民大隊；同年十月，稱黃圃大公社三角耕作區結民生產營。一九六一年八月，改稱民眾區結民公社，轄結民、西慶、民

安、烏沙、合作、愛群、八沖、西寧八個大隊。一九六三年六月，撤區，結民村複稱三角公社結民大隊。一九八三年稱三角區結民鄉。一九八六年稱三角鎮結民管理區。一九九八年管理區改稱村委會。一九七九年，全村人口兩千八百八十人。二〇〇一年，全村人口增至三千三百七十一人，主要姓氏有梁、陳、黃、楊、崔。二〇〇一年十一月，與烏沙村合併為結民行政村。

　　結民村是三角鎮吊耕地最多的村之一，有蔡七頃、胡彭份、大圍、二冬瓜、尤魚、萬頃沙、二圍頭、簑衣沙等地。一九七漏年組織社員遷居，動員基心和田心戶遷往邊遠吊耕地，組成蔡七頃一個生產隊，胡彭份兩個生產隊，大圍三個生產隊，總遷居近八百人。

　　三角鎮主要方言有三角話、沙欄話、水上話，這三種方言都屬粵語系方言。明末清初，有東莞人、順德南海人、番禺等地陸續遷入，從而形成三角地區有三種語言，其中講三角話（近東莞話）的人分佈在東南、南安、居安、三角、東會等村；講沙欄話的（近順德話）分佈在沙欄地區（含結民、合作、東平、光二、光三、愛國、和平等村）一帶；講水上話的則分佈在高平、新洋、烏沙、愛民一帶。二〇〇五年，講東莞話共有一萬五千〇九十二人，佔全鎮總人口的百分之二十八點九；講沙欄話人大部分居住在鎮西南方的沙欄片，小部分遷居到新豐村及獨崗附近，新聯村、新群村屬沙欄人遷居（現屬民眾鎮轄區），講沙欄話有兩萬三千四百八十九人，佔全鎮總人口百分之四十五點一；講水上話人居住較為分散，沙欄片有愛民村、烏沙村、合作村小部分，高平村大部分，講水上話有一萬三千四百九十二人，佔全鎮總人口百分之二十六。三種語音之間存在著一點的差異。

　　中山沙田話，不同地方便以不同地方名之，三角鎮稱作沙欄話，實在是沙田話，也是水上話，坦洲鎮那邊稱作圍口話，並認為圍口話

就是水上話。[41]

1.1　聲韻調系統

聲母十九個，零聲母包括在內

p　補步品閉　　pʰ　頗排編批　　m 麼無味麥

　　　　　　　　　　　　　　　　　　　　　　　　f 火苦富戶

t　多丁杜弟　　tʰ　拖梯投亨　　　　　　l 羅呂靈泥

tʃ　祭爭舟竹　　tʃʰ　此初串程　　　　　　ʃ 四色失臣

　　　　　　　　　　　　　　　　　　　　　　　j 由於入逆

k　歌幾共江　　kʰ　驅級期劇　　ŋ 我顏牛外

kw 瓜均季郡　　kwʰ 誇困群規　　　　　　　　　w 和話蛙詠

　　　　　　　　　　　　　　　　　　　　h 可坑香雨

ø　阿安鴨握

---

41 以上資料由三角鎮方誌辦公室提供。

1.2　韻母

韻母表（韻母五十八個，包括兩個鼻韻韻母）

	單母音	複母音（-i）	複母音（-u）	鼻尾韻 -m	鼻尾韻 -n	鼻尾韻 -ŋ	塞尾韻 -p	塞尾韻 -t	塞尾韻 -k
a	a 巴加下華	ai 太派街拉	au 包吵搞校	am 男三衫嚴	an 單產限彎	aŋ 彭硬橙横	ap 雜塌插掐	at 達紮髮發	ak 百或客革
(ɐ)		ɐi 例米危揮	ɐu 剖口流遊	ɐm 甘針金音	ɐn 跟賓婚訓	ɐŋ 朋肯亨宏	ɐp 合輯拾吸	ɐt 匹實窒屈	ɐk 墨特則黑
ε	ε 姐些批社		εu 抄交教飽	εm 減鹹	εn 價間	εŋ 病餅頸鏡	εp 夾	εt 滑挖劣八	εk 尺石笛籮
(e)		ei 彼你希尾				eŋ 冰明丁禾			ek 力夕的雙
i	i 志詩視旗		iu 表少謠調	im 沾劍尖念	in 連善天先		ip 接頁貼協	it 別舌傑結	
ɔ	ɔ 多果禾保	ɔi 代在哀我			ɔn 竿岸汗接	ɔŋ 忙黃綱港		ɔt 喝葛割渴	ɔk 博角國撲
(o)			ou 布暴粗手	om 甘柑敢		oŋ 東公中容	op 合鴿盒		ok 木哭六局
u	u 姑護付輔	ui 姑媒灰會			un 般搬玩門			ut 撥抹豁勃	
œ	œ 螺糯靴鋤					œŋ 娘相向雙			œk 略弱約桌
(ə)		ey 女垂隊聚			en 鄰論畜順			et 律倫出述	
y	y 豬魚徐巨				yn 聯尊大孫			yt 脫說月血	

鼻韻　m 唔　ŋ 吾五梧韻

1.3　聲調九個

調類		調值	例字
陰平		55	剛開三丁
陰上		35	古口楚手
陽平		42	人雲床正
陽上		13	五女距婢
去聲		21	戶望共自
上	陰入	5	急一惜曲
下		3	答桌各割
陽入		2	入律合服

古去聲清聲母是派入陽平。陽平是42。

陽去方面是21。

陽入是一個平調的2。

2　語音特點

2.1　聲母方面

2.1.1　無舌尖鼻音 n，古泥母、來母字今音聲母均讀作 l。

　　古泥（娘）母字廣州話基本 n、l 不混，沙欄話沙田話把 n、l 相混，結果南藍不分，諾落不分。例如：

	南（泥）		藍（來）		娘（泥）		良（來）
廣州	nam^{21}	≠	lam^{21}	廣州	$nœŋ^{21}$	≠	$lœŋ^{21}$
沙欄	lam^{42}	=	lam^{42}	沙欄	$lœŋ^{42}$	=	$lœŋ^{42}$

2.1.2　古遇攝合口一等字，在廣州話聲母一般讀作　雙唇舌根半母音
　　　　w-，但沙田話部分匣母、云母與遇攝合口一三等字相拼，讀作
　　　　齒唇擦音　f-。中山沙田人，主要從順德、南海遷來，所以其
　　　　沙田話便保留了順德、南海這個特點。[42]

	胡（匣母）	互（匣母）	戶（匣母）	芋（影母）
廣州	wu²¹	wu²²	wu²²	wu²²
沙欄	fu⁴²	fu²¹	fu²¹	fu²¹

2.1.3　古云、以母字，沙欄話讀作　清喉擦音　h，與曉、匣母開口合
　　　　流。[43]

	以（以母）	異（以母）	遠（云母）	藥（以母）
廣州	ji¹³	ji²²	jyn¹³	jœk²
沙欄	hi¹³	hi²¹	hyn¹³	hœk²

2.1.4　部分曉、溪母合口字讀作　雙唇舌根半母音　w-，這個特點與順
　　　　德陳村相同。[44]

	花（曉母）	化（曉母）	快（溪母）
廣州	fa⁵⁵	fa³³	fai³³
沙欄	wa⁵⁵	wa⁴²	wai⁴²

42 詹伯慧主編：《廣東粵方言概要》（廣州市：暨南大學出版社，2004年），頁127。

43 彭小川：〈南海沙頭話古云、以母字今讀初析〉《中國語文》（北京市：中國社會科
　　學出版社，1995年），第6期，頁462-463。
　　甘於恩、吳芳：〈廣東順德（陳村）話調查紀略〉，《粵語研究》（澳門：澳門粵方言
　　學會，2007年12月），第2期，頁42。

44 甘於恩、吳芳：〈廣東順德（陳村）話調查紀略〉，《粵語研究》（澳門：澳門粵方言
　　學會，2007年12月），第2期，頁42。

2.2 韻母方面

2.2.1 古止攝開口三等韻與精、莊兩組聲母相拼時，這此字在廣州話韻母是讀 i，但沙欄話大部分韻母讀作 y。這個特點跟順德一致的。

	自（精組）	次（精組）	史（莊組）	師（莊組）
廣州	tʃi²²	tʃʰi³³	ʃi³⁵	ʃi⁵⁵
沙欄	tʃy²¹	tʃʰy⁴²	ʃy³⁵	ʃy⁵⁵

2.2.2 古效攝開口一等字的韻母在廣州話是讀作 ou，沙欄部分沙田話讀作 ɔ，這是跟南海、順德很一致。

	褒效開一	帽效開一	道效開一	稿效開一
廣州	pou⁵⁵	mou¹³	tou²²	kou³⁵
沙欄	pɔ⁵⁵	mɔ¹³	tɔ²¹	kɔ³⁵

2.2.3 部分古止攝開口三等字在廣州話韻母讀 ei，沙田話跟南海、順德話一樣讀作 i，但沙田話只限於與 k kʰ h 相拼成則讀作 i，與其他聲母相拼時，依舊讀 ei。

	己止開三	旗止開三	氣止開三	技止開三
廣州	kei³⁵	kʰei²¹	hei³³	kei²²
沙欄	ki³⁵	kʰi⁴²	hi⁴²	ki²¹

2.2.4 古遇攝三等、蟹合一等見系，廣州話讀 ɵy，沙田話則讀 y。[45]

45 彭小川：〈廣東南海（沙頭）方言音系〉，《方言》（北京市：商務印書館，1990年2月），第1期，頁23。

甘於恩：〈三水西南方言音系概述〉，《第二屆國際粵方言研討會論文集》（廣州市：暨南大學出版社，1990年），頁102。

	居遇合三	巨遇合三	對蟹合一	最遇合三
廣州	kɵy⁵⁵	kɵy²²	tɵy³³	tʃɵy³³
沙欄	ky⁵⁵	ky²¹	ty⁴²	tʃy⁴²

2.2.5　咸攝開口一等見組、影組、曉組為主的字，廣州話陽聲韻讀 ɐm，入聲韻讀 ɐp，沙田話前者讀 om，後者讀 op，這一類字並不多。這一點特點與順德、南海沙頭話相近。[46]

	庵咸開一影	甘咸開一見	柑咸開一見	敢咸開一見
廣州	ɐm⁵⁵	kɐm⁵⁵	kɐm⁵⁵	kɐm³⁵
沙欄	om⁵⁵	kom⁵⁵	kom⁵⁵	kom³⁵

	盒咸開一匣	合咸開一匣	鴿咸開一見
廣州	hɐp²	hɐp²	kɐp³
沙欄	hop²	hop²	kop³

2.2.6　古效攝開口二等字，口語部分字讀音為 ɛu。[47]

	鉸效開二	抄效開二	交效開二	貓效開二
廣州	kau³³	tʃʰau⁵⁵	kau⁵⁵	mau⁵⁵
沙欄	kɛu⁴²	tʃʰɛu⁵⁵	kɛu⁵⁵	mɛu⁵⁵

46 彭小川：〈廣東南海（沙頭）方言音系〉，《方言》（北京市：商務印書館，1990年2月），第1期，頁23。

甘於恩：〈三水西南方言音系概述〉，《第二屆國際粵方言研討會論文集》（廣州市：暨南大學出版社，1990年），頁102。

47 彭小川：〈廣東南海（沙頭）方言音系〉，《方言》（北京市：商務印書館，1990年2月），第1期，頁23。

甘於恩、吳芳：〈廣東順德（陳村）話調查紀略〉，《粵語研究》（澳門：澳門粵方言學會，2007年12月），第2期，頁43。

甘於恩：〈三水西南方言音系概述〉，《第二屆國際粵方言研討會論文集》（廣州市：暨南大學出版社，1990年），頁102。

2.2.7 古山攝開口二、三、四等，合口二等為主的白讀字讀作 ɛn ɛt。[48]

	間[山開二]	山[山開二]	慣[山合二]
廣州	kan⁵⁵	ʃan⁵⁵	kwan³³
沙欄	kɛn⁵⁵	ʃɛn⁵⁵（拜山）	kwɛn⁴²

	八[山開二]	滑[山合二]	刮[山合二]	挖[山合二]
廣州	pat³	wat²	kwat³	kwat³
沙欄	pɛt³	wɛt²	kwɛt³	kwɛt³

2.2.8 古咸攝開口二、四等讀作 ɛm ɛp，但這類字不多。[49]

	減[咸開二]	鹹[咸開二]	夾[咸開二]
廣州	kam³⁵	ham²¹	kap³
沙欄	kɛm³⁵	hɛm⁴²	kɛp³

2.3 聲調方面

聲調部分跟廣州話一樣，變調也一致的。差異之處是廣州話陰去

---

48 彭小川：〈廣東南海（沙頭）方言音系〉，《方言》（北京市：商務印書館，1990年2月），第1期，頁23。

　　甘於恩、吳芳：〈廣東順德（陳村）話調查紀略〉，《粵語研究》（澳門：澳門粵方言學會，2007年12月），第2期，頁43。

　　甘於恩：〈三水西南方言音系概述〉，《第二屆國際粵方言研討會論文集》（廣州市：暨南大學出版社，1990年），頁102。

49 彭小川：〈廣東南海（沙頭）方言音系〉，《方言》（北京市：商務印書館，1990年2月），第1期，頁23。

　　甘於恩、吳芳：〈廣東順德（陳村）話調查紀略〉，《粵語研究》（澳門：澳門粵方言學會，2007年12月），第2期，頁43。

　　甘於恩：〈三水西南方言音系概述〉，《第二屆國際粵方言研討會論文集》（廣州市：暨南大學出版社，1990年），頁102。

33唸成42，這是古陰去派入古陽平；陽平21，讀作42；陽去22唸作21。

	正	時	弄
廣州	tʃɛŋ³³	ʃi²¹	loŋ²²
沙欄	tʃɛŋ⁴²	ʃi⁴²	loŋ²¹

第四節　民眾鎮浪網村、義倉民家村沙田話音系特點

浪網村音系特點

　　本文調查合作人是鄧巨昌（1937年），浪網村人，先輩是從順德龍江遷來，從太祖到他已共三代。年輕人代表是黃露嫻（1979年），浪網村人，先輩從順德容桂遷來，到她共四代。本文以鄧巨昌為主，若然兩者出現分歧，則以老年、青年對比作出區別。

　　於乾隆元年（1736年），民眾開始興築浪網沙小圍，義倉圍，保家圍，菴仔沙圍。到了道光元年（1821年）再興築田基沙小圍。

　　該村早在明朝中期成陸，清朝初有人圍墾定居，村內有社壇多個，最早在一八五〇年建有十靈社，其餘多間社廟都在十九世紀修建。民國初年，浪網涌還沒有橋樑，在現今舊浪網橋附近設一渡口方便人們來往於舊浪網萬益墟市購物，初時叫「渡頭」每月逢農曆三、六、九日為墟期，除固定幾間店鋪外，本地的農產品及外地流動商販都集中此地交易，甚是興旺，一九三五年間已有大小商鋪三十多間，有人開設「容奇渡」（人力搖櫓，使風帆來往于順德容奇、黃圃、浪網之間、載客運貨）。一九三七年，又有人開設「廣州渡」（船上裝有柴油發動機，隔日一班來往於浪網、廣州，把農產品運去把商品運回來），當時，浪網墟市為農副產品的集散地。

　　浪網村位於民眾鎮西部地帶，東面接鎮城區，北與東勝村接壤，西連上網村，南靠接源村。村委會駐福源自然村，距鎮政府約四公里。浪網村由十靈、福源、萬益、萬群四個自然村組成。浪網村總面積一萬〇九百六十八畝，耕地面積五千兩百〇六畝，總人口六千〇八十七人，其中男兩千九百二十二人、女三千一百六十五人。暫住人口四千兩百八十四人。

　　關於方言方面，順德話約佔六成，水上話約佔三成，餘下是各鎮方言。[50]

1.1　聲韻調系統

聲母十九個，零聲母包括在內

p	波步怖邊	pʰ 頗排編批	m 模務味慢
			f 火苦富護
t	多典代定	tʰ 拖天投填	l 羅利另泥
tʃ	姐炸舟追	tʃʰ 此初尺陳	ʃ 修師水臣
			j 由因兒月
k	歌己局甲	kʰ 驅級拒劇	ŋ 我牙銀外
kw	瓜均季掘	kwʰ 誇坤群規	w 禾環蛙花
			h 可腔香雨
ø	阿安握晏		

---

50 以上資料由民眾鎮方誌辦公室提供。

1.2　韻母

韻母表（韻母五十九個，包括一個鼻韻韻母）

單母音	複母音	鼻尾韻 -m	鼻尾韻 -n	鼻尾韻 -ŋ	塞尾韻 -p	塞尾韻 -t	塞尾韻 -k
a 巴查下話	ai 大陀奶拉　au 胞投歡育	am 探慚衫籃	an 旦限還眼	aŋ 盲坑棚橫	ap 搭塌插鴨	at 達抹髮發	ak 或白客隔
(ɐ)	ɐi 例批軌威　ɐu 剖口否幼	ɐm 感心金音	ɐn 吞敏坤君	ɐŋ 朋杏硬蟲	ɐp 恰立拾泣	ɐt 匹失不勿	ɐk 北特則黑
ɛ 姐車耶野	eu 包拋貓文	ɛm 餡啷鹹	ɛn 慣閒山	ɛŋ 病鏡餅鄭	ɛp 夾	ɛt 滑挖刮八	ɛk 劇尺踢攞
(e) 碑雞媚肥	ei		in 便善天現	eŋ 冰評定永			ek 躍水的吃
i 兒示視電	iu 標少要跳	im 漸尖甜	in 便善天現		ip 接劫貼協	it 別舌蔑結	
ɔ 多果禾抱	ɔi 台在海內	ɔm 啖庵暗柑	ɔn 肝漢寒案	ɔŋ 幫光網降	ɔp 合鴿盒	ɔt 喝割渴	ɔk 博學國撲
(o)	ou 徙努租露			oŋ 東公中容			ok 木哭目六
u 姑互赴附	ui 背枚妹會		un 般官玩門			ut 撥抹活潑	
œ 儺鑼朵靴				œŋ 娘相香雙			œk 掠略約琢
(ə) 書魚事舉	øy 女炊聚水		en 津論蓄囊			et 律術出述	
y			yn 短專大存			yt 脱悦奪穴	

鼻韻　m 唔五梧誤

1.3 聲調九個

調類		調值	例字
陰平		55	剛邊商三
陰上		35	古紙口手
陰去		32	蓋正對唱
陽平		42	娘如才詳
陽上		13	五有倍舅
上	陰入	5	急出即曲
下		3	答百各刷
陽入		2	六物食俗

古去聲清聲母是派入陽平。陽平是42。

陽去方面是21。

陽入是一個平調的2。

2 語音特點

2.1 聲母方面

2.1.1 無舌尖鼻音 n，古泥母、來母字今音聲母均讀作 l。

古泥（娘）母字廣州話基本 n、l 不混，浪網村沙田話把 n、l 相混，結果南藍不分，諾落不分。例如：

	南（泥）		藍（來）		娘（泥）		良（來）
廣州	nam^{21}	≠	lam^{21}	廣州	$nœŋ^{21}$	≠	$lœŋ^{21}$
浪網	lam^{42}	=	lam^{42}	浪網	$lœŋ^{42}$	=	$lœŋ^{42}$

2.1.2 古遇攝合口一三等字，在廣州話聲母一般讀作 雙唇舌根半母
音 w-，但浪網村話匣母、影母與遇攝合口一三等字相拼，讀
作 齒唇擦音 f-。[51]

	胡（匣母）	互（匣母）	戶（匣母）	芋（影母）
廣州	wu^{21}	wu^{22}	wu^{22}	wu^{22}
浪網	fu^{42}	fu^{21}	fu^{21}	fu^{21}

2.1.3 古云、以母字，浪網話讀作 清喉擦音 h，與曉、匣母開口合
流。[52]

	以（以母）	異（以母）	遠（云母）	藥（云母）
廣州	ji^{13}	ji^{22}	jyn^{13}	$jœk^2$
浪網	hi^{13}	hi^{21}	hyn^{13}	$hœk^{2}$ [53]

2.1.4 部分曉、溪母合口字讀作 雙唇舌根半母音 w-，這個特點與順
德陳村相同。[54]

	花（曉母）	化（曉母）	火（曉母）	快（溪母）
廣州	fa^{55}	fa^{33}	$fɔ^{35}$	fai^{33}
浪網	wa^{55}	wa^{32}	$wɔ^{35}$	wai^{32}

51 詹伯慧主編：《廣東粵方言概要》（廣州市：暨南大學出版社，2004年），頁127。

52 彭小川：〈南海沙頭話古云、以母字今讀初析〉《中國語文》（北京市：中國社會科
學出版社，1995年），第6期，頁462-463。
甘於恩、吳芳：〈廣東順德（陳村）話調查紀略〉，《粵語研究》（澳門：澳門粵方言
學會，2007年12月），第2期，頁42。

53 黃露嫻則讀作 $jœk^{31}$。

54 甘於恩、吳芳：〈廣東順德（陳村）話調查紀略〉，《粵語研究》（澳門：澳門粵方言
學會，2007年12月），第2期，頁42。

2.2　韻母方面

2.2.1　古止攝開口三等韻與精、莊兩組聲母相拼時，這此字在廣州話
　　　韻母是讀 i，但浪網村話大部分韻母讀作 y。這個特點跟順德
　　　一致的。但現在沙田人接觸不少廣府人，這此字不少已讀成
　　　i。[55]

	自（精組）	自（精組）	士（莊組）	師（莊組）
廣州	tʃi³⁵	tʃi²²	ʃi²²	ʃi³⁵
浪網	tʃy³⁵	tʃy²¹	ʃy²¹	ʃy³⁵

2.2.2　古效攝開口一等字的韻母在廣州話是讀作 ou，浪網沙田話部
　　　分字會讀作 ɔ，這是跟南海、順德很一致。

	褒效開一	冒效開一	稻效開一	糕效開一
廣州	pou⁵⁵	mou¹³	tou²²	kou³⁵
浪網	pɔ⁵⁵	mɔ¹³	tɔ²¹	kɔ³⁵

2.2.3　部分古止攝開口三等字在廣州話韻母讀 ei，沙田話跟南海、
　　　順德話一樣讀作 i，但沙田話只限於與 k　kʰ　h 相拼成則讀
　　　作 i，與其他聲母相拼時，依舊讀 ei。[56]

	紀止開三	期止開三	汽止開三	技止開三
廣州	kei³⁵	kʰei²¹	hei³³	kei²²
浪網	ki³⁵	kʰi⁴²	hi³²	ki²¹

55　詹伯慧主編：《廣東粵方言概要》（廣州市：暨南大學出版社，2004年），頁128-129。
56　詹伯慧主編：《廣東粵方言概要》（廣州市：暨南大學出版社，2004年），頁130。

2.2.4　古遇攝三等、蟹合一等見系，廣州話讀 ɵy，沙田話則讀 y。

	居遇合三	拒遇合三	對蟹合一	最遇合三
廣州	kɵy⁵⁵	kʰɵy³⁵	tɵy³³	tʃɵy³³
浪網	ky⁵⁵	kʰy³⁵	ty³²	tʃy³²

2.2.5　咸攝開口一等見組、影組、曉組為主的字，廣州話陽聲韻讀 ɐm，入聲韻讀 ɐp，沙田話前者讀 om，後者讀 op，這一類字並不多。這一點特點與順德、南海沙頭話相近。[57]

	庵咸開一影	暗咸開一影	甘咸開一見	敢咸開一見
廣州	ɐm⁵⁵	ɐm³³	kɐm⁵⁵	kɐm³⁵
浪網	om⁵⁵	om³²	kom⁵⁵	kom³⁵

	盒咸開一匣	合咸開一匣	鴿咸開一見
廣州	hɐp²	hɐp²	kɐp³
浪網	hop²	hop²	kop³

2.2.6　古效攝開口二等字，口語部分字讀音為 ɛu。[58]

---

57 彭小川：〈廣東南海（沙頭）方言音系〉，《方言》（北京市：商務印書館，1990年2月），第1期，頁23。
甘於恩：〈三水西南方言音系概述〉，《第二屆國際粵方言研討會論文集》（廣州市：暨南大學出版社，1990年），頁102。
58 彭小川：〈廣東南海（沙頭）方言音系〉，《方言》（北京市：商務印書館，1990年2月），第1期，頁23。
甘於恩、吳芳：〈廣東順德（陳村）話調查紀略〉，《粵語研究》（澳門：澳門粵方言學會，2007年12月），第2期，頁43。
甘於恩：〈三水西南方言音系概述〉，《第二屆國際粵方言研討會論文集》頁102。

	抛效開二	抄效開二	交效開二	貓效開二
廣州	pʰau⁵⁵	tʃʰau⁵⁵	kau⁵⁵	mau⁵⁵
浪網	pʰɛu⁵⁵	tʃʰɛu⁵⁵	kɛu⁵⁵	mɛu⁵⁵

2.2.7 古山攝開口二、三、四等，合口二等為主的白讀字讀作 ɛn ɛt。[59]

	間山開二	閑山開二	慣山合二	山山開二
廣州	kan⁵⁵	han²¹	kwan³³	ʃan⁵⁵
浪網	kɛn⁵⁵	hɛn⁴²	kwɛn³²	ʃɛn⁵⁵（拜山）

	八山開二	滑山合二	刮山合二	挖山合二
廣州	pat³	wat²	kwat³	kwat³
浪網	pɛt³	wɛt²	kwɛt³	kwɛt³

2.2.8 古咸攝開口二、四等讀作 ɛm ɛp，但這類字不多。[60]

59 彭小川：〈廣東南海（沙頭）方言音系〉，《方言》（北京市：商務印書館，1990年2月），第1期，頁23。

甘於恩、吳芳：〈廣東順德（陳村）話調查紀略〉，《粵語研究》（澳門：澳門粵方言學會，2007年12月），第2期，頁43。

甘於恩：〈三水西南方言音系概述〉，《第二屆國際粵方言研討會論文集》（廣州市：暨南大學出版社，1990年），頁102。

60 彭小川：〈廣東南海（沙頭）方言音系〉，《方言》（北京市：商務印書館，1990年2月），第1期，頁23。

甘於恩、吳芳：〈廣東順德（陳村）話調查紀略〉，《粵語研究》（澳門：澳門粵方言學會，2007年12月），第2期，頁43。

甘於恩：〈三水西南方言音系概述〉，《第二屆國際粵方言研討會論文集》（廣州市：暨南大學出版社，1990年），頁102。

	減 咸開二	鹹 咸開二	餡 咸開二	夾 咸開二
廣州	kam³⁵	ham²¹	ham²¹	kap³
浪網	kɛm³⁵	hɛm⁴²	hɛm⁴²	kɛp³

2.2.9 沙田話的舌面前圓唇半開母音 œ 比廣州話稍多。

	糯 果合一	朵 果合一	螺 果合一
廣州	nɔ²²	tɔ³⁵	lɔ²¹
浪網	lœ²¹	tœ³⁵	lœ⁴²

2.2.10 浪網話在老一輩口音裡有 ɔŋ、ɔk 韻母，但在年輕人口音卻歸
　　　入 œŋ、œk，這是老年人與年輕人最大區別，其餘不見有別異。

	臟 宕開一	桑 宕開一	剛 宕開一	浪 宕開一
廣州	tʃɔŋ²²	ʃɔŋ⁵⁵	kɔŋ⁵⁵	lɔŋ²²
浪網（年輕人）	tʃœŋ²¹	ʃœŋ⁵⁵	kœŋ⁵⁵	lœŋ²¹

	薄 宕開一	落 宕開一	莫 宕開一	國 曾合一
廣州	pɔk²	lɔk²	mɔk³	kwɔk³
浪網（年輕人）	pœk²	lœk²	mœk³	kœk³

2.3 聲調方面

　　聲調部分跟廣州話一樣，變調也一致的。差異之處是廣州話陰去
33唸成32；陽平21，讀作42；陽去22唸作21。

	怕	時	共
廣州	pʰa³³	ʃi²¹	koŋ²²
浪網	pʰa³²	ʃi⁴²	koŋ²¹

義倉民家村音系特點

　　本文調查合作人分別是王澤林（1949年）、何煥英（1972年），本文所描寫的語音系統以何煥英為準，王澤林只用作參考，因他受廣州話影響太大。何煥英是民眾義倉水上人。

　　民家村位於民眾鎮東南部，距鎮政府六公里，所屬圍名易家圍、裕安圍、十二頃圍。一九五二年成立民家村，一九五六年下設生產隊七個。一九六一年稱民家大隊，一九八六年稱民家鄉，一九八九年稱民家村，一九九一年稱民家管理區，一九九六年稱民家村，二〇〇一年與民合村合併為裕安村。[61]

1.1　聲韻調系統

聲母十九個，零聲母包括在內

p	補步品壁	pʰ	普排編撇	m 暮美文慢		
						f 灰苦法湖
t	到丁洞定	tʰ	土天談挺		l 路李了泥	
tʃ	井捉支逐	tʃʰ	此闖尺程			ʃ 私色試甚
						j 愉影仍月
k	古幾共江	kʰ	頃揭求劇	ŋ 蛾揑銀外		
kw	瓜貴橘掘	kwʰ	誇坤群規			w 和宏蛙韻
						h 孔客香項
ø	甌安握矮					

1.2　韻母

韻母表（韻母四十九個，包括一個鼻韻韻母）

單母音	複母音		鼻尾韻			塞尾韻		
a 馬加牙掛	ai 大戒佳傀	au 飽稻搞孬	am 耽三衫巉	an 日產慢患	aŋ 烹坑橙橫	ap 鈉蠟狹唊	at 辣軟猾發	ak 或拆客隔
(ɐ)	ɐi 世米勤費	ɐu 歐後浮游	ɐm 暗針踎音	ɐn 根真婚訓	ɐŋ 等耿性宏	ɐp 洽執十泣	ɐt 七日靨勿	ɐk 墨特則黑
ɛ 些車蛇嘢					ɛŋ 病鏡餅鄭			ɛk 隻尺錫吃
(e)	ei 皮理氣飛				eŋ 升京廷泳			ek 壁夕的析
i 椅自耳畸		iu 表少要條	im 染劍醃甜	in 面仵天元		ip 葉摺貼協	it 別舌蔑結	
ɔ 左科禾助	ɔi 來睞哀外			ɔn 肝漢韓按	ɔŋ 幫光防兩		ɔt 喝葛渴割	ɔk 托樂撲箸
(o)		ou 菩肚到好			oŋ 東公終容			ok 獨穀覆局
u 故孖抹父	ui 培啡焙灰會			un 半灌暖門			ut 潑抹活沒	
œ 靴					œŋ 梁槍羊桑			œk 雀閣藥作
(ə)	ey 女句隊水			en 進論慕悶			et 律術述	
鼻韻	m 唔				ŋ 吾五梧午			

1.3 聲調九個

調類		調值	例字
陰平		55	三超專初
陰上		35	醜比手展
陰去		33	怕帳變唱
陽平		21	文如平扶
陽上		13	武野倍厚
上	陰入	5	竹惜福筆
下		3	答百刷割
陽入		2	入物白俗

2 語音特點

2.1 聲母方面

2.1.1 古泥母、來母字 n、l 相混，南藍不分，諾落不分。例如：

	南（泥）		藍（來）		諾（泥）		落（來）
廣州	nam^{21}	$\neq$	lam^{21}	廣州	nok^2	$\neq$	lok^2
民家	lam^{33}	$=$	lam^{33}	民眾	lok^2	$=$	lok^2

2.1.2 部分民眾義倉民家村沙田話匣母、影母字在遇攝合口一三等字讀作 齒唇擦音 f-。

	胡（匣母）	互（匣母）	壺（匣母）	芋（影母）
廣州	wu^{21}	wu^{22}	wu^{21}	wu^{22}
民家	fu^{33}	fu^{22}	fu^{21}	fu^{22}

2.2　韻母方面

2.2.1　沒有舌面前圓唇閉母音 y 系韻母。

廣州話是有 y 系韻母字，民眾吓語一律讀作 i。

	雨	元	粵	穴
廣州	jy^{13}	jyn^{21}	jyt^2	jyt^2
民家	ji^{13}	jin^{21}	jit^2	jit^2

2.2.2　民眾義倉民家村沙田話部分舌面前圓唇半開母音 œ 為主要母音一系列韻母中的 œŋ、œk 會讀作 ɔŋ、ɔk。

	良宕開三	昌宕開三	削宕開三	啄宕開三
廣州	$lœŋ^{21}$	$tʃ^hœŋ^{55}$	$ʃœk^3$	$tœk^3$
民家	$lɔŋ^{21}$	$tʃ^hɔŋ^{55}$	$ʃɔk^3$	$tɔk^3$

2.2.3　部分宕開一、宕開二、宕合一、宕合三、江開二、梗開三 ɔŋ、ɔk 韻母讀作 œŋ、œk。然而又不是所有 ɔŋ、ɔk 韻母讀作 œŋ、œk，有不少是不變的，這個變異特點是說明民眾義倉民家村水上話是受了沙田話特點而出現一點變異。這個特點，已擴散到港口石特下村、火炬海傍村漁村和澳門漁港，就是說，農舡語這個特點也已擴散到海舡語去。

	幫宕開一	忙宕開一	當宕開一	撞江開二
廣州	$pɔŋ^{55}$	$mɔŋ^{21}$	$tɔŋ^{55}$	$tʃɔŋ^{22}$
民家	$pœŋ^{55}$	$mœŋ^{21}$	$tœŋ^{55}$	$tʃœŋ^{22}$

	諾_{宕開一}	踱_{宕開一}	落_{宕開一}	作_{宕開一}
廣州	nɔk²	tɔk²	lɔk²	tʃɔk³
民家	lœk²	tœk²	lœk²	tʃœk³

2.3 聲調方面

聲調方面，民眾義倉沙田話與老廣州白話沒有差異，聲調共九個，入聲有三個，分別是上陰入、下陰入、陽入。陰入按母音長短分成兩個，下陰入字的主要母音是長母音。

第五節　阜沙大有圍沙田話音系特點

阜沙鎮地域原稱浮墟，宋紹興二十二年（1152年）香山立縣，全縣設十個鄉，今鎮境的原浮盧山及周邊海域屬香山縣古海鄉。

元朝延用宋制，今鎮境屬古海鄉。

明洪武十四年（1381年），香山縣改鄉為坊都，設坊都十一個，古海鄉改稱黃旗都。今鎮境設浮墟汛（汛是明、清都統制管治的海防行政地域單位），屬香山縣黃旗都。

十六世紀中葉，牛角、抱沙（合屬牛角沙），羅松、阜南、大有（合屬浮墟沙），上南（屬大南沙）一帶已淤積成沙洲，是「東海十六沙」一部分。明末清初有人墾耕，而遷此聚居則於十八世紀末至十九世紀初。

清道光七年（1827年），香山縣十一個坊都合併為九個都，黃旗都沿用舊稱，今鎮境仍屬於香山縣黃旗都。

清光緒初年（1880年）改都為鎮，全縣設九個都鎮，黃旗都沿用舊稱，今鎮域屬香山縣黃旗都。

清宣統二年（1910年），香山縣改鎮為區，全縣設九個區，黃旗

都改稱香山縣第九區，設第十一段浮壚段，今鎮境屬香山縣第九區浮壚段。

民國元年（1912年）二月，香山縣直屬廣東省長公署管轄，仍沿清制，今鎮境（浮壚段）屬香山縣第九區。

民國十四年（1925年），為紀念孫中山，香山縣改稱中山縣，分為九個區，今鎮境衛民村、牛角村（含南強村）、阜東村屬中山縣第九區鳳儀鄉，羅松村、阜沙村、大有村、豐聯村、上南村、阜圩社區屬中山縣第九區建國鄉。（建國鄉即原浮壚段境）

民國十九年（1930年）七月，全縣調整行政區域，區的名稱改按地方命名，設九個區，第九區改稱東海區，今鎮域屬中山縣東海區。

民國二十年（1931年）九月，全縣九個區恢復按數字編列的名稱，東海區複稱第九區，今鎮域屬中山縣第九區。

民國三十五年（1946年）九月，國民黨中山縣政府把全縣縮編為六十七個鄉鎮，今鎮境屬中山縣第九區建國鄉（原屬鳳儀鄉的衛民、牛角、南強、阜東劃入建國鄉）。

一九四九年十月三十日中山宣佈解放，接管了九個舊治區，今鎮境屬中山縣第九區。

一九五二年冬，建國鄉撤銷，各村改設為鄉，原阜南村、抱沙村合併，改稱阜沙鄉。

一九五三年三月，中山縣分出石岐市後，全縣改為十七個區，三個區級鎮，今鎮境屬中山縣第十四區。

一九五五年八月，中山縣第十四區改為中山縣黃圃區。今鎮境屬中山縣黃圃區。

一九五七年三月，全縣撤銷十五個區，改設三十四個大鄉，大鄉設立人民委員會，今鎮境屬中山縣阜沙鄉。

一九五八年八月，全縣三十四個大鄉改為三十四個人民公社，阜

沙鄉改為阜沙公社。同年十月,黃圃、黽山、阜沙、三角、大崗五個
公社和黃圃、大崗兩個鎮合併為大黃圃人民公社。同年十二月,公社
設立管理委員會,實行政社合一的體制。阜沙公社改稱阜沙耕作區。
今鎮境屬中山縣黃圃公社。

　　一九五九年四月,黃圃人民公社撤銷,阜沙耕作區改設阜沙人民
公社。今鎮境屬中山縣阜沙公社。

　　一九六一年八月,全縣設置十三個區,阜沙公社屬中山縣黃圃區
管轄。

　　一九六三年一月,撤銷黃圃區,恢復黃圃公社建制,阜沙公社屬
中山縣黃圃公社。

　　一九六六年五月,黃圃公社析出阜沙公社。今鎮境屬中山縣阜沙
公社。

　　一九八三年十一月,實行政社分設,阜沙公社改設阜沙區。今鎮
境屬中山縣阜沙區。

　　一九八三年十二月二十二日,撤銷中山縣,設立中山市,今鎮境
屬中山市阜沙區。

　　一九八六年十二月,撤銷阜沙區,改設阜沙鎮。今鎮境屬中山市
阜沙鎮。

　　阜沙鎮最早的居民主要從南海、順德、番禺等縣遷入,並在日常
的生產、生活交流中相互融合,語音以粵語系中的沙田話為主,讀音
接近順德話,具有水鄉特色。[62]

　　合作人是吳財輝(1950年),大有圍村人,先輩從順德遷來,到
他本人已是第五代。

---

62 資料由阜沙宣傳辦提供參考。

1.1　聲韻調系統

聲母十九個，零聲母包括在內

p　波步品邊　　pʰ　頗排編批　　m 模務文孟

　　　　　　　　　　　　　　　　　　　　　　　f 灰課法互

t　多帝豆電　　tʰ　拖天談挺　　　　　　l 羅李另泥

tʃ　借捉拆逐　　tʃʰ　此闖綽陳　　　　　　　　ʃ 四縮試市

　　　　　　　　　　　　　　　　　　　　　　　j 耶因仁玉

k　古幾共江　　kʰ　卻級求劇　　ŋ 呆顏牛外

kw 瓜均季光　　kwʰ 誇困群愧　　　　　　　　　　w 禾獲蛙旺

　　　　　　　　　　　　　　　　　　　h 考坑香項

ø　哀安握鴉

1.2 韻母

韻母表（韻母五十八個，包括兩個鼻韻韻母）

韻母	單母音	複母音		鼻尾韻			塞尾韻		
a	a 拿㩒也炸	ai 帶派街拉	au 爆吵搞孝	am 男斬衫嚴	an 丹產冊彎	aŋ 彭坑橙橫	ap 搭㩒插甲	at 達笪刷發	ak 惑白客革
(ɐ)		ɐi 幣低軌威	ɐu 偷偶黎猶	ɐm 砍針金音	ɐn 跟賓婚暈	ɐŋ 登宦亨薨	ɐp 恰緝拾及	ɐt 密失忽掘	ɐk 墨特則黑
ε	ε 借些扯奢		ɛu 教貓飽包	εm 餡鹹減	εn 間閑山慣	εŋ 餅鄭鏡柄	εp 夾	εt 挖清刮八	εk 雙尺笛屐
(e)	(e) 皮理非肥	ei				eŋ 升宗另凍			ek 力亦笛吃
i	i 施韶詩摱		iu 表韶僑聊	im 漸劍尖念	in 便件年先		ip 聶怗貼協	it 別折㩒結	
ɔ	ɔ 可料禾高	ɔi 台財愛內			ɔn 幹岸早按	ɔŋ 東公蟲容		ɔt 渴葛割喝	ɔk 木雀竹局
(o)	(o)		ou 布套路霧	om 㩒柑甘㩒			op 合盒鴿		
u	u 姑互付父	ui 杯媒灰匯			un 半官婉悶			ut 末抹活沒	
œ	œ 靴攞糯朵					œŋ 娘象香床			œk 略腳約靴
(ø)		øy 女敘須帥			øn 鄉孫筍盾			øt 律恤出沒	
y	y 書於去士				yn 鯇川淵孫			yt 罅說鬱穴	
鼻韻				m 唔		ŋ 吾五悟午			

1.3　聲調

調類		調值	例字
陰平		55（53）	蚊衫蕉巾（知開初邊）
陰上		35	紙比口手
陽平		42	人娘床怕
陽上		13	老野倍厚
去聲		21	望弄助自
上	陰入	5	惜即竹急
下		3	答刷割接
陽入		2	入律食俗

　　陰平調有55（衫[55]、蕉[55]、呢個篩[55]、訓練班[55]）和53（三[53]、招[53]、篩[53]一篩[53]、一班[53]人）兩個調值，正文一律標55。

　　古去聲清聲母是派入陽平。陽平是42。

　　陽去方面是21。

　　陽入是一個平調的2。

2　**語音特點**

2.1　聲母方面

2.1.1　無舌尖鼻音 n，古泥母、來母字今音聲母均讀作 l。

　　古泥（娘）母字廣州話基本 n、l 不混，大有圍沙田話把 n、
l 相混，結果南藍不分，諾落不分。例如：

	南（泥）		藍（來）		娘（泥）		哴（來）
廣州	nam²¹	≠	lam²¹	廣州	nœŋ²¹	≠	lœŋ²¹
大有圍	lam⁴²	=	lam⁴²	浪網話	lœŋ⁴²	=	lœŋ⁴²

2.1.2 古遇攝合口一等字，在廣州話聲母一般讀作 雙唇舌根半母音 w-，但大大有圍匣母、影母與遇攝合口一三等字相拼，讀作 齒唇擦音 f-。[63]

	湖（匣母）	互（匣母）	護（匣母）	芋（影母）
廣州	wu²¹	wu²²	wu²²	wu²²
大有圍	fu⁴²	fu²¹	fu²¹	fu²¹

2.2 韻母方面

2.2.1 古止攝開口三等韻與精、莊兩組聲母相拼時，這此字在廣州話韻母是讀 i，但沙田話大部分韻母讀作 y，這個特點跟順德一致的。[64] 沙田人因長期與廣府人接觸，部分字韻母已讀成 i。

	斯（精組）	私（精組）	師（莊組）	事（莊組）
廣州	ʃi⁵⁵	tʃi⁵⁵	ʃi³⁵	ʃi²²
大有圍	ʃy⁵⁵	tʃy⁵⁵	ʃy³⁵	ʃy²¹

2.2.2 沙田話舌面前圓唇半開母音 œ 為主要母音一系列韻母很豐富，有 œ、œŋ、œk、ɵn、ɵt、ɵy 之外，ɔŋ、ɔk 與部分 ɔ 也讀作 œŋ、œk、œ。

---

63 詹伯慧主編：《廣東粵方言概要》（廣州市：暨南大學出版社，2004年），頁127。
64 詹伯慧主編：《廣東粵方言概要》（廣州市：暨南大學出版社，2004年），頁128-129。

	糯果合一	朵果合一	螺果合一
廣州	nɔ²²	tɔ³⁵	lɔ²¹
大有圍	lœ²¹	tœ³⁵	lœ⁴²

2.2.3　部分古宕開一、宕開三、宕合一、宕合三、江開二、梗開二、梗合一、梗合二、曾合一、通合一 ɔŋ、ɔk 韻母讀作 œŋ、œk。

	幫宕開一	光宕合一	港江開二	蚌梗開二
廣州	pɔŋ⁵⁵	kwɔŋ⁵⁵	kɔŋ⁵⁵	pʰɔŋ¹³
大有圍	pœŋ⁵⁵	kwœŋ⁵⁵	kœŋ⁵⁵	pʰœŋ¹³

	莫宕開一	霍宕合一	角江開二	國曾合一
廣州	mɔk²	fɔk³	kɔk³	kwɔk³
大有圍	mœk²	fœk³	kœk³	kœk³

2.2.4　古效攝開口一等字的韻母在廣州話是讀作 ou，大有圍沙田話部分字會讀作 ɔ，這是跟南海、順德很一致。[65]

	保效開一	刀效開一	嫂效開一	膏效開一
廣州	pou³⁵	tou⁵⁵	ʃou³⁵	kou⁵⁵
大有圍	pɔ³⁵	tɔ⁵⁵	ʃɔ³⁵	kɔ⁵⁵

2.2.5　部分古止攝開口三等字在廣州話韻母讀 ei，沙田話跟南海、順德話一樣讀作 i，但沙田話只限於與 k kʰ h 相拼成則讀作 i，與其他聲母相拼時，依舊讀 ei。[66]

---

65 詹伯慧主編：《廣東粵方言概要》（廣州市：暨南大學出版社，2004年），頁129。

66 詹伯慧主編：《廣東粵方言概要》（廣州市：暨南大學出版社，2004年），頁130。

	基 止開三見	棋 止開三群	妓 止開三群	汽 止開三溪
廣州	kei⁵⁵	kʰei²¹	kei²²	hei³³
大有圍	ki⁵⁵	kʰi⁴²	ki²¹	hi⁴²

2.2.6　古遇攝三等見系、部分蟹合一，廣州話讀 ɵy，沙田話則讀 y。[67]

	舉 遇合三見	距 遇合三群	退 蟹合一定	堆 蟹合一端	雷 蟹合一來
廣州	kɵy³⁵	kʰɵy¹³	tʰɵy³³	tɵy⁵⁵	lɵy²¹
大有圍	ky³⁵	kʰy¹³	tʰy⁴²	ty⁵⁵	ly⁴²

2.2.7　咸攝開口一等見母、影母為主的字，廣州話陽聲韻讀 ɐm，入聲韻讀 ɐp，沙田話前者讀 om，後者讀 op，這一類字並不多。這一點特點與順德、南海沙頭話相近。[68]

	柑 咸開一見	甘 咸開一見	敢 咸開一見	庵 咸開一影
廣州	kɐm⁵⁵	kɐm⁵⁵	kɐm³⁵	ɐm⁵⁵
大有圍	kom⁵⁵	kom⁵⁵	kom³⁵	om⁵⁵

	盒 咸開一匣	合 咸開一匣	鴿 咸開一見
廣州	hɐp²	hɐp²	kɐp³
大有圍	hop²	hop²	kop³

---

67 彭小川：〈廣東南海（沙頭）方言音系〉，《方言》（北京市：商務印書館，1990年2月），第1期，頁23。
　　甘於恩：〈三水西南方言音系概述〉，《第二屆國際粵方言研討會論文集》（廣州市：暨南大學出版社，1990年），頁102。
68 彭小川：〈廣東南海（沙頭）方言音系〉，《方言》（北京市：商務印書館，1990年2月），第1期，頁23。
　　甘於恩：〈三水西南方言音系概述〉，《第二屆國際粵方言研討會論文集》（廣州市：暨南大學出版社，1990年），頁102。

2.2.8　古效攝開口二等字，口語部分字讀音為 ɛu。[69]

	教效開二	飽效開二	包效開二	貓效開二
廣州	kau³³	pau³⁵	pau⁵⁵	mau⁵⁵
大有圍	kɛu⁴²	pɛu³⁵	pɛu⁵⁵	mɛu⁵⁵

2.2.9　古山攝開口二、四等，合口二等為主的白讀字讀作 ɛn　ɛt。[70]

	慣山開四	閑山開二	間山開二	山山開二
廣州	kwan³³	han²¹	kan⁵⁵	ʃan⁵⁵
大有圍	kwɛn⁴²	hɛn⁴²	kɛn⁵⁵	ʃɛn⁵⁵（拜山）

	八山開二	滑山合二	刮山合二	挖山合二
廣州	pat³	wat²	kwat³	kwat³
大有圍	pɛt³	wɛt²	kwɛt³	kwɛt³

2.2.10　古咸攝開口一、二等讀作 ɛm　ɛp。[71]

---

69 彭小川：〈廣東南海（沙頭）方言音系〉，《方言》（北京市：商務印書館，1990年2月），第1期，頁23。

　甘於恩、吳芳：〈廣東順德（陳村）話調查紀略〉，《粵語研究》（澳門：澳門粵方言學會，2007年12月），第2期，頁43。

　甘於恩：〈三水西南方言音系概述〉，《第二屆國際粵方言研討會論文集》（廣州市：暨南大學出版社，1990年），頁102。

70 彭小川：〈廣東南海（沙頭）方言音系〉，《方言》（北京市：商務印書館，1990年2月），第1期，頁23。

　甘於恩、吳芳：〈廣東順德（陳村）話調查紀略〉，《粵語研究》（澳門：澳門粵方言學會，2007年12月），第2期，頁43。

　甘於恩：〈三水西南方言音系概述〉，《第二屆國際粵方言研討會論文集》（廣州市：暨南大學出版社，1990年），頁102。

71 彭小川：〈廣東南海（沙頭）方言音系〉，《方言》（北京市：商務印書館，1990年2月），第1期，頁23。

	減咸開二	鹹咸開二	餡咸開二	夾咸開二
廣州	kam³⁵	ham²¹	ham³⁵	kap³
大有圍	kɛm³⁵	hɛm⁴²	hɛm³⁵	kɛp³

2.3 聲調方面

聲調部分跟廣州話一樣，變調也一致的。差異之處是廣州話陰去33唸成42，即古陰入去派入古陽平；陽平21，讀作42；陽去22唸作21。

	變	移	弟
廣州	pin³³	ji²¹	tɐi²²
大有圍	pin⁴²	ji⁴²	tɐi²¹

第六節　南頭南城村沙田話音系特點

梁勤福（1949年）南頭低沙村人，大專，自順德桂洲遷來，不清楚先輩遷來到他有多少代。陸嬋娣（1983年），南頭南城村人，碩士，大學老師。先輩從南雄珠璣巷遷徙到順德桂洲。從桂洲遷到南頭，到她是十八代了。本文以陸嬋娣為主，梁勤福作參考之用。

南頭全境屬明代形成的東海十六沙。時屬古海鄉域，在元、明淤淺坡頭沙，屬黃旗都。清初，鄰近的順德、番禺等地的人遷來圍海造田，從事生產勞動而繁衍生息，逐漸形成村落。現穗西村有壓閘石一塊，上刻咸豐十年。

甘於恩、吳芳：〈廣東順德（陳村）話調查紀略〉，《粵語研究》（澳門：澳門粵方言學會，2007年12月），第2期，頁43。

甘於恩：〈三水西南方言音系概述〉，《第二屆國際粵方言研討會論文集》（廣州市：暨南大學出版社，1990年），頁102。

民國時期先屬第九區（東海區），後屬文明鄉。解放後，一九四九年十一月復屬第九區，一九五三年六月改屬第七區，一九五五年八月稱南頭區，一九五七年二月改稱南頭鄉並分出東鳳鄉，一九五八年八月—十月改為南頭公社後歸併小欖公社稱為南頭耕作區，一九五四年四月與東鳳復合稱南頭公社，一九六一年八月改為南頭區，一九六七年復稱南頭公社，一九七四年一月分出東鳳公社，一九八四年二月復稱南頭區，一九八六年十二月改稱南頭鎮。

南頭鎮位於中山市北部，距市政府西北偏北二十三點四公里，東與東南與黃圃鎮接壤，西與西南隔雞鴉水道與東鳳、阜沙鎮相望，北與佛山市順德區相鄰，面積二十六平方公里，現轄南城、民安、將軍、滘心、穗西、北帝等六個村民委員會及南頭居民委員會。南頭鎮戶籍人口四點一八萬人，外來人口三點〇一萬人。

南頭屬中山市北部平原區（海積沖積平原）地勢平坦，海拔在二米以下，大致由西北向東南輕微傾斜，河網密佈。按海拔和形成年代來區分，屬北部基水地社區。牛崗佔地一千多畝，其中兩百六十三畝屬南頭鎮，這是南頭唯一的小丘陵。

南頭鎮位於中山北部的高沙田地區，與順德、番禺等地相鄰，其居民的先祖大部分來自順德、番禺、南海等鄰縣。

南頭人講的沙田話也可細分為順德話和水上話，約有百分之七十五的南頭人講桂洲話，百分之二十五的南頭人講水上話。其中，居住在南頭村、汲水村、民安村及北帝村、穗西村、華光村的大部分人，居住在將軍村、低沙村、滘心村、孖沙村的小部分人的先祖均由順德容桂地區遷來，上述社區的居民至今仍講順德桂洲話音的沙田話。居住在北帝村、穗西村、華光村的小部分人及將軍村、低沙村、滘心村、孖沙村的大部分人，其祖輩來自黃圃或番禺、東莞，上述社區的

居民至今講的是帶東莞話音的水上話。[72]

1.1　聲韻調系統

聲母十九個，零聲母包括在內

p　補瀑玻邊　　pʰ　浦爬編批　　m 模務味慢

　　　　　　　　　　　　　　　　　　　　　　　　f 火褲法互

t　　大典洞弟　tʰ　拖替談挺　　　　　　　l 羅李靈泥

tʃ　醉闆種逐　tʃʰ　秋瘡綽程　　　　　　　∫ 小師水時

　　　　　　　　　　　　　　　　　　　　　　　　j 由因仁玉

k　　歌幾局江　kʰ　卻級期劇　　ŋ 呆顏牛外

kw　怪均季國　kwʰ　誇困群規　　　　　　　　　　　　w 活獲蛙旺

　　　　　　　　　　　　　　　　　　　　　h 可客香鹹

ø　　哀安握坳

---

72 以上資料由南頭鎮宣傳辦提供。

1.2　韻母

韻母表（韻母五十八個，包括兩個鼻韻韻母）

單母音	複母音		鼻尾韻			塞尾韻		
a 馬加牙華	ai 拜戒街快	au 跑巢撈效	am 慘慚衫嚴	an 單產飯患	aŋ 彭冷棚橫	ap 答蠟眨咬	at 擦殺刷發	ak 惡嚇宅隔
(ɐ)	ɐi 世米勤權	ɐu 偷嘔紐遊	ɐm 感針金音	ɐn 恨賓婚訓	ɐŋ 等耿橫轟	ɐp 恰給濕吸	ɐt 漆惡核物	ɐk 墨特塞黑
ɛ 寫蛇社野		ɛu 貓教覺飽	ɛm 淰諴暗餡	ɛn 邊閑山慣	ɛŋ 鏡頸病鄭	ɛp 灰盒鴿	ɛt 八滑刮挖	ɛk 隻尺笛吃
(e) ei 啤彌眉尾					eŋ 乘的鈴頃			ek 息夕易擊
i 至姊義旗		iu 秒沼妖跳	im 臉劍醃甜	in 仙然田現		ip 接貢貶牒	it 烈徹蝕結	
(ɔ) 拖裸禾稻	ɔi 再該愛外		ɔm 柑甘暗電	ɔn 竿罕旱安			ɔt 渴葛喝割	
(o)	ou 普吐怒武				oŋ 蓬聰終權	op 盒鴿合		ok 鹿穀焗辱
u 姑護付輔	ui 皆枚灰劊			un 半灌歡悶			ut 潑抹豁沒	
œ 朵襴螺靴	ey 女序嘴衰				œŋ 亮箱唱香			œk 雀削綽作
(ə)				ən 信論唇眉			ət 率術術述	
y 書餘許事				yn 喧全縣孫			yt 奪悅啜詰	

鼻韻　m̩ 唔　ŋ̩ 吾五梧午

1.3 聲調九個

調類		調值	例字
陰平		55（53）	蚊衫蕉巾（商知丁開）
陰上		35	紙走口楚
陰去		32	蓋對唱怕
陽平		42	人龍唐扶
陽上		13	女武倍距
上	陰入	5	急出即曲
下		3	甲鐵刷割
陽入		2	納落讀服

　　陰平調有55（衫[55]、蕉[55]、呢個篩[55]、訓練班[55]）和53（三[53]、招[53]、篩[53]一篩[53]、一班[53]人）兩個調值，正文一律標55。

　　古去聲清聲母是派入陽平。陽平是42。

　　陽去方面是21。

　　陽入是一個平調的2。

2 語音特點

2.1 聲母方面

2.1.1 無舌尖鼻音 n，古泥母、來母字今音聲母均讀作 l。

　　古泥（娘）母字廣州話基本 n、l 不混，滘心沙田話把 n、l 相混，結果南藍不分，諾落不分。例如：

	南（泥）		藍（來）		娘（泥）		良（來）
廣州	nam²¹	≠	lam²¹	廣州	nœŋ²¹	≠	lœŋ²¹
南城村	lam⁴²	=	lam⁴²	南城村	lœŋ⁴²	=	lœŋ⁴²

2.1.2　古遇攝合口一等字，在廣州話聲母一般讀作 雙唇舌根半母音 w-，南城村沙田話部分匣母、云母與遇攝合口一三等字相拼，讀作 齒唇擦音 f-。[73]

	湖遇合一匣	護遇合一匣	互遇合一匣	芋遇合三云
廣州	wu²¹	wu²²	wu²²	wu²²
南城村	fu⁴²	fu²¹	fu²¹	fu²¹

2.2　韻母方面

2.2.1　古止攝開口三等韻與精、莊兩組聲母相拼時，這此字在廣州話韻母是讀 i，但南城村沙田話大部分韻母讀作 y。這個特點跟順德一致的。[74]

	撕（精組）	瓷（精組）	師（莊組）	事（莊組）
廣州	ʃi⁵⁵	tʃʰi²¹	ʃi⁵⁵	ʃi²²
南城村	ʃy⁵⁵	tʃʰy⁴²	ʃy⁵⁵	ʃy²¹

2.2.2　沙田話舌面前圓唇半開母音 œ 為主要母音一系列韻母很豐富，有 œ、œŋ、œk、ɵn、ɵt、ɵy 之外，ɔŋ、ɔk 與部分 ɔ 也讀作 œŋ、œk、œ。

73　詹伯慧主編：《廣東粵方言概要》（廣州市：暨南大學出版社，2004年），頁127。
74　詹伯慧主編：《廣東粵方言概要》（廣州市：暨南大學出版社，2004年），頁128-129。

	糯果合一	蓑果合一	銼果合一	螺果合一
廣州	$nɔ^{22}$	$ʃɔ^{55}$	$tʃʰɔ^{33}$	$lɔ^{21}$
南城村	$lœ^{21}$	$ʃœ^{55}$	$tʃʰœ^{32}$	$lœ^{42}$

2.2.3 部分古宕開一、宕開三、宕合一、宕合三、江開二、梗開二、梗合一、梗合二、曾合一、通合一 ɔŋ、ɔk 韻母讀作 œŋ、œk。

	忙宕開一	黃宕合一	江江開二	蚌梗開二
廣州	$mɔŋ^{21}$	$wɔŋ^{21}$	$kɔŋ^{55}$	$pʰɔŋ^{13}$
南城村	$mœŋ^{42}$	$wœŋ^{42}$	$kœŋ^{55}$	$pʰœŋ^{13}$

	駱宕開一	霍宕合一	角江開二	國曾合一
廣州	$lɔk^{2}$	$fɔk^{3}$	$kɔk^{3}$	$kwɔk^{3}$
南城村	$lœk^{2}$	$fœk^{3}$	$kœk^{3}$	$kœk^{3}$

2.2.4 古效攝開口一等字的韻母在廣州話是讀作 ou，南城村沙田話部分字會讀作 ɔ，這跟南海、順德一致。[75]

	保效開一	冒效開一	勞效開一	導效開一
廣州	pou^{35}	mou^{22}	lou^{21}	tou^{22}
南城村	$pɔ^{35}$	$mɔ^{21}$	$lɔ^{42}$	$tɔ^{21}$

2.2.5 部分古止攝開口三等字在廣州話韻母讀 ei，沙田話跟南海、順德話一樣讀作 i，但沙田話只限於與 k kʰ h 相拼成則讀作 i，與其他聲母相拼時，依舊讀 ei。[76]

---

75 詹伯慧主編：《廣東粵方言概要》（廣州市：暨南大學出版社，2004年），頁129。
76 詹伯慧主編：《廣東粵方言概要》（廣州市：暨南大學出版社，2004年），頁130。

	寄 止開三見	其 止開三群	妓 止開三群	起 止開三溪
廣州	kei³³	kʰei²¹	kei²²	hei³⁵
南城村	ki³²	kʰi⁴²	ki²¹	hi³⁵

2.2.6 古遇攝三等見組、曉組，部分蟹合一，廣州話讀 ɵy，南城村
　　　沙田話則讀 y。[77]

	居 遇合三見	舉 遇合三見	許 遇合三曉	對 蟹合一端
廣州	kɵy⁵⁵	kɵy³⁵	hɵy³⁵	tɵy³³
南城村	ky⁵⁵	ky³⁵	hy³⁵	ty³²

2.2.7 咸攝開口一等見母、影母為主的字，廣州話陽聲韻讀 ɐm，入
　　　聲韻讀 ɐp，南城村沙田話前者讀 om，後者讀 op，這一類字
　　　並不多。這一點特點與順德、南海沙頭話相近。[78]

	柑 咸開一見	甘 咸開一見	暗 咸開一影	庵 咸開一影
廣州	kɐm⁵⁵	kɐm⁵⁵	ɐm³³	ɐm⁵⁵
南城村	kom⁵⁵	kom⁵⁵	om³²	om⁵⁵

	盒 咸開一匣	合 咸開一匣	鴿 咸開一見
廣州	hɐp²	hɐp²	kɐp³
南城村	hop²	hop²	kop³

---

77 彭小川：〈廣東南海（沙頭）方言音系〉，《方言》（北京市：商務印書館，1990年2
　　月），第1期，頁23。
　　甘於恩：〈三水西南方言音系概述〉，《第二屆國際粵方言研討會論文集》（廣州市：
　　暨南大學出版社，1990年），頁102。
78 彭小川：〈廣東南海（沙頭）方言音系〉，《方言》（北京市：商務印書館，1990年2
　　月），第1期，頁23。
　　甘於恩：〈三水西南方言音系概述〉，《第二屆國際粵方言研討會論文集》（廣州市：
　　暨南大學出版社，1990年），頁102。

2.2.8 古效攝開口二等字，口語部分字讀音為 ɛu。[79]

	飽_{效開二}	教_{效開二}	覺_{效開二}	貓_{效開二}
廣州	pau³⁵	kau³³	kau³³	mau⁵⁵
南城村	pɛu³⁵	kɛu³³	kɛu³³	mɛu⁵⁵

2.2.9 古山攝開口二、四等，合口二等為主的白讀字讀作 ɛn ɛt。[80]

	邊_{山開四}	閑_{山開二}	間_{山開二}	山_{山開二}
廣州	pin⁵⁵	han²¹	kan⁵⁵	ʃan⁵⁵
南城村	pɛn⁵⁵	hɛn⁴²	kɛn⁵⁵	ʃɛn⁵⁵（拜山）

	八_{山開二}	滑_{山合二}	刮_{山合二}	挖_{山合二}
廣州	pat³	wat²	kwat³	kwat³
南城村	pɛt³	wɛt²	kwɛt³	kwɛt³

2.2.10 古咸攝開口一、二等讀作 ɛm ɛp。[81]

---

79 彭小川：〈廣東南海（沙頭）方言音系〉，《方言》（北京市：商務印書館，1990年2月），第1期，頁23。

甘於恩、吳芳：〈廣東順德（陳村）話調查紀略〉，《粵語研究》（澳門：澳門粵方言學會，2007年12月），第2期，頁43。

甘於恩：〈三水西南方言音系概述〉，《第二屆國際粵方言研討會論文集》（廣州市：暨南大學出版社，1990年），頁102。

80 彭小川：〈廣東南海（沙頭）方言音系〉，《方言》（北京市：商務印書館，1990年2月），第1期，頁23。

甘於恩、吳芳：〈廣東順德（陳村）話調查紀略〉，《粵語研究》（澳門：澳門粵方言學會，2007年12月），第2期，頁43。

甘於恩：〈三水西南方言音系概述〉，《第二屆國際粵方言研討會論文集》（廣州市：暨南大學出版社，1990年），頁102。

81 彭小川〈廣東南海：（沙頭）方言音系〉，《方言》（北京市：商務印書館，1990年2月），第1期，頁23。

	減咸開二	餡咸開二	鹹咸開二	暗咸開一
廣州	kam³⁵	ham²¹	ham²¹	ɐm³³
南城村	kɛm³⁵	hɛm⁴²	hɛm⁴²	ɛm³² （暗瘡）

	夾咸開二	盒咸開一	鴿咸開一
廣州	kap³	hap²	kɐp³
南城村	kɛp³	hɛp²	kɛp³

2.3　聲調方面

聲調部分跟廣州話一樣，變調也一致的。差異之處是廣州話陰去33唸成32；陽平21，讀作42；陽去22唸作21。

	愛	姚	雁
廣州	ɔi³³	jiu²¹	ŋan²²
南城村	ɔi³²	jiu⁴²	ŋan²¹

第七節　東鳳鎮東罟埗村二片沙田話音系特點

何端有（1942-2016年），從順德桂洲遷來到他已十二代，屬東罟埗村二片人；李焯光（1945年），退休校長，西罟人，先輩從順德遷到小欖，由小欖遷到西罟到他已五代。本文主要合作人是何端有，李焯光作參考之用。[82]

甘於恩、吳芳：〈廣東順德（陳村）話調查紀略〉，《粵語研究》（澳門：澳門粵方言學會，2007年12月），第2期，頁43。

甘於恩：〈三水西南方言音系概述〉，《第二屆國際粵方言研討會論文集》（廣州市：暨南大學出版社，1990年），頁102。

82 三片、四片方言相同，與二片有差別。沙田區各鎮多數出現部分古宕開一、宕開三、宕合一、宕合三、江開二、梗開二、梗合一、梗合二、曾合一、通合一 ɔŋ、

　　東罟埗村包含四樓、新社、高橋頭和鵝眉。在中山市石岐偏北十四點五公里。原為元代淤積成的西海十八沙之一的罟埗沙。明弘治年間（1448-1505），在現在的四樓附近已有人墾耕，清康熙中期開始，先後有順德，容奇、桂州、小欖、黃圃、港口、石岐、張家邊、沙溪、橫欄、太平、四六沙等地人遷來居住。

　　光緒三年（即1877年），東罟埗村西閘頭就是黃圃人建起的（閘壁有石記載），四樓閘（光緒四年）的建造是築圍後一年（閘壁有石記載）。就是從光緒三年起，東罟埗圍（即連成圍）已形成了。

　　罟埗沙又有東西之分（因小欖水道分開），地處罟埗沙的東部，便稱為東海。東海（即連成圍）又分為一樓、二樓、三樓、四樓和樓環，故村稱為罟埗沙、罟埗第四樓（即東罟埗村）。

　　一九三〇年末期，四樓分有內外兩街，又建有碼頭，各行各業都很興旺。

　　到現今，東罟埗村有戶口的人數有六千四百九十一人，但由於來自五湖四海，民間雜俗，口語不一，其中順德容奇、桂州口音佔一點五成；黃圃、阜沙、東罟口音佔三成；港口、民眾、三角、橫欄、太平、四六沙、坦背（即下沙語）佔三成；小欖口音佔一點五成；石岐、沙溪、張家邊、廣西、五邑等的口音佔一成。[83]

ɔk 韻母讀作 œŋ、œk，東罟埗村二片卻沒有這個現象，但三片、四片卻是有這個特點。

[83] 從何端有（1942-2016）編：《中山市東鳳東罟村誌》（內部流通，出版地和印刷年分不詳）撮要部分出來。

1.1　聲韻調系統

聲母十九個，零聲母包括在內

p	波簿品邊	pʰ	普排編劈	m 磨務文慢		
					f 貨苦富胡	
t	都典代弟	tʰ	土天投挺		l 羅利另泥	
tʃ	祭爭舟逐	tʃʰ	此初尺程		ʃ 私色試失	
						j 耶因仍玉
k	古幾共江	kʰ	驅級期求	ŋ 我硬銀外		
kw	瓜均季郡	kwʰ	誇坤群規			w 和宏蛙詠
					h 看坑兄項	
ø	阿安鴨鴉					

1.2 韻母

韻母表（韻母六十個，包括兩個鼻韻韻母）

韻母	單母音	複母音	鼻尾韻			塞尾韻		
a	a 巴家區買快	ai 孩區買快　au 包找交孖	am 探斬衫嚴	an 單山班彎	aŋ 彭坑棚橫	ap 答蠟揷甲	at 達察髮發	ak 或帛客罩
(ɐ)		ɐi 例米動威　ɐu 投狗流幼	ɐm 砍林深音	ɐn 吞民棍君	ɐŋ 登亥笙宏	ɐp 洽立入吸	ɐt 筆失急屈	ɐk 北持則黑
ɛ	ɛ 姐些蛇野	ɛu 包抛貓教	ɛm 黐餡	ɛn 莫關	ɛŋ 病鏡頸餅	ɛp 夾 ？	ɛt ？？？	ɛk 劇尺踢吃
(e)		ei 皮李飛肥						ek 即亦的斫
i	i 詩視志寄	iu 標少要聊	im 漸炎尖念	in 面件田先		ip 業實貼協	it 別折褐結	
ɔ	ɔ 多果和帽	ɔi 台財災內	ɔm 庵甘柑	ɔn 竿看汗安	ɔŋ 忙望講		ɔt 葛渴割喝	ɔk 博角國撲
(o)		ou 佈肚刀好			oŋ 東公中勇	op 盒鴿合		ok 木穀六篤
u	u 姑戶赴芋	ui 杯煤回會		un 半館玩門			ut 撥抹活沒	
œ	œ 安蹀靴				œŋ 良相香窗			œk 略爆約桌
(ə)		ey 女紫水錐		en 鄉論旬順			et 律忛出建	
y	y 豬除鋸事			yn 短川犬存			yt 悅絕月血	
鼻韻	m 唔　ŋ 吾五梧午							

1.3　聲調

調類		調值	例字
陰平		55（53）	蚊蕉衫巾（剛丁三開）
陰上		35	古口醜手
陰去		32	帳對抗去
陽平		42	娘文床時
陽上		13	染野倍舅
上	陰入	5	竹出惜筆
下		3	甲桌各割
陽入		2	六物白服

陰平調有55（衫[55]、蕉[55]、呢個篩[55]、訓練班[55]）和53（三[53]、招[53]、篩[53]一篩[53]、一班[53]人）兩個調值，正文一律標55。

古去聲清聲母是派入陽平。陽平，是一個明顯降調，本文陽平以一個降調42來處理。

陽去方面，本文以21來描寫陽去。

陽入是一個平調的2，不是一個31或21降調。

2　語音特點

2.1　聲母方面

2.1.1　無舌尖鼻音 n，古泥母、來母字今音聲母均讀作 l。

古泥（娘）母字廣州話基本 n、l 不混，東罟埗沙田話把 n、l 相混，結果南藍不分，諾落不分。例如：

	南（泥）		藍（來）		娘（泥）		良（來）
廣州	nam²¹	≠	lam²¹	廣州	nœŋ²¹	≠	lœŋ²¹
東罟埗	lam⁴²	=	lam⁴²	東罟埗	lœŋ⁴²	=	lœŋ⁴²

2.1.2 古遇攝合口一等字，在廣州話聲母一般讀作 雙唇舌根半母音 w-，但沙田話部分匣母、云母與遇攝合口一三等字相拼，讀作齒唇擦音 f-。中山沙田人，主要從順德、南海遷來，所以其沙田話便保留了順德、南海這個特點。[84]

	湖 遇合一匣	護 遇合一匣	戶 遇合一匣	芋 遇合三云
廣州	wu²¹	wu²²	wu²²	wu²²
東罟埗	fu⁴²	fu²¹	fu²¹	fu²¹

2.2 韻母方面

2.2.1 古止攝開口三等韻與精、莊兩組聲母相拼時，這此字在廣州話韻母是讀 i，但東罟埗沙田話部分韻母讀作 y。這個特點跟順德一致的。[85]

	自（精組）	司（精組）	史（莊組）	師（莊組）
廣州	tʃi²²	ʃi⁵⁵	ʃi³⁵	ʃi⁵⁵
東罟埗	tʃy²¹	ʃy⁵⁵	ʃy³⁵	ʃy⁵⁵

2.2.2 沙田話舌面前圓唇半開母音 œ 為主要母音一系列韻母很豐富，有 œ、œŋ、œk、ɵn、ɵt、ɵy 之外，部分 ɔ 也讀作 œ。沙田區各鎮多數出現部分古宕開一、宕開三、宕合一、宕合三、江開二、梗開二、梗合一、梗合二、曾合一、通合一

---

84 詹伯慧主編：《廣東粵方言概要》（廣州市：暨南大學出版社，2004年），頁127。

85 詹伯慧主編：《廣東粵方言概要》（廣州市：暨南大學出版社，2004年），頁128-129。

ɔŋ、ɔk 韻母讀作 œŋ、œk，東罟埗村二片卻沒有這個現象，但三片、四片卻是有這個特點。

	妥果合一	螺果合一
廣州	tʰɔ¹³	lɔ²¹
東罟埗	tʰœ¹³	lœ⁴²

2.2.3　古效攝開口一等字的韻母在廣州話是讀作 ou，東罟埗沙田話部分會讀作 ɔ，這是跟南海、順德很一致。[86]

	保效開一	老效開一	掃效開一	告效開一
廣州	pou³⁵	lou¹³	ʃou³³	kou³³
東罟埗	pɔ³⁵	lɔ¹³	ʃɔ⁴²	kɔ⁴²

2.2.4　部分古止攝開口三等字在廣州話韻母讀 ei，東罟埗沙田話跟南海、順德話一樣讀作 i，但沙田話只限於與 k　kʰ　h 相拼成則讀 i，與其他聲母相拼時，依舊讀 ei。[87]

	基止開三見	岐止開三群	記止開三見	起止開三溪
廣州	kei⁵⁵	kʰei²¹	kei³³	hei³⁵
東罟埗	ki⁵⁵	kʰi⁴²	ki⁴²	hi³⁵

2.2.5　古遇攝三等見組、曉組，部分蟹合一，廣州話讀 ɵy，東罟埗沙田話則讀 y。[88]

86　詹伯慧主編：《廣東粵方言概要》（廣州市：暨南大學出版社，2004年），頁129。

87　詹伯慧主編：《廣東粵方言概要》（廣州市：暨南大學出版社，2004年），頁130。

88　彭小川：〈廣東南海（沙頭）方言音系〉，《方言》（北京市：商務印書館，1990年2月），第1期，頁23。

　　甘於恩：〈三水西南方言音系概述〉，《第二屆國際粵方言研討會論文集》（廣州市：暨南大學出版社，1990年），頁102。

	據過合三見	俱過合三見	虛過合三曉	雷蟹合一來
廣州	kɵy³³	kʰɵy⁵⁵	hɵy⁵⁵	lɵy²¹
東罟埗	ky⁴²	kʰy⁵⁵	hy⁵⁵	ly⁴²

2.2.6 咸攝開口一等見組、影組、曉組為主的字，廣州話陽聲韻讀 ɐm，入聲韻讀 ɐp，沙田話前者讀 om，後者讀 op，這一類 字並不多。這一點特點與順德、南海沙頭話相近。[89]

	柑咸開一見	甘咸開一見	暗咸開一影	庵咸開一影
廣州	kɐm⁵⁵	kɐm⁵⁵	ɐm³³	ɐm⁵⁵
東罟埗	kom⁵⁵	kom⁵⁵	om³²	om⁵⁵

	盒咸開一匣	合咸開一匣	鴿咸開一見
廣州	hɐp²	hɐp²	kɐp³
東罟埗	hop²	hop²	kop³

2.2.7 古效攝開口二等字，口語部分字讀音為 ɛu。[90]

---

89 彭小川：〈廣東南海（沙頭）方言音系〉，《方言》（北京市：商務印書館，1990年2 月），第1期，頁23。

甘於恩：〈三水西南方言音系概述〉，《第二屆國際粵方言研討會論文集》（廣州市： 暨南大學出版社，1990年），頁102。

90 彭小川：〈廣東南海（沙頭）方言音系〉，《方言》（北京市：商務印書館，1990年2 月），第1期，頁23。

甘於恩、吳芳：〈廣東順德（陳村）話調查紀略〉，《粵語研究》（澳門：澳門粵方言 學會，2007年12月），第2期，頁43。

甘於恩：〈三水西南方言音系概述〉，《第二屆國際粵方言研討會論文集》（廣州市： 暨南大學出版社，1990年），頁102。

	教效開二	飽效開二	鉸效開二	拋效開二
廣州	kau³³	pau³⁵	kau³³	pʰau⁵⁵
東罟埗	kɛu⁴²	pɛu³⁵	kɛu³²	pʰɛu⁵⁵

2.2.8　古山攝開口二、四等，合口二等為主的白讀字讀作 ɛn　ɛt。[91]

	邊山開四	閑山開二	莧山開二	關山合二
廣州	pin⁵⁵	han²¹	jin²²	kwan⁵⁵
東罟埗	pɛn⁵⁵	hɛn⁴²	hɛn²¹	kwɛn⁵⁵

	八山開二	滑山合二	刮山合二	挖山合二
廣州	pat³	wat²	kwat³	kwat³
東罟埗	pɛt³	wɛt²	kwɛt³	kwɛt³

2.2.9　古咸攝開口一、二等讀作 ɛm　ɛp。[92]

	減咸開二	含咸開一	咸（咸豐）咸開二	暗咸開一
廣州	kam³⁵	hɐm²¹	ham²¹	ɐm³³
東罟埗	kɛm³⁵	hɛm⁴²	hɛm⁴²	ɛm⁴²（暗瘡）

---

91 彭小川：〈廣東南海（沙頭）方言音系〉，《方言》（北京市：商務印書館，1990年2
月），第1期，頁23。

甘於恩、吳芳：〈廣東順德（陳村）話調查紀略〉，《粵語研究》（澳門：澳門粵方言
學會，2007年12月），第2期，頁43。

甘於恩：〈三水西南方言音系概述〉，《第二屆國際粵方言研討會論文集》（廣州市：
暨南大學出版社，1990年），頁102。

92 彭小川：〈廣東南海（沙頭）方言音系〉，《方言》（北京市：商務印書館，1990年2
月），第1期，頁23。

甘於恩、吳芳：〈廣東順德（陳村）話調查紀略〉，《粵語研究》（澳門：澳門粵方言
學會，2007年12月），第2期，頁43。

甘於恩：〈三水西南方言音系概述〉，《第二屆國際粵方言研討會論文集》（廣州市：
暨南大學出版社，1990年），頁102。

	夾_{咸開二}	蛤_{咸開一}

	夾 咸開二	蛤 咸開一
廣州	kap^3	$kɐp^3$
東罟垻	$kɛp^3$	$kɛp^3$

2.3 聲調方面

聲調部分跟廣州話一樣,變調也一致的。差異之處是廣州話陰去33唸成42;陽平21,讀作42;陽去22唸作21。

	正	何	莧
廣州	$tʃɐŋ^{33}$	$hɔ^{21}$	jin^{22}
東罟垻	$tʃɐŋ^{42}$	$hɔ^{42}$	$hɛn^{21}$

第八節　板芙金鐘村沙田話音系特點

合作是陳貴添(1958年),高中程度,金鐘村人,不知道從何遷來,也不清楚遷來多少代;蕭甜勝(1948年),退休校長,先輩從江西太和遷來小欖,再遷到金鐘,蕭校長稱從金鐘來算,他是十九傳人;盧炳歡(1954年),加茂村人。本文以陳貴添為主,蕭甜勝(未完成全部調查)、盧炳歡作參考之用。

清朝以前。板芙全境以石岐河為中心線,分為東、西兩個片區,俗稱河東片與河西片或河東與河西。南宋紹興二十一年(1151年)前,屬東莞縣地。1152年屬新設立的香山縣地,河東片的深灣一帶歸香山縣仁良都仁厚鄉管轄,河西片為德慶鄉海域。明朝(1381-1544年)河東片屬良字都,河西片屬龍眼都海域。清朝(1827年)河東片屬仁良都,河西片淤淺開始形成陸地屬隆都。清朝(1880年)香山縣設九個都鎮,河東片深灣、白溪一帶等屬仁良都,河西片芙蓉沙、廣福沙等屬隆鎮。清朝宣統二年(1910年)香山縣設置區,河東片屬第

一區管轄，河西片屬第二區管轄。中華民國時期。民國十九年（1930年）河東片的深灣沙岡、深灣白溪先後屬香山縣仁良區、第一區，河西片的四沙（即板尾沙、芙蓉沙、廣福沙、大排沙）先後屬隆鎮、第二區（後改稱為西鄉區）。中華人民共和國成立前夕，河東片稱為鹿鳴鄉，河西片劃歸四沙鄉。中華人民共和國時期。一九四九年冬至一九五一年一月，河東片仍稱鹿鳴鄉，歸中山縣第一區管轄；河西片仍稱四沙鄉，歸第二區管轄。一九五三年，河東片分為深灣、金鐘、湖洲三個鄉，屬第一區管轄；河西片的廣福沙頭、沙尾合併為廣福鄉，板尾沙與芙蓉沙合併為板芙鄉，兩鄉屬第十二區管轄。一九五五年八月，河東片屬沙涌區，河西片屬橫蘭區。一九五七年撤區並鄉，河東片與河西片合併，深灣、金鐘、湖洲、板芙、廣福五個行政村劃歸北溪鄉。一九五八年八月至一九六一年上半年，河東片與河西片先後同屬紅旗公社（即原北溪鄉）、三鄉公社北溪耕作區和北溪公社。一九六一年八月，河東與河西片劃歸三鄉區，分別設置板芙小公社和深灣小公社。板芙小公社轄沙頭、一二圍、十三頃、加茂、板尾、廟溍、祿圍、新圍、廣福、福荏、福尾、金鐘十二個生產大隊；深灣小公社轄白石、麻子、三溪、湖洲、民溪、虎爪、白溪、新圍、果園、深灣、裡溪十一個生產大隊。一九六三年初，板芙小公社、深灣小公社、神灣小公社合併為深灣公社。一九六五年一月，撤銷深灣公社時與神灣公社分家，成立板芙公社。一九八三年十一月，板芙人民公社改為板芙區。一九八六年十二月，板芙區改為板芙鎮。二〇〇五年，板芙鎮轄板芙、板尾、四聯、祿圍、廣福、金鐘、裏溪、深灣、白溪、湖洲十個村民委員會和一個板芙居民委員會。

　　二〇〇五年板芙戶籍人口三萬兩千七百九十九人，沙田人兩萬兩千六百八十三人，佔全鎮總人口百分之六十九點一六。沙田人，板芙人稱其為水上人，全部講水上話，即是沙田話。餘下大部分多講白

話，白話中各村都存在口音差異，但大家都互相聽明白，有部分似石岐話，同石岐話又有差異。還有小部分講客家話，客家話中各村同樣存在差異。白話（不是標準廣州音）約佔百分之二十五，客家話約佔百分之五。

金鐘村位於石岐南偏西十八點一公里，板芙鎮政府南四點六公里處，屬金鐘村委會管轄，設六個村民小組，二〇〇五年人口一千三百八十一人，清光緒六年（1880年）黃姓族人從象角大興坊（屬今沙溪鎮）遷此建村，該村地處金鐘山北麓的山腳沿一河兩岸居住，故名。[93]

1.1　聲韻調系統

聲母十九個，零聲母包括在內

p 菠薄玻壁	pʰ 皮排鄙片	m 模務味慢	
			f 婚苦法胡
t 代丁袋定	tʰ 拖天投題	l 拉利禮泥	
tʃ 將責證逐	tʃʰ 雌初綽陳	ʃ 私所試甚	
			j 由益仁玉
k 個幾局江	kʰ 頃級期強	ŋ 我硬牛偶	
kw 瓜均鬼郡	kwʰ 誇困菌愧	w 和獲溫韻	
		h 可腔香雨	
ø 阿安丫握			

1.2 韻母

韻母表（韻母五十二個，包括兩個鼻韻韻母）

	單母音	複母音		鼻尾韻			塞尾韻		
a	a 把家嫁娃	ai 大界佳拉	au 包找摘校	am 眈籃衫巖	an 單產版彈	aŋ 罌坑橙橫	ap 雜塌插甲	at 擦擦髮絲	ak 或白容窄
(ɐ)		ɐi 西米軌輝	ɐu 茂偶流貓	ɐm 砍心金音	ɐn 根真坤群	ɐŋ 朋等亨薨	ɐp 合粒拾吸	ɐt 畢失怨勿	ɐk 北肋則黑
ɛ	ɛ 姐蛇爺靴		ɛu 貓飽			ɛŋ 餅鄭頸柄	ɛp 蛤	ɛt 滑刮八	ɛk 攠尺笛糴
(e)	ei 睥理飛肥					eŋ 升京寧兄			ek 色亦敵激
i	i 是遮鞭注		iu 抄擾橋聊	im 漸劍尖甜	in 綿件填專		ip 葉枯帖協	it 哲折歇決	
ɔ	ɔ 多臥和初	ɔi 采財蔡內			ɔn 芊岸汗按	ɔŋ 唐廣堂娘		ɔt 葛割喝渴	ɔk 博角國腳
(o)			ou 步肚到好			oŋ 雍公終勇			ok 族華竹局
u	u 故護扶附	ui 培每回徐			un 般碗腕悶			ut 沒抹活勃	
(ə)					en 鄉論春順			et 律率術統	

鼻韻 m 唔 ŋ 吾五梧誤

1.3 聲調

調類		調值	例字
陰平		55（53）	衫巾蚊蕉（三初邊專）
陰上		35	古楚手口
陰去		33	蓋喝醉題
陽平		42	娘雲扶平
陽上		13	五野舅距
上	陰入	5	一出惜曲
下		3	接各刷割
陽入		2	物弱宅俗

陰平調有55（衫[55]、蕉[55]、呢個篩[55]、訓練班[55]）和53（三[53]、招[53]、篩[53]一篩[53]、一班[53]人）兩個調值，正文一律標55。

2 語音特點

2.1 聲母方面

2.1.1 無舌尖鼻音 n，古泥母、來母字今音聲母均讀作 l。

古泥（娘）母字廣州話基本 n、l 不混，古泥母字，一概讀 n；古來母字，一概讀 l。金鐘把 n、l 相混，結果南藍不分，諾落不分。

	南（泥）		藍（來）		諾（泥）		落（來）
廣州	nam[21]	≠	lam[21]	廣州	nɔk[2]	≠	lɔk[2]
金鐘	lan[42]	=	lan[42]	金鐘	lɔk[2]	=	lɔk[2]

2.1.2　古遇攝合口一等字，在廣州話聲母一般讀作 雙唇舌根半母音 w-，但沙田話部分匣母、云母與遇攝合口一三等字相拼，讀作齒唇擦音 f-。[94]

	湖遇合一匣	狐遇合一匣	護遇合一匣	芋遇合三云
廣州	wu²¹	wu²¹	wu²²	wu²²
金鐘	fu⁴²	fu⁴²	fu²²	fu²²

2.1.3　古喻母在廣州話裡讀半母音濁擦音 j，金鐘話裡，古喻母字聲母有唸為 h 的現象。[95]

	雨（云）	禹（云）	緣（以）	院（云）
廣州	jy¹³	jy¹³	jyn²¹	jyn²²
金鐘	hi¹³	hi¹³	hin⁴²	hin²²

2.2　韻母方面

2.2.1　沒有舌面前圓唇閉母音 y 系韻母。

廣州話有舌面前圓唇閉母音 y 系韻母字，金鐘話一律讀作 i。

	舒遇合三	段山合一	孫臻合一	脫山合一
廣州	ʃy⁵⁵	tyn²²	ʃyn⁵⁵	tʰyt³
金鐘	ʃi⁵⁵	tin²²	ʃin⁵⁵	tʰit³

2.2.2　差不多沒有舌面前圓唇半開母音 œ（e）為主要母音一系列韻母。這類韻母多屬中古音裡的三等韻。廣州話的 œ 系韻母

94 詹伯慧主編：《廣東粵方言概要》（廣州市：暨南大學出版社，2004年），頁127。
95 彭小川：〈廣東南海（沙頭）方言音系〉，《方言》（北京市：商務印書館，1990年2月），第1期，頁22。沙頭話也有這種現象。
詹伯慧主編：《廣東方言概要》，頁126。

œ、œŋ、œk、ɵn、ɵt、ɵy 在金鐘話分別歸入 ɛ、ɔŋ、ɔk、
ui。沒有圓唇韻母 œ，œŋ、œk，歸入 ɔ、ɔŋ、ɔk。

	靴果合三	娘宕開三	香宕開三	雀宕開三	腳宕開三
廣州	hœ⁵⁵	nœŋ²¹	hœŋ⁵⁵	tʃœk³	kœk³
金鐘	hɛ⁵⁵	lɔŋ⁴²	hɔŋ⁵⁵	tʃɔk³	kɔk³

這是沙田區水上話的主要特點。

沒有 ɵy，一律讀成 ui。

	徐遇合三	需遇合三	醉止合三	旅遇合三鎮驕
廣州	tʃʰɵy²¹	ʃɵy⁵⁵	tʃɵy³⁵	lɵy¹³
金鐘	tʃʰui⁴²	ʃui⁵⁵	tʃui³⁵	lui¹³

古遇攝三等見組、曉組，廣州話讀 ɵy，金鐘話則讀 i。

	居遇合三見	駒遇合三見	許遇合三曉
廣州	kɵy⁵⁵	kʰɵy⁵⁵	hɵy³⁵
金鐘	ki⁵⁵	kʰi⁵⁵	hi³⁵

2.2.3 部分古止攝開口三等字在廣州話韻母讀 ei，金鐘沙田話跟南海、順德話一樣讀作 i，但金鐘沙田話只限於與 k kʰ h 相拼成則讀作 i，與其他聲母相拼時，依舊讀 ei。[96]

	企止開三溪	鰭止開三群	技止開三群	器止開三溪
廣州	kʰei³⁵	kʰei²¹	kei²²	hei³³
金鐘	kʰi³⁵	kʰi⁴²	ki²²	hi³³

96 詹伯慧主編：《廣東粵方言概要》（廣州市：暨南大學出版社，2004年），頁130。

2.2.4 古效攝開口二等字，口語部分字讀音為 ɛu。[97]

	貓_{效開二}	飽_{效開二}

	貓效開二	飽效開二
廣州	mau⁵⁵	pau³⁵
金鐘	mɛu⁵⁵	pɛu³⁵

2.2.5 古山攝開口二、四等，合口二等，沙田話一般白讀字有 ɛn ɛt；金鐘話只 ɛt。[98]

	八山開二	滑山合二	刮山合二
廣州	pat³	wat²	kwat³
金鐘	pɛt³	wɛt²	kwɛt³

2.2.6 古咸攝開口一、二等字，沙田話一般白讀字會讀作 ɛm　ɛp；金鐘只有 ɛp。[99]

---

97 彭小川：〈廣東南海（沙頭）方言音系〉，《方言》（北京市：商務印書館，1990年2月），第1期，頁23。

甘於恩、吳芳：〈廣東順德（陳村）話調查紀略〉，《粵語研究》（澳門：澳門粵方言學會，2007年12月），第2期，頁43。

甘於恩：〈三水西南方言音系概述〉，《第二屆國際粵方言研討會論文集》（廣州市：暨南大學出版社，1990年），頁102。

98 彭小川：〈廣東南海（沙頭）方言音系〉，《方言》（北京市：商務印書館，1990年2月），第1期，頁23。

甘於恩、吳芳：〈廣東順德（陳村）話調查紀略〉，《粵語研究》（澳門：澳門粵方言學會，2007年12月），第2期，頁43。

甘於恩：〈三水西南方言音系概述〉，《第二屆國際粵方言研討會論文集》（廣州市：暨南大學出版社，1990年），頁102。

99 彭小川：〈廣東南海（沙頭）方言音系〉，《方言》（北京市：商務印書館，1990年2月），第1期，頁23。

甘於恩、吳芳：〈廣東順德（陳村）話調查紀略〉，《粵語研究》（澳門：澳門粵方言學會，2007年12月），第2期，頁43。

甘於恩：〈三水西南方言音系概述〉，《第二屆國際粵方言研討會論文集》（廣州市：暨南大學出版社，1990年），頁102。

蛤_{咸開}

廣州	kɐp³
金鐘	kɛp³

2.3 聲調方面

聲調部分跟廣州話一樣，變調也一致的。差異之處是廣州話陽平21讀作42。

	移	徐	娘	緣
廣州	ji²¹	tʃʰɵy²¹	nœŋ²¹	jyn²¹
金鐘	ji⁴²	tʃʰui⁴²	lɔŋ⁴²	hin⁴²

第九節　坦洲十四村、新合村沙田話音系特點

十四村音系特點

吳金彩（1950年），十四村人，從坦洲裕洲村遷來此村到她已四代。本文以吳金彩為主，作參考的配合者有何桂勝（1937年），裕洲村人；何十五（1943年），群聯村人；黎玉芳（1961年），七村人；容展好（1945），坦洲村人。以上各人都極強調自己是沙田人，說的是沙田話，不是水上話。

明中葉後，坦洲漸趨成陸。來自四方八面的蜑民陸續在此定居。十四村，於清朝乾隆初年（1733-1755年）築成協隆圍、姐圍、眼鏡圍。後逐漸形成涌尾、連仕、順泰、沙角環等圍。一九四九年前稱十四堡，後稱十四村。該村在坦洲鎮政府東偏南四公里處，東連珠海翠微，南鄰珠海造貝，西傍裕洲村，北接同勝社區，總面積三點五三平方公里。二〇〇五年有戶籍六百一十七戶兩千八百四十人。

　　坦洲的粵語（廣州話）為全鎮的通用語言。其中又以疍家話（水上話）為主，主要分佈在鎮中、低圍片[100]，二〇〇〇年有五萬〇三百五十二人使用。坦洲鎮百分之八十以上講疍家話（也叫水上話、圍口話、沙田話）。餘下百分之二十是說其他方言。在鎮北部山區片，有七千多人講客家話。此外部分講閩南話的以及新會荷塘方言、禮樂方言的散居於合勝、七村、永二及墟鎮上。[101]

1.1　聲韻調系統

聲母十九個，零聲母包括在內

p	補步怖邊	pʰ 頗排編片	m 磨無文慢	
				f 火苦飛戶
t	多店袋弟	tʰ 拖體投挺	l 羅呂另泥	
tʃ	祭炸支竹	tʃʰ 此初吹除	ʃ 修所水市	
				j 由於仁月
k	個居極鬼	kʰ 驅襟拒規	ŋ 蛾牙牛夜	
				w 和話蛙詠
				h 可坑香兄
ø	阿安鴨鴉			

100　負海拔的意思。

101　以上資料由坦洲鎮方誌辦提供。

1.2 韻母

韻母表（韻母四十九個，包括兩個鼻韻韻母）

單母音	複母音		鼻尾韻			塞尾韻		
a 巴沙下炸	ai 大界佳拉	au 包吵教子	am 探膽杉鹹	an 丹山班幻	aŋ 彭坑棚橫	ap 答塌插甲	at 達八察髮	ak 或伯客旦
(ɐ)	ɐi 例米規威	ɐu 剖口否柚	ɐm 感心金音	ɐn 跟辛婚君	ɐŋ 朋杏萌宏	ɐp 合立十吸	ɐt 筆失勿屈	ɐk 北特則黑
ɛ 姐謝仕靴					ɛŋ 病鏡頸餅	ɛp 夾（衣夾）	ɛt 挖	ɛk 劇石踢吃
(e)	ei 碑四氣巨				eŋ 冰明丁兄			ek 力亦的析
i 是妹舉柱	iu 表少要條		im 漸尖念	in 便然天專		ip 業劫貼協	it 別舌傑月	
ɔ 多坐和助	ɔi 來在蔡內			ɔn 幹管汗歎	ɔŋ 忙汪方傷		ɔt 喝割葛渴	ɔk 博角撲桌
(o)		ou 有吐刀好			oŋ 東公中容			ok 蔔穀六束
u 姑互扶父	ui 杯背妹女			un 般官完本			ut 撥括活沒	
(ə)				ən 津敦俊順				ət 律爪出述

鼻韻　m 唔　ŋ 吳五梧午

1.3　聲調九個

調類		調值	例字
陰平		55	知丁邊三
陰上		35	古展口醜
陰去		33	正醉愛抗
陽平		42	娘如床時
陽上		13	五女距倍
上	陰入	5	竹出福曲
下		3	甲桌鐵割
陽入		2	局宅合俗

古去聲清聲母是派入陽平。陽平是42。
陽入是一個平調的2。

2　語音特點

2.1　聲母方面

2.1.1　無舌尖鼻音 n，古泥母、來母字今音聲母均讀作 l。

古泥（娘）母字廣州話基本 n、l 不混，凡古泥母字，一概讀 n；凡古來母字，一概讀 l。十四村沙田話把 n、l 相混，結果南藍不分，諾落不分。

	南（泥）		藍（來）		諾（泥）		落（來）
廣州	nam²¹	≠	lam²¹	廣州	nɔk²	≠	lɔk²
十四村	lam⁴²	=	lam⁴²	十四村	lɔk²	=	lɔk²

2.1.2　沒有兩個舌根唇音聲母 kw、kwʰ，出現 kw、kwʰ與 k、kʰ
　　　不分。

	過果合一		個果開一		規止合三		溪蟹開四
廣州	kwɔ³³	≠	kɔ³³	廣州	kwʰɐi⁵⁵	≠	kʰɐi⁵⁵
十四村	kɔ³³	=	kɔ³³	十四村	kʰɐi⁵⁵	=	kʰɐi⁵⁵

2.1.3　古遇攝合口一等字，在廣州話聲母一般讀作 雙唇舌根半母音
　　　w-，但沙田話部分匣母、云母與遇攝合口一三等字相拼，讀作
　　　齒唇擦音 f-。

	湖遇合一匣	戶遇合一匣	護遇合一匣	芋遇合三云
廣州	wu²¹	wu²²	wu²²	wu²²
十四村	fu⁴²	fu²²	fu²²	fu²²

2.1.4　古喻母在廣州話裡讀半母音濁擦音 j，十四村裡，古喻母字聲
　　　母有唸為 ŋ 的現象，這個跟佛山唸作h 有點不同。[102]

	野（以）	夜（以）	爺（以）
廣州	jɛ¹³	jɛ²²	jɛ²¹
十四村	ŋɛ¹³	ŋɛ²²	ŋɛ⁴²

2.2　韻母方面

2.2.1 沒 有 舌 面 前 圓 唇 閉 母 音　y　系 韻 母 。

102 彭小川〈廣東南海（沙頭）方言音系〉，《方言》（北京市：商務印書館，1990年2
月），第1期，頁22。
　　甘於恩、吳芳〈廣東順德（陳村）話調查紀略〉，《粵語研究》（澳門：澳門粵方言
　　學會，2007年12月），第2期，頁43。
　　詹伯慧主編：《廣東方言概要》，頁126。

廣州話是有舌面前圓唇閉母音 y 系韻母字，十四村一律讀作 i。

	語_{遇合三}	源_{山合三}	閱_{山合三}	乙_{臻開三}
廣州	jy¹³	jyn²¹	jyt²	jyt²
十四村	ji¹³	jin⁴²	jit²	jit²

2.2.2　十四村沙田話舌面前圓唇半開母音 œ 為主要母音一系列韻母中的 œŋ、œk 讀作 ɔŋ、ɔk。

	娘_{宕開三}	漿_{宕開三}	藥_{宕開三}	腳_{宕開三}
廣州	nœŋ²¹	tʃœŋ⁵⁵	jœk²	kœk³
十四村	lɔŋ⁴²	tʃɔŋ⁵⁵	jɔk²	kɔk³

2.2.3　沒有 θy，廣州話讀 θy，非見、曉組字則唸成ui。

	徐_{止合三}	需_{遇合三}	醉_{止合三}	絮_{遇合三}
廣州	tʃʰθy²¹	ʃθy⁵⁵	tʃθy³⁵	ʃθy¹³
十四村	tʃʰui⁴²	ʃui⁵⁵	tʃui³⁵	ʃui¹³

古遇攝三等見組、曉組，廣州話讀 θy，十四村話則讀 i。

	居_{遇合三見}	駒_{遇合三見}	巨_{遇合三群}	許_{遇合三曉}
廣州	kθy⁵⁵	kʰθy⁵⁵	hθy²²	hθy³⁵
十四村	ki⁵⁵	kʰi⁵⁵	ki²²	hi³⁵

2.2.4　咸開四、山開二有口語 ɛp、ɛt，但只個夾和拔兩字。沙田話裡的水上話，一般是沒有口語 ɛu、ɛm、ɛn、ɛp、ɛt、om、op，如坦洲新合村、神灣定溪村、坦洲大涌口村、板芙金鐘村、南朗橫門、涌口門、南頭滘心村、民眾義倉民家村、三角高平村等。十四村吳金彩應該是從別處習得回來。

	夾咸開四	拔山開二
廣州	kap³	pɛt²
十四村	kɛp³	pɛt²

2.3 聲調方面

聲調部分跟廣州話一樣,變調也一致的。差異之處是廣州話陽平21讀42。

	移	人	民	馮
廣州	ji²¹	jɐn²¹	mɐn²¹	foŋ²¹
十四村	ji⁴²	jɐn⁴²	mɐn⁴²	foŋ⁴²

新合村音系特點

　　本文調查合作人是郭容帶（1960年），大涌口漁村水上人，今此村已歸入新合村。郭容帶強調自己是水上人，也叫做蜑家佬，不是沙田人，卻稱自己的口音與沙田話沒有區別。

　　新合村位於坦洲鎮最南端，與珠海市接壤，東至裕州村，西北至群聯村，東北至聯一村，離鎮區較遠，是一條偏遠村，沒有工業，商業也不發達，主要以農為主。下轄三十個村民小組，人口約五千七百八十人，一千兩百六十六戶，其中一百六十戶八百人為漁民。它於二〇〇一年十一月由原建新村、永合村、大涌口漁村三村合併組建而成。

　　坦洲的粵語（廣州話）為全鎮的通用語言。其中又以蜑家話（水上話）為主，主要分佈在鎮中、低圍片，二〇〇〇年統計，有五萬〇三百五十二人使用。坦洲鎮百分之八十以上講蜑家話（又稱圍口話或沙田話）。餘下百分之二十是說其他方言。在鎮北部山區片，有七千多人講客家話。此外部分講閩南話的以及新會荷塘方言、禮樂方言的散居於合勝、七村、永二及墟鎮上。[103]

103　以上資料由坦洲鎮方誌辦提供。

1.1　聲韻調系統

聲母十六個，零聲母包括在內

p　補步品邊　　pʰ　普排鄙拼　　m　模無味媽

　　　　　　　　　　　　　　　　　　　　　f　貨苦富互

t　大低豆敵　　tʰ　拖天逃填　　　　　　　l　羅利另泥

tʃ　井捉支逐　　tʃʰ　且楚尺陳　　　　　　　ʃ　修師試臣

　　　　　　　　　　　　　　　　　　　　　j　已於仁月

k　古幾共瓜　　kʰ　卻級求規

　　　　　　　　　　　　　　　　　　　　　w　禾宏蛙位元元

　　　　　　　　　　　　　　　　　　　h 考坑香鹹

ø　奧安握晏

1.2　韻母

韻母表（韻母四十六個，包括一個鼻韻韻母）

韻母	單母音	複母音	鼻尾韻			塞尾韻		
			-m	-n	-ŋ	-p	-t	-k
a	a 馬加下話	ai 帶戒街拉	am 參談杉護	an 担產慢蠻	aŋ 盲坑橙橫	ap 答蠟閘鴨	at 辣八刮髮	ak 惑白客革
(ɐ)		au 跑炒較孝　ɐi 祭低偽權	ɐm 甘針今音	ɐn 根真婚訓	ɐŋ 橙莘莖宏	ɐp 合執入吸	ɐt 疾窒核勿	ɐk 默得則克
ɛ	ɛ 姐車社耶				ɛŋ 頸鏡病餅			ɛk 雙石踢吃
(e)		ei 碑四非嬖			eŋ 冰明另傾			ek 力亦的嶽
i	i 是次子憑	iu 表韶要了	im 沾劍尖念	in 面伴年聯		ip 接貶貼協	it 列折歇脫	
ɔ	ɔ 多禾草矮	ɔi 代改愛內		ɔn 趕罕汗案	ɔŋ 忙皇匡良		ɔt 割噎喝渴	ɔk 作角國略
(o)		ou 布圖抱號			oŋ 通公中恐			ok 族哭竹局
u	u 姑右赴附	ui 背媒灰女	um 半貪腌門				ut 潑括闊沒	
œ	œ 裏鋤螺							
(ə)					əŋ 津論舂順		ət 律恤出述	

鼻韻　m 唔吾五梧

1.3 聲調九個

調類		調值	例字
陰平		55	開商專知
陰上		35	口手走紙
陰去		33	對怕正帳[104]
陽平		42	人如平扶
陽上		13	五有距舅
上	陰入	5	急惜福曲
下		3	答百刷割
陽入		2	六藥食服

2 語音特點

2.1 聲母方面

2.1.1 古泥母、來母字 n、l 相混，南藍不分，諾落不分。例如：

	囊（泥）		郎（來）		諾（泥）		落（來）
廣州	$nɔŋ^{21}$	≠	$lɔŋ^{21}$	廣州	$nɔk^2$	≠	$lɔk^2$
新合	$lɔŋ^{42}$	=	$lɔŋ^{42}$	新合	$lɔk^2$	=	$lɔk^2$

2.1.2 新合村舡語部分匣母、影母、云母在遇攝合口一三等字讀作齒唇擦音 f-。這一點受中山農沙田話影響。

---

104 郭容帶強調「意」與「異」是不同的音，「意」不能讀成「移」，「異」也不能讀成「移」。這是表示了其調值與中山市坦洲鎮地方誌編纂委員會編：《中山市坦洲鎮誌》（廣州市：廣東人民出版社，2014年），頁920之水上話調值不同。鎮誌的水上話只有去聲，不分陰陽，調值是21。

	湖_{遇合一匣}	戶_{遇合一匣}	汗_{遇合一影}	芋_{遇合三云}
廣州	wu²¹	wu²²	wu⁵⁵	wu²²
新合	fu⁴²	fu²²	fu⁵⁵	fu²²

2.1.3 沒有兩個舌根脣音聲母 kw、kwʰ，出現 kw、kwʰ 與 k、kʰ 不分。

	過_{果合一}	個_{果開一}		瓜_{假合二}		加_{假開二}
廣州	kwɔ³³ ≠	kɔ³³	廣州	kwa⁵⁵	≠	ka⁵⁵
新合	kɔ³³ =	kɔ³³	新合	ka⁵⁵	=	ka⁵⁵

	乖_{蟹合二}	佳_{蟹開二}		規_{止合三}		溪_{蟹開四}
廣州	kwai⁵⁵ ≠	kai⁵⁵	廣州	kwʰɐi⁵⁵	≠	kʰɐi⁵⁵
新合	kai⁵⁵ =	kai⁵⁵	新合	kʰɐi⁵⁵	=	kʰɐi⁵⁵

2.1.4 中古疑母洪音 ŋ- 聲母合併到中古影母 ø- 裡去。
　　 古疑母字遇上洪音韻母時，廣州話一律讀成 ŋ-，新合話這個 ŋ 聲母早已消失而合併到零聲母 ø 當中。

	眼	艾	硬	牛
廣州	ŋan¹³	ŋai²²	ŋaŋ²²	ŋɐu²¹
新合	an¹³	ai²²	aŋ²²	ɐu⁴²

2.2　韻母方面

2.2.1 沒有舌面前圓脣閉母音 y 系韻母。
　　 廣州話是有舌面前圓脣閉母音 y 系韻母字，新合話一律讀作 i。

	雨遇合三	原山合三	悅山合三	乙臻開三
廣州	jy¹³	jyn²¹	jyt²	jyt²
新合	ji¹³	jin⁴²	jit²	jit²

2.2.2 新合話舌面前圓唇半開母音 œ 為主要母音一系列韻母中的 œŋ、œk 讀作 ɔŋ、ɔk。

	娘宕開三	將宕開三	若宕開三	卻宕開三
廣州	nœŋ²¹	tʃœŋ⁵⁵	jœk²	kʰœk³
新合	lɔŋ⁴²	tʃɔŋ⁵⁵	jɔk²	kʰɔk³

由此可見，十四村這方面的特點跟新合村一致的。

2.2.3 古遇攝合口三等與見組、曉組系相拼時，廣州話韻母唸 ɵy，新合舡語則唸 ei；古遇攝合口三等、蟹攝合口一等、蟹攝合口二、三等與非見系字相拼時，廣州話唸 ɵy，新合話則讀 ui。

	居遇合三見	駒遇合三見	許遇合三曉	巨遇合三群
廣州	kɵy⁵⁵	kʰɵy⁵⁵	hɵy³⁵	kɵy²²
新合	kei⁵⁵	kʰei⁵⁵	hei³⁵	kei²²

	女遇合三泥	徐遇合三邪	腿蟹合一透	銳蟹合三以
廣州	nɵy¹³	tʃʰɵy²¹	tʰɵy³⁵	jɵy²²
新合	lui¹³	tʃʰui⁴²	tʰui³⁵	jui²²

2.2.4 新合話舌面前圓唇半開母音 œ 比廣州話略多一點。[105]

---

105 建新漁民是不說靴，只稱水鞋。

	蓑果合一	螺果合一	鋤遇合三
廣州	$\int \mathfrak{o}^{55}$	$l\mathfrak{o}^{21}$	$t\int^h\mathfrak{o}^{21}$
新合	$\int œ^{55}$	$lœ^{42}$	$t\int^h œ^{42}$

2.2.5　聲化韻 ŋ̩ 多歸併入 m̩。

「吳、蜈、吾、梧、五、伍、午、誤、悟」九個字，廣州話為 [ŋ̩]，新合話把這類聲化韻[ŋ̩]字已歸併入[m̩]。

	吳遇合一	五遇合一	午遇合一	誤遇合一
廣州	$ŋ̩^{21}$	$ŋ̩^{13}$	$ŋ̩^{13}$	$ŋ̩^{22}$
新合	$m̩^{42}$	$m̩^{13}$	$m̩^{13}$	$m̩^{22}$

2.3　聲調方面

聲調絕大部分跟廣州話一樣，變調也一致的。差異之處是廣州話陽平21，新合話則讀作42。

	雲	人	時	寒
廣州	wen^{21}	jen^{21}	$\int i^{21}$	$hɔn^{21}$
新合	wen^{42}	jen^{42}	$\int i^{42}$	$hɔn^{42}$

第十節　沙朗廣豐圍沙田話音系特點

沙朗，今改稱西區。合作人是梁社娣（1954年），沙朗廣豐圍，從順德大朗遷於此，到她已第八代；梁靜文（1991年），大學程度，是一位音樂老師，畢業論文是寫中山鹹水歌，從順德大良遷於此，到她是第九代。梁社娣是她的姑媽。兩人也操沙田話。

西區位於中山市岐江河以西地段，東北分別與石岐區和港口鎮接壤，南鄰沙溪鎮，北鄰東升鎮，總面積為二十五點一八平方公里，轄

九個社區居民委員會。常住人口為九點五八萬人。西區於一九八四年
正式成立。

　　沙朗社區位於西區的北部。東北鄰近港口鎮。沙朗社區於一九九
九年併入西區，屬目前西區管轄下的社區居民委員會。在未併入西區
前，沙朗屬一個鎮，沙朗鎮的前身為沙朗人民公社，沙朗人民公社管
理五個大隊。沙朗大隊屬於其中一支，管理五個圍。而廣豐圍則屬於
沙朗人民公社沙朗大隊管理的其中一個圍。曾在沙朗公社沙朗大隊任
會計一職的何有根 [106] 先生表示，廣豐圍的前身是名為龍虛架的地
方，龍虛架的名稱在解放前便有，直到一九五一年，龍虛架更名為廣
豐圍。廣豐圍的地方範圍包括如今的沙朗社區一組，廣豐社區（廣豐
農場、廣豐良種繁殖場）。在一九五五年，廣豐圍更名為廣豐農場，
將如今的沙朗一組與廣豐社區的廣豐農場 [107] 合併。於一九六五年到
一九七〇年期間，稱之為沙朗農場。據梁社娣 [108] 女士表述，一九七
一年後，將沙朗一隊獨立出來，稱為中山縣沙朗人民公社沙朗大隊一
隊。一九八八年，中山市成為地級市，沙朗在此時成鎮，此時的一隊
全稱為中山市沙朗鎮沙朗大隊一隊。沙朗鎮於一九九九年併入西區
後，沙朗撤銷鎮，成為如今的西區沙朗社區一組。 [109]

---

106 何有根，生於一九五一年，世代居住沙朗地區。曾在沙朗公社沙朗大隊任會計一職。
107 廣豐農場屬省級營業單位，與國家級營業單位的廣豐良種繁殖場在一九八一年合
　　併，稱為廣豐農場。一九九八年併入西區，如今屬西區辦事處管轄的其中一個社
　　區居民委員會。
108 梁社娣，生於沙朗地區，一九六五年開始在廣豐農場工作。
109 以上資料由梁靜文提供。

1.1　聲韻調系統

聲母十九個，零聲母包括在內

p	波步怖邊	pʰ 頗排編批	m 魔無尾麥
			f 貨苦富胡
t	多低袋電	tʰ 拖替投亭	l 羅呂了泥
tʃ	祭責種逐	tʃʰ 此楚綽陳	ʃ 些師世市
			j 耶因入逆
k	歌九共江	kʰ 驅級求強	ŋ 蛾捱偽外
kw	瓜貴季群	kwʰ 誇困群規	w 和宏蛙旺
			h 可坑香遠
ø	阿安丫握		

1.2 韻母

韻母表（韻母五十六個，包括兩個鼻韻韻母）

單母音	複母音		鼻尾韻			塞尾韻		
a 把加啞堵	ai 大屋街拉	au 爆拗孝脊	am 探三斬嚴	an 丹山產思	aŋ 膨硬棚橫	ap 答臘夾峽	at 達刮撻殺	ak 或白客革
(ɐ)	ɐi 世堤動煙	ɐu 投傅劉遊	ɐm 感針金音	ɐn 跟臣婚窘	ɐŋ 登幸萌宏	ɐp 恰粒恁吸	ɐt 匹失忽掘	ɐk 墨特則黑
ε 妲些扯耶		εu 咬敨抄飽	εm 鹹餡減含	εn 莧閒閂邊	εŋ 頸餅鏡柄	εp 鴿盒鴨合	εt 抹刖拔八	εk 劇尺笛吃
(e)	ei 晬李希尾				eŋ 冰兵另永			ek 即昔的析
i 支昙治旗	iu 標嬈要條		im 漸尖尖念	in 便燃年嚴		ip 業攝貼躁	it 別折揭結	
ɔ 歐課靴布	ɔi 台財呆愛			ɔn 幹岸汗案	ɔŋ 東公中器		ɔt 割喝渴	ɔk 木督目局
(o)		ou 怖佬趣蓋						
u 姑護起附	ui 杯每灰剖			un 殷實娩本			ut 潑闊沬沒	
œ 朵穤茄					œŋ 娘詳薑望			œk 雀嚼藥腳
(e)	ey 女鋸趣裘			en 鄉遜俊民			et 佷率出拙	
y 書豬鋸事				yn 短船稳存			yt 奪悅奪血	

鼻韻　m 唔　ŋ 吾五梧午

1.3　聲調

調類		調值	例字
陰平		55（53）	衫巾蕉蚊（剛邊初知）
陰上		35	古走楚手
陰去		32	帳對變唱
陽平		42	人文詳半
陽上		13	五有倍怠
上	陰入	5	竹出筆曲
下		3	答桌各刷
陽入		2	六納食俗

陰平調有55（衫[55]、蕉[55]、呢個篩[55]、訓練班[55]）和53（三[53]、招[53]、篩[53]一篩[53]、一班[53]人）兩個調值，正文一律標55。

古去聲清聲母是派入陽平。陽平是42。

陽去方面是21。

陽入是一個平調的2。

陰平調有55和53兩個調值，正文一律標55。

2　語音特點

2.1　聲母方面

2.1.1　無舌尖鼻音 n，古泥母、來母字今音聲母均讀作 l。

古泥（娘）母字廣州話基本 n、l 不混，沙朗沙田話把 n、l 相混，結果南藍不分，諾落不分。沙朗 n、l 相混，結果女呂

不分，諾落不分。

	南（泥）		藍（來）		娘（泥）		良（來）
廣州	nam^{21}	≠	lam^{21}	廣州	nœŋ^{21}	≠	lœŋ^{21}
沙朗	lam^{42}	=	lam^{42}	沙朗	lœŋ^{42}	=	lœŋ^{42}

2.1.2 古遇攝合口一等字，在廣州話聲母一般讀作 雙唇舌根半母音 w-，但沙田話部分匣母、云母與遇攝合口一三等字相拼，讀作 齒唇擦音 f-。[110]

	胡遇合一匣	互遇合一匣	護遇合一匣	芋遇合三云
廣州	wu^{21}	wu^{22}	wu^{22}	wu^{22}
沙朗	fu^{42}	fu^{21}	fu^{21}	fu^{21}

2.1.3 古喻母在廣州話裡讀半母音濁擦音 j，沙朗話裡，古喻母字聲母有唸為 h 的現象。[111]

	野（以）	緣（以）	圓（云）	遠（云）
廣州	jɛ^{13}	jyn^{21}	jyn^{21}	jyn^{13}
沙朗	hɛ^{13}	hyn^{42}	hyn^{42}	hyn^{13}

2.2 韻母方面

2.2.1 古止攝開口三等韻與精、莊兩組聲母相拼時，這些字在廣州話韻母是讀 i，四沙沙田話大部分韻母讀作 y，這個特點跟順德

---

110 詹伯慧主編：《廣東粵方言概要》（廣州市：暨南大學出版社，2004年），頁127。

111 彭小川〈廣東南海：（沙頭）方言音系〉，頁22。沙頭話也有這種現象。
　　甘於恩、吳芳：〈廣東順德（陳村）話調查紀略〉，《粵語研究》（澳門：澳門粵方言學會，2007年12月），第2期，頁42。
　　詹伯慧主編：《廣東方言概要》，頁126。

一致的。[112]

	紫（精組）	瓷（精組）	事（莊組）	柿（莊組）
廣州	$t\int i^{35}$	$t\int^{h}i^{21}$	$\int i^{22}$	$t\int^{h}i^{35}$
沙朗	$t\int y^{35}$	$t\int^{h}y^{42}$	$\int y^{21}$	$t\int^{h}y^{35}$

2.2.2　沙田話舌面前圓唇半開母音 œ 為主要母音一系列韻母很豐富，有 œ、œŋ、œk、ɵn、ɵt、ɵy 之外，ɔŋ、ɔk 與部分 ɔ 也讀作 œŋ、œk、œ。

	糯果合一	朵果合一
廣州	$nɔ^{22}$	$tɔ^{35}$
沙朗	$lœ^{21}$	$tœ^{35}$

部分古宕開一、宕開三、宕合一、宕合三、江開二、梗開二、梗合一、梗合二、曾合一、通合一 ɔŋ、ɔk 韻母讀作 œŋ、œk。

	忙宕開一	汪宕合一	江江開二	蚌梗開二
廣州	$mɔŋ^{21}$	$wɔŋ^{55}$	$kɔŋ^{55}$	$p^{h}ɔŋ^{13}$
沙朗	$mœŋ^{42}$	$wœŋ^{55}$	$kœŋ^{55}$	$p^{h}œŋ^{13}$

	莫宕開一	霍宕合一	樸江開二	國曾合一
廣州	$mɔk^{2}$	$fɔk^{3}$	$p^{h}ɔk^{3}$	$kwɔk^{3}$
沙朗	$mœk^{2}$	$fœk^{3}$	$p^{h}œk^{3}$	$kœk^{3}$

2.2.3　古遇攝三等見組、曉組，部分蟹合一，廣州話讀 ɵy，沙朗沙田話則讀 y。[113]

---

112 詹伯慧主編：《廣東粵方言概要》（廣州市：暨南大學出版社，2004年），頁128-129。
113 彭小川：〈廣東南海（沙頭）方言音系〉，《方言》（北京市：商務印書館，1990年2

	舉過合三見	拘過合三見	噓過合三曉	雷蟹合一來
廣州	$køy^{35}$	$k^{h}øy^{55}$	$høy^{55}$	$løy^{21}$
沙朗	ky^{35}	$k^{h}y^{55}$	hy^{55}	ly^{42}

2.2.4 古效攝開口一等字的韻母在廣州話是讀作 ou，沙朗部分沙田話讀作 ɔ，這是跟南海、順德很一致。[114]

	褒效開一	牢效開一	嫂效開一	稿效開一
廣州	pou^{55}	lou^{13}	$ʃou^{35}$	kou^{35}
沙朗	$pɔ^{55}$	$lɔ^{42}$	$ʃɔ^{35}$	$kɔ^{35}$

2.2.5 古效攝開口二等字，口語部分字讀音為 ɛu。[115]

	咬效開二	抄效開二	膠效開二	貓效開二
廣州	$ŋau^{35}$	$tʃ^{h}au^{55}$	kau^{55}	mau^{55}
沙朗	$ŋɛu^{35}$	$tʃ^{h}ɛu^{55}$	$kɛu^{55}$	$mɛu^{55}$

2.2.6 古山攝開口二、四等，合口二等為主的白讀字讀作 ɛn ɛt。[116]

月），第1期，頁23。

甘於恩：〈三水西南方言音系概述〉，《第二屆國際粵方言研討會論文集》（廣州市：暨南大學出版社，1990年），頁102。

114 詹伯慧主編：《廣東粵方言概要》（廣州市：暨南大學出版社，2004年），頁129。

115 彭小川：〈廣東南海（沙頭）方言音系〉，《方言》（北京市：商務印書館，1990年2月），第1期，頁23。

甘於恩、吳芳：〈廣東順德（陳村）話調查紀略〉，《粵語研究》（澳門：澳門粵方言學會，2007年12月），第2期，頁43。

甘於恩：〈三水西南方言音系概述〉，《第二屆國際粵方言研討會論文集》（廣州市：暨南大學出版社，1990年），頁102。

116 彭小川：〈廣東南海（沙頭）方言音系〉，《方言》（北京市：商務印書館，1990年2月），第1期，頁23。

甘於恩、吳芳：〈廣東順德（陳村）話調查紀略〉，《粵語研究》（澳門：澳門粵方

	邊山開四	關山合二	間山開二	莧山開二
廣州	pin⁵⁵	kwan⁵⁵	kan⁵⁵	jin²²
沙朗	pɛn⁵⁵	kwɛn⁵⁵	kɛn⁵⁵	hɛn²¹

	八山開二	滑山合二	刮山合二	挖山合二
廣州	pat³	wat²	kwat³	kwat³
沙朗	pɛt³	wɛt²	kwɛt³	kwɛt³

2.2.7　古咸攝開口一、二等讀作 ɛm　ɛp。[117]

	減咸開二	含咸開一	鹹咸開二	餡咸開二
廣州	kam³⁵	hɐm²¹	ham²¹	ham³⁵
沙朗	kɛm³⁵	hɛm⁴²	hɛm⁴²	hɛm³⁵

	鴨咸開二	合咸開一	盒咸開一[118]	鴿咸開一
廣州	ap³	hɐp²	hap²	kɐp³
沙朗	ɛp³	hɛp²	hɛp²	kɛp³

2.2.8　un ut 與幫組相拼，便唸成in　it。

言學會，2007年12月），第2期，頁43。

甘於恩：〈三水西南方言音系概述〉，《第二屆國際粵方言研討會論文集》（廣州市：暨南大學出版社，1990年），頁102。

117 彭小川：〈廣東南海（沙頭）方言音系〉，《方言》（北京市：商務印書館，1990年2月），第1期，頁23。

甘於恩、吳芳：〈廣東順德（陳村）話調查紀略〉，《粵語研究》（澳門：澳門粵方言學會，2007年12月），第2期，頁43。

甘於恩：〈三水西南方言音系概述〉，《第二屆國際粵方言研討會論文集》（廣州市：暨南大學出版社，1990年），頁102。

118 合、盒也讀作 hop²。

	搬	半	潘	盤	盆	叛	門	未
廣州	pun^{55}	pun^{33}	p^{h}un^{55}	p^{h}un^{21}	p^{h}un^{21}	pun^{22}	mun^{21}	mut^2
沙朗	pin^{55}	pin^{42}	p^{h}in^{55}	p^{h}in^{42}	p^{h}in^{42}	pin^{31}	min^{42}	mit^2

梁社娣對於「撥、潑、末、勃、沒」，只有「末」是 it。以上的字，年輕人梁靜文把「門」字也讀成 min^{42}，但沒有 it。

這種口音，《珠江三角洲方言字音對照》沒有記錄。梁社娣表示這種口音也見於港口鎮民主村（外婆家）和民眾浪網和三角近浪網那一帶。

2.2.9 少部分 un ut 讀成 ɔn ɔt。

	滿	搬	撥
廣州	mun^{13}	pun^{55}	p^{h}ut^3
沙朗	mɔn^{13}；mun^{13}	pɔn^{55}；pun^{55}	p^{h}ɔt^3；p^{h}ut^3

這是順德大良話的特點。[119]

2.3 聲調方面

聲調部分跟廣州話一樣，變調也一致的。差異之處是廣州話陰去33唸成42；陽平21，讀作42；陽去22唸作21。

	半	宜	糯
廣州	pun^{33}	ji^{21}	nɔ^{22}
沙朗	pin^{42}	ji^{42}	lœ^{21}

---

119 參見詹伯慧、張日昇：《珠江三角洲方言字音對照》。

第十一節　東升鎮東升村沙田話音系特點

盧滿朝（1936年），東升村人，其先輩從新會三江鎮遷來到他已六代。盧三斤（1945年），東升人，盧滿朝弟弟。合作人以盧滿朝為主。

東升鎮位於珠江三角洲的中南部，中山市境西北部，距石岐中心城區十五公里。東臨阜沙、港口鎮，南靠西區、沙溪鎮，西接橫欄鎮，北與小欖鎮交界。

據《香山縣誌》記載，一一五二年（南宋紹興二十二年）香山立縣，東升（坦背）鎮地域距今有八百五十多年歷史，南宋時期分屬寧安鄉、德慶鄉海域。元代分屬大欖都和龍眼都，光緒六年（1880年），將都改為鎮，欖都稱欖鎮、龍眼都稱隆都鎮。宣統二年（1910年），改鎮為區，欖鎮改為第三區、隆都鎮改為二區。東升（坦背）鎮地域屬第三區（其中觀欄村屬第二區）。一九二五年香山縣易名中山縣，民國十九年（1930年）五月，第三區改為西海區。民國二十年（1931年）九月，複稱第三區。東升（坦背）鎮仍屬第三區。

一九四九年十一月，原坦背鎮分屬中山縣第二、三區。一九五三年三月，改屬第十一區。一九五五年八月，屬港口區。一九五七年二月，屬沙朗鄉。一九五八年十月，屬沙溪大公社。一九五九年十一月，屬沙朗人民公社。一九六一年八月，複屬港口區。一九六三年一月，屬港口公社。一九六六年六月，從港口公社分出，成立坦背人民公社。一九八三年十二月，中山撤縣建市，撤銷公社建制改設坦背區公所；一九八六年十二月，撤區設鎮建制，改稱坦背鎮，轄坦背、利生、白鯉、觀欄、永豐、太平、勝龍、北洲、瀝心等九個村民委員會（簡稱村委會）和坦背居民委員會（簡稱居委會）。

一九八六年十二月，原屬小欖區的高沙、裕民、同樂、兆隆、益隆、東升、新成、永勝八個鄉分出成立雞籠鎮，一九八七年十月，更

名為東升鎮。轄高沙等八個村委會和東升居委會。

　　一九九九年七月，撤銷坦背鎮，其管轄的行政區域併入東升鎮，轄高沙、裕民、同樂、兆隆、益隆、東升、新成、永勝、坦背、勝龍、瀝心、北洲、白鯉、永豐、太平、觀欄、利生、同茂等十八個村委會和東升、坦背兩個居委會。二〇〇一年十一月，調整合併村委會和居委會，裕民、高沙、同樂、兆龍、東升村改制為社區居委會；同茂與永豐村合併，稱同茂社區居委會；利生、觀欄村與坦背居委會合併，稱利生社區居委會；新成與永勝村合併，稱新勝村委會；撤銷北洲、瀝心村併入勝龍村，稱勝龍村委會；東升片的居民歸屬各村（區）委員會，坦背片的居民歸屬利生社區委員會。二〇〇四年十二月，成立東城社區居委會，管轄東升鎮居民。至二〇〇五年，全鎮轄高沙、裕民、同樂、東升、兆龍、利生、同茂、東城八社區居委會；新成、益隆、坦背、白鯉、太平、勝龍六個村委會。[120]至於東升鎮方音還有水上話，分佈於益隆村，兆隆村，太平村，白鯉村，同茂村，坦背村，勝龍村，瀝心村，利生村，水上口音約佔該鎮方音的百分之五十。

120　以上資料是東升鎮方誌辦和宣傳辦提供。

1.1　聲韻調系統

聲母十九個，零聲母包括在內

p	補步玻閉	pʰ	頗排編劈	m 模務文媽		
						f 貨苦飛芋
t	多店杜掉	tʰ	討天談挺		l 來利歷泥	
tʃ	姐責證逐	tʃʰ	此廁綽陳			ʃ 修師水甚
						j 由音仍月
k	官局家江	kʰ	卻級求拳	ŋ 蛾硬牛外		
kw	關軍季國	kwʰ	誇困葵規			w 和宏蛙韻
						h 可恰香雨
ø	毆愛鴨握					

1.2 韻母

韻母表（韻母五十九個，包括兩個鼻韻韻母）

韻母	單母音	複母音	鼻尾韻 (-m)	鼻尾韻 (-n)	鼻尾韻 (-ŋ)	塞尾韻 (-p)	塞尾韻 (-t)	塞尾韻 (-k)
a	a 馬加啞炸	ai 孩加擺樂筷	am 探攬籃嚴	an 炭蘭冊鷹	aŋ 彭坑橙橫	ap 答攏捕甲	at 達蔡剟發	ak 惑白客革
(ɐ)		au 爆巢孝肴　ɐu 菜俸劉遊	ɐm 砍深金禁	ɐn 恨真婚訓	ɐŋ 萌更亨宏	ɐp 立輯拾吸	ɐt 畢失惚屈	ɐk 墨特則黑
ɛ	ɛ 姐寫扯耶	ɛu 箜抄膠包	ɛm 暗陷轗減	ɛn 莧間價	ɛŋ 鄭鏡鏡柄	ɛp 盒鴿合夾	ɛt 挖滑刮八	ɛk 劇尺隻吃
(e)		ei 皮遲飛肥			eŋ 凝京另螢			ek 力亦劇激
i	i 鋤之帀旗	iu 苗擾備聊	im 檢劍尖念	in 便免殿先		ip 業恊喋協	it 別舌熱結	
ɔ	ɔ 多科禾高	ɔi 來改哀內	ɔm 敢柑甘合	ɔn 肝岸汗按	ɔŋ 董工豐容	ɔp 盒鴿合	ɔt 渴喝葛割	ɔk 木鹿竹局
(o)		ou 袙士路好					ut 撥括活沒	
u	u 姑護扯附	ui 肇護媒回會		un 判館撳門				
œ	œ 螺瓣鋤靴				œŋ 娘相鄉床			œk 削腳削略
(ə)		ey 女絮趨贅		en 進俊雍順			et 率咂術述	
y	y 恕住巨士			yn 斷船縣寸			yt 奪說越訣	

鼻韻　m 唔　ŋ 吾五悟午

1.3　聲調

調類		調值	例字
陰平		55	商起三丁
陰上		35	楚走古手
陰去		32	變正帳怕
陽平		42	娘如寒扶
陽上		13	武努舅倍
上	陰入	5	出即筆曲
下		3	各刷割答
陽入		2	藥落俗食

古去聲清聲母是派入陽平。陽平是42。

陰去是32。

陽去方面是21。

陽入是一個平調的2。

2　語音特點

2.1　聲母方面

2.1.1　無舌尖鼻音 n，古泥母、來母字今音聲母均讀作 l。
古泥（娘）母字廣州話基本 n、l 不混，東升沙田話把 n、l 相混，結果南藍不分，諾落不分。東升 n、l 相混，結果女呂不分，諾落不分。

	南（泥）		藍（來）		娘（泥）		良（來）
廣州	nam²¹	≠	lam²¹	廣州	nœŋ²¹	≠	lœŋ²¹
東升	lam⁴²	=	lam⁴²	東升	lœŋ⁴²	=	lœŋ⁴²

2.1.2 古遇攝合口一等字，在廣州話聲母一般讀作 雙唇舌根半母音 w-，但沙田話部分匣母、云母與遇攝合口一三等字相拼，讀作齒唇擦音 f-。[121]

	湖遇合一匣	護遇合一匣	戶遇合一匣	芋遇合三云
廣州	wu²¹	wu²²	wu²²	wu²²
東升	fu⁴²	fu²¹	fu²¹	fu²¹

2.1.3 古喻母在廣州話裡讀半母音濁擦音 j，東升話裡，古喻母字聲母有唸為 h 的現象。[122]

	野（以）	雨（云）	圓（云）	遠（云）
廣州	jɛ¹³	jy¹³	jyn²¹	jyn¹³
東升	hɛ¹³	hy¹³	hyn⁴²	hyn¹³

2.2 韻母方面

2.2.1 古止攝開口三等韻與精、莊兩組聲母相拼時，這此字在廣州話韻母是讀 i，但東升沙田話大部分韻母讀作 y。這個特點跟順德一致的。[123]

---

121 詹伯慧主編：《廣東粵方言概要》（廣州市：暨南大學出版社，2004年），頁127。

122 彭小川：〈廣東南海（沙頭）方言音系〉，頁22。沙頭話也有這種現象。
　　詹伯慧主編：《廣東方言概要》，頁126。

123 詹伯慧主編：《廣東粵方言概要》（廣州市：暨南大學出版社，2004年），頁128-129。

	撕（精組）	瓷（精組）	事（莊組）	柿（莊組）
廣州	ʃi⁵⁵	tʰʃi²¹	ʃi²²	tʰʃi³⁵
東升	ʃy⁵⁵	tʰʃy⁴²	ʃy²¹	tʰʃy³¹

2.2.2 沙田話舌面前圓唇半開母音 œ 為主要母音一系列韻母很豐富，有 œ、œŋ、œk、ɵn、ɵt、ɵy 之外，ɔŋ、ɔk 與部分 ɔ 也讀作 œŋ、œk、œ。

	糯果合一	朵果合一	鋤遇合一	螺果合一
廣州	nɔ²²	tɔ³⁵	tʃʰɔ²¹	lɔ²¹
東升	lœ²¹	tœ³⁵	tʃʰœ⁴²	lœ⁴²

部分古宕開一、宕開三、宕合一、宕合三、江開二、梗開二、梗合一、梗合二、曾合一、通合一 ɔŋ、ɔk 韻母讀作 œŋ、œk。

	當宕開一	荒宕合一	降江開二	蚌梗開二
廣州	tɔŋ⁵⁵	fɔŋ⁵⁵	kɔŋ³³	pʰɔŋ¹³
東升	tœŋ⁵⁵	fœŋ⁵⁵	kœŋ³²	pʰœŋ¹³

	博宕開一	廓宕合一	剝江開二	國曾合一
廣州	pɔk³	kwɔk³	mɔk⁵	kwɔk³
東升	pœk³	kwœk³	mœk⁵	kœk³

2.2.3 古遇攝三等見組、曉組，部分蟹合一，廣州話讀 ɵy，沙朗沙田話則讀 y。[124]

---

124 彭小川：〈廣東南海（沙頭）方言音系〉，《方言》（北京市：商務印書館，1990年2月），第1期，頁23。

　　甘於恩：〈三水西南方言音系概述〉，《第二屆國際粵方言研討會論文集》（廣州市：暨南大學出版社，1990年），頁102。

	居_{遇合三見}	據_{遇合二見}	許_{遇合三曉}	腿_{蟹合一透}
廣州	køy⁵⁵	køy³³	høy³⁵	tʰøy³⁵
東升	ky⁵⁵	ky³²	hy³⁵	tʰy³⁵

2.2.4 古效攝開口一等字的韻母在廣州話是讀作 ou，東升部分沙田話讀作 ɔ，這是跟南海、順德很一致。[125]

	堡_{效開一}	島_{效開一}	勞_{效開一}	掃_{效開一}
廣州	pou³⁵	tou³⁵	lou²¹	ʃou³³
東升	pɔ³⁵	tɔ³⁵	lɔ⁴²	ʃɔ³²

2.2.5 古效攝開口二等字，口語部分字讀音為 ɛu。[126]

	窖_{效開二}	抄_{效開二}	包_{效開二}	鉸_{效開二}
廣州	kau³³	tʃʰau⁵⁵	pau⁵⁵	kau³³
東升	kɛu³²	tʃʰɛu⁵⁵	pɛu⁵⁵	kɛu³²

2.2.6 古山攝開口二、四等，合口二等為主的白讀字讀作 ɛn ɛt。[127]

---

125 詹伯慧主編：《廣東粵方言概要》（廣州市：暨南大學出版社，2004年），頁129。

126 彭小川：〈廣東南海（沙頭）方言音系〉，《方言》（北京市：商務印書館，1990年2月），第1期，頁23。

　　甘於恩、吳芳：〈廣東順德（陳村）話調查紀略〉，《粵語研究》（澳門：澳門粵方言學會，2007年12月），第2期，頁43。

　　甘於恩：〈三水西南方言音系概述〉，《第二屆國際粵方言研討會論文集》（廣州市：暨南大學出版社，1990年），頁102。

127 彭小川：〈廣東南海（沙頭）方言音系〉，《方言》（北京市：商務印書館，1990年2月），第1期，頁23。

　　甘於恩、吳芳：〈廣東順德（陳村）話調查紀略〉，《粵語研究》（澳門：澳門粵方言學會，2007年12月），第2期，頁43。

　　甘於恩：〈三水西南方言音系概述〉，《第二屆國際粵方言研討會論文集》（廣州市：暨南大學出版社，1990年），頁102。

	慣山合二	閑山開二	莧山開二
廣州	kwan³³	han²¹	jin²²
東升	kwɛn³²	hɛn⁴²	hɛn²¹

	八山開二	滑山合二	刮山合二	挖山合二
廣州	pat³	wat²	kwat³	kwat³
東升	pɛt³	wɛt²	kwɛt³	kwɛt³

2.2.7　古咸攝開口一、二等讀作 ɛm ɛp。[128]

	減咸開二	餡咸開二	鹹咸開二	暗咸開一
廣州	kam³⁵	ham³⁵	ham²¹	ɐm³³
東升	kɛm³⁵	hɛm³⁵	hɛm⁴²	ɛm³²

	夾咸開二	合咸開一	盒咸開一	鴿咸開一
廣州	kap³	hɐp²	hap²	kɐp³
東升	kɛp³	hɐp²	hɐp²	kɛp³

2.2.8　咸攝開口一等見母、影母為主的字，廣州話陽聲韻讀 ɐm，入聲韻讀 ɐp，東升沙田話前者讀 om，後者讀 op，這一類字並不多。這一點特點與順德、南海沙頭話相近。[129]

---

128 彭小川：〈廣東南海（沙頭）方言音系〉，《方言》（北京市：商務印書館，1990年2月），第1期，頁23。

　　甘於恩、吳芳：〈廣東順德（陳村）話調查紀略〉，《粵語研究》（澳門：澳門粵方言學會，2007年12月），第2期，頁43。

　　甘於恩：〈三水西南方言音系概述〉，《第二屆國際粵方言研討會論文集》（廣州市：暨南大學出版社，1990年），頁102。

129 彭小川：〈廣東南海（沙頭）方言音系〉，《方言》（北京市：商務印書館，1990年2月），第1期，頁23。

	柑咸開一見	甘咸開 見	庵咸開一影	含咸開一匣
廣州	$kɐm^{55}$	$kɐm^{55}$	$ɐm^{55}$	$hɐm^{21}$
東升	kom^{55}	kom^{55}	om^{55}	hom^{42}

	盒咸開一匣	合咸開一匣	鴿咸開一見
廣州	$hɐp^2$	$hɐp^2$	$kɐp^3$
東升	hop^2	hop^2	kop^3

2.3 聲調方面

聲調部分跟廣州話一樣，變調也一致的。差異之處是廣州話陰去33唸成32；陽平21，讀作42；陽去22唸作21。

	暗	鋤	事
廣州	$ɐm^{33}$	$tʃʰɔ^{21}$	$ʃi^{22}$
東升	$ɛm^{32}$	$tʃʰœ^{42}$	$ʃy^{21}$

第十二節　黃圃鎮二村三社坊墟市話音系特點

合作人是蘇照恩（1948年），中專，三社坊人，先輩從順德碧江鎮遷來到他第十八代；劉伯康（1951年），三社坊人，先祖於明嘉靖二十五年於廣東南海黃江堡遷來黃岐鄉到他已十八傳，今黃圃就在黃岐鄉裡。合作人以蘇照恩為主。

黃圃鎮位於中山市的最北部，西北與佛山市順德區接壤，東北與廣州市番禺區隔河相望。全鎮面積八十八平方公里，戶籍人口八點三萬，外來人口八萬多，轄十二個村民委員會和四個社區居委會。

甘於恩：〈三水西南方言音系概述〉，《第二屆國際粤方言研討會論文集》（廣州市：暨南大學出版社，1990年），頁102。

　　黃圃歷史悠久，形成于晚全新世之前海侵時的古珠江口海灣中島嶼時期（距今約7000-2000年），現存的廣東沿海規模最大、保存最好的海蝕遺址見證了黃圃滄海桑田的變遷。黃圃白古便是南粵重鎮，早在一千六百多年前的東晉時期已涉人跡，南宋時期始建制，明清以來，黃圃一直都是中山北部的政治、經濟、文化、交通中心和珠江三角洲的重要商貿城鎮，與石岐、小欖齊名，並稱「中山三大鎮」。清宣統二年（1910年），香山縣黃旗都改稱香山縣第九區（又於1930年改稱東海區，時間不足一年），香山縣第九區行政區域含現在的中山市的黃圃、阜沙、南頭、三角、浪網、民眾六個鎮和東鳳一部分，番禺市的大崗、潭州、萬頃沙、黃閣四個鎮，順德市的小黃圃、高黎兩個管理區。當時有沙田四千六百餘頃，人口約十五萬。一九五三年三月，中山縣第九區改稱第十四區，並析出中山縣黃圃鎮（區級鎮）。一九五五年八月，中山縣第十四區改稱中山縣黃圃區，黃圃鎮仍為區級鎮。一九五八年十月，中山縣大黃圃人民公社成立，轄原中山縣第九區的行政區域。一九八三年，中山縣撤縣建市，撤銷人民公社建制，中山市黃圃人民公社改為中山市黃圃區。一九八六年十一月，原黃圃鎮與黃圃區合併，稱中山市黃圃鎮。

　　大黃圃居民原聚於圍子嶺西麓孟家林、張家地一帶。居民隨著沙坦的淤積而向平地伸展。宋代時，民居向西伸展成靈會坊；再向西南伸展成鼓樓坊、三社坊。明初，居民向東南伸展成大黃圃墟場。靈會坊四個柵門和城牆的遺址現尚可尋。

　　黃圃鎮出露廣泛發育的新生界第四系沖積海積層，構成海拔兩米左右的坡度平緩的海積沖積平原，地表為腐植質的潴育性水稻土，是有利於農業生產的肥沃耕作層。黃圃位於珠江三角洲網河區下游，主要河道有黃圃水道、雞鴉水道、黃沙瀝水道、洪奇瀝水道、桂洲水

道。[130]

黃圃鎮有五圍，就是聞名圍、馬新圍、三鄉圍、大雁圍、橫石圍。聞名圍的方音可以三社坊作代表，不是沙田話（蘇照恩強調他的三社坊方言不是操沙田話，他操的話是黃圃市中心區方言，大家稱作墟市話）。餘下的馬新圍（馬安村是漁業隊，不操農村話；團範村是操東莞話）、三鄉圍、大雁圍、橫石圍（橫檔村有兩種方言，一種是蜑語，因這裡有漁業生產隊，不操沙田話；另外，村裡也有不少東莞人，操東莞話）都是操沙話（蘇照恩強調稱這是大沙田話），就是把「黨」說成 tœŋ³⁵，把「索」讀成 ʃœk³。聞名圍有一特點，到處有祠堂，餘下的四個圍是沒有祠堂，這說明馬新圍、三鄉圍、大雁圍、橫石圍的人員來源都是蜑民（疍民），從打漁到半漁半農（農疍），再轉到農民，整個大沙田區都是從這種狀態轉變，也形成了沙田話，是脫胎於疍語，與疍語卻有點差異。

1.1 聲韻調系統

聲母十九個，零聲母包括在內

p 補步玻閉	pʰ 鋪排編片	m 暮美聞麥	
			f 火苦循禾
t 多典洞是	tʰ 拖他天亭		l 羅利另泥
tʃ 姐詐支逐	tʃʰ 此初綽陳		ʃ 四師水臣
			j 油益肉逆
k 歌己共江	kʰ 卻級拒勤	ŋ 呆顏偽偶	
kw 瓜貴鬼郡	kwʰ 誇坤菌規		w 和宏汙圍
			h 可腔兄效
ø 哀安鴨坳			

1.2　韻母

韻母表（韻母五十五個，包括兩個鼻韻韻母）

韻母	單母音	複母音	鼻尾韻 m	鼻尾韻 n	鼻尾韻 ŋ	塞尾韻 p	塞尾韻 t	塞尾韻 k
a	a 把查也打	ai 太諸街快　au 跑稍郊孝	am 耽膽衫嚴	an 單產慢彎	aŋ 彭坑棚橫	ap 答壓夾鴨	at 薩節刷髮	ak 或害客冊
(ɐ)		ɐi 蔡米勤威　ɐu 部偷劉猫	ɐm 暗針金音	ɐn 很賓婚訓	ɐŋ 朋咨陳宏	ɐp 合粒悒泣	ɐt 伴質窟屈	ɐk 北特則刻
ɛ	ɛ 寫者車社				ɛŋ 鏡頸鄭柄			ɛk 隻尺石吃
(e)		ei 肥業難碑			eŋ 乘的鈴瑩			ek 力亦的殺
i	i 是市知妓	iu 標紹要條	im 佔劍黏爛	in 面件田先		ip 葉業貼脇	it 列撇德結	
ɔ	ɔ 多菓和梳	ɔi 代該蔡內		ɔn 肝漢汗按	ɔŋ 忙汪鋼降		ɔt 葛渴割撲	ɔk 博樂國撲
(o)		ou 布鋪到告	om 柑菴甘砍		oŋ 通送鳳容	op 磕合盒		ok 族哭竹局
u	u 呼汗托附	ui 配梅灰會		un 判償碗本			ut 潑抹鈸沒	
œ	œ 朵鵪靴				œŋ 梁詳陽雙			œk 略若躍啄
(ø)		ey 淚崔巨女		en 進邊壺蜉			et 率恤術祄	
y	y 書項枸自			yn 聯川縣孫			yt 奪悅蛮血	
鼻韻			m 唔		ŋ 吾五梧牛			

1.3 聲調九個

調類		調值	例字
陰平		55（53）	衫巾蚊蕉（知初邊三）
陰上		35	手短口古
陰去		32	帳變唱對
陽平		42	人如唐時
陽上		13	王野距婢
上	陰入	5	急即福曲
下		3	答百刷割
陽入		31	納律白服

　　陰平調有55（衫[55]、蕉[55]、呢個篩[55]、訓練班[55]）和53（三[53]、招[53]、篩[53]一篩[53]、一班[53]人）兩個調值，正文一律標55。

2 語音特點

2.1 聲母方面

2.1.1 無舌尖鼻音 n，古泥母、來母字今音聲母均讀作 l。

　　古泥（娘）母字廣州話基本 n、l 不混，三社坊沙田話把 n、l 相混，結果南藍不分，諾落不分。三社坊 n、l 相混，結果女呂不分，諾落不分。

	南（泥）		藍（來）		娘（泥）		良（來）
廣州	nam[21]	≠	lam[21]	廣州	nœŋ[21]	≠	lœŋ[21]
三社坊	lam[42]	=	lam[42]	三社坊	lœŋ[42]	=	lœŋ[42]

2.1.2　古遇攝合口一等字，在廣州話聲母一般讀作 雙唇舌根半母音
　　　　w-，但沙田話部分匣母、云母與遇攝合口一三等字相拼，讀作
　　　　齒唇擦音 f-。[131]

	湖遇合一匣	鬍遇合一匣	戶遇合一匣	芋遇合三云
廣州	wu²¹	wu²¹	wu²²	wu²²
三社坊	fu⁴²	fu⁴²	fu²¹	fu²¹

2.2　韻母方面

2.2.1　古止攝開口三等韻與精、莊兩組聲母相拼時，這此字在廣州話
　　　　韻母是讀 i，但三社坊沙田話大部分韻母讀作 y。這個特點跟
　　　　順德一致的。[132]

	賜（精組）	祠（精組）	士（莊組）	廁（莊組）
廣州	tʃʰi³³	tʃʰi²¹	ʃi²²	tʃʰi³³
三社坊	tʃʰy³²	tʃʰy⁴²	ʃy²¹	tʃʰy³²

2.2.2　部分 ɔ 讀作 œ。這個特點是農舡的特點，三社坊人因長期與
　　　　大沙田區人接觸，所以糯、朵兩字也有這種特點。

	糯果合一	朵果合一
廣州	nɔ²²	tɔ³⁵
三社坊	lœ²¹	tœ³⁵

2.2.3　古遇攝三等見組、曉組，部分蟹合一，廣州話讀 ɵy，三社坊
　　　　沙田話則讀 y。[133]

131 詹伯慧主編：《廣東粵方言概要》（廣州市：暨南大學出版社，2004年），頁127。

132 詹伯慧主編：《廣東粵方言概要》（廣州市：暨南大學出版社，2004年），頁128-129。

133 彭小川：〈廣東南海（沙頭）方言音系〉，《方言》（北京市：商務印書館，1990年2
　　月），第1期，頁23。

	見遇合三見	矩遇合三見	許遇合三曉	屢蟹合一來
廣州	kɵy^{33}	kɵy^{35}	hɵy^{35}	lɵy^{13}
三社坊	ky^{32}	ky^{35}	hy^{35}	ly^{13}

2.2.4 咸攝開口一等見母、影母為主的字，廣州話陽聲韻讀 ɐm，入聲韻讀 ɐp，三社坊沙田話前者讀 om，後者讀 op，這一類字並不多。這一點特點與順德、南海沙頭話相近。[134]

	柑咸開一見	甘咸開一見	砍咸開一溪	庵咸開一影
廣州	kɐm^{55}	kɐm^{55}	hɐm^{35}	ɐm^{55}
三社坊	kom^{55}	kom^{55}	hom^{35}	om^{55}

	盒咸開一匣	合咸開一匣	鴿咸開一見
廣州	hɐp^2	hɐp^2	kɐp^3
三社坊	hop^2	hop^2	kop^3

2.3 聲調方面

聲調部分跟廣州話一樣，變調也一致的。差異之處是廣州話陰去33唸成32；陽平21，讀作42；陽去22唸作31。

	見	祠	戶
廣州	kɵy^{33}	tʃʰi^{21}	wu^{22}
三社坊	ky^{32}	tʃʰy^{42}	fu^{21}

甘於恩：〈三水西南方言音系概述〉，《第二屆國際粵方言研討會論文集》（廣州市：暨南大學出版社，1990年），頁102。

134 彭小川：〈廣東南海（沙頭）方言音系〉，《方言》（北京市：商務印書館，1990年2月），第1期，頁23。

甘於恩：〈三水西南方言音系概述〉，《第二屆國際粵方言研討會論文集》（廣州市：暨南大學出版社，1990年），頁102。

第十三節　港口石特下村沙田話音系特點

　　合作人梁堯坤（1946年）校長，石特下村人，從順德大良遷於此，到他已是祖傳第三代人。配合者有郭六彩（1936年），女，呂豐村人（今併入民主村），祖父從中山張家邊鎮傾九村遷到此村，到她是第三代人；吳帶勝（1936年），男，呂豐村人，祖父從順德勒流遷來，到他第三代。

　　石特社區基本情況。石特社區轄三個自然村，分別為上村、中村、下村。上村於一九三五年由張家邊利豐及港口部分人遷此建村，說話口音主要為水人蜑家口音；石特中村，一九三〇年由順德人、水上蜑家人及港口部分人遷此建村，說話口音以順德話、水上蜑家口音為主；石特下村，一九三五年由順德大良及港口部分人遷此建村，說話口音主要以順德話、水上蜑家口音為主。

　　港口鎮基本情況。港口的羊蹄沙在十四世紀初已淤淺成陸，明洪武初年（1368年）有人居住。十七世紀中葉不少人從順德的大良、容奇、桂洲遷於港口居住。港口鎮轄三十九個自然村，說話口音以順德的大良、容奇、桂洲話和水上蜑家口音為主。

　　這裡也略略交代一下港口的漁港情況。明末清初，港口除墟鎮一帶居民從事商業和農耕外，其餘多為半農半漁的生活，平時以種田為主，農閒時從事河湧捕撈，維持生計。

　　至解放初，雞鴉水道、小欖水道、橫門水道附近沿岸農民有以單家獨戶形式進行江海捕撈，使用工具也比較簡單，用竹篾自編魚籠、蝦籠、魚罩、竹箔、灘箔等，也有使用麻線織成的網具，如拋網、線繒和釣鉤等。

　　人民公社時期是港口地區江海捕撈的興盛期，每年旺季期間各生產隊都有社員從事捕撈工作，每年向生產隊交納一定量的任務（一定

數量的資金）作為集體的副業收入。除港口墟鎮居民外，一般每個生產隊都有三至五戶社員從事捕撈業，當時全公社約有一千多人左右。

二十世紀七〇年代初，捕漁工具由麻織網改為膠織網，漁網的規格也加大，特別是寬度加大，層數增多，捕撈量得到提升。從近海作業到海面作業。港口公社也成立了專業捕漁隊，有機帆船四艘，出海捕漁。各生產隊的捕撈戶船隻也從人力改為機動船，從沿海到近海捕撈，年捕撈量要比解放初多三至五倍。

二十世紀八〇年代之後，由於工農業污水大量排出，外河、內河水生動物受到生存威脅，甚至有不少水產品絕跡。因此，河湧捕撈作業人數減少。港口只有雞鴉水道和小欖水道附近的下南村、群樂社區的部分農戶從事捕撈工作。

二十世紀九〇年代後，漁民從捕撈轉為養殖，漁業轉變為企業。[135]

1.1　聲韻調系統

聲母十九個，零聲母包括在內

p	補簿品邊	pʰ	頗排編批	m	磨務文慢		
						f	貨課富胡
t	多低袋電	tʰ	拖天投挺			l	羅利另泥
tʃ	祭寨支逐	tʃʰ	次初綽船			ʃ	修色試市
						j	由因仁玉
k	歌己共江	kʰ	企級及強	ŋ	呆握牛偶		
kw	瓜貴鬼郡	kwʰ	誇困菌規			w	回宏蛙詠
						h	開客香緣
ø	阿安鴨矮						

---

135 以上資料是港口鎮方誌辦提供。

1.2　韻母

韻母表（韻母五十七個，包括兩個鼻韻韻母）

單母音	複母音		鼻尾韻			塞尾韻		
a 馬家也掛	ai 帶戒街快	au 胞抓敲校	am 探三監鑑	an 灘山慢彎	aŋ 彭坊橙橫	ap 踏臘插閘	at 擦殺刷發	ak 或帝客革
(ɐ)	ɐi 世低軌威	ɐu 剖偷流遊	ɐm 感岑金音	ɐn 吞賓婚訓	ɐŋ 朋耿亨宏	ɐp 恰立十汲	ɐt 筆室忽匹	ɐk 北特則黑
ɛ 坐車蛇耶		ɛu 敍豬拋飽	ɛm 暗（餡鹹）	ɛn 閂閂	ɛŋ 餅病鏹鄭	ɛp 刮挖滑八	ɛt 別舌揭結	ɛk 雙石笛吃
(e)	ei 碑四非肥				eŋ 萊兵定承			ek 方普滴析
i 施示治旗	iu 表超權調		im 佔劍尖念	in 免然田先		ip 妾貶貼摞		
ɔ 多哥未高	ɔi 代在愛外		ɔm 柑甘咁（黑邊）	ɔn 肝看趕安		ɔp 盒鴿嗑合	ɔt 葛渴喝割	
(o)	ou 桁補組母				oŋ 盎		ut 闊活括豁	ok 樸屋竹局
u 姑戶赴附	ui 枯枚回會			un 搬官換門				
œ 靴鋸					œŋ 娘相方			œk 爵鵲約作
(ə)	əy 女取需淚						ət 律術術捷	
y 愁餘詞矩				yn 短選端存			yt 脫說粵血	

鼻韻　m 唔　ŋ 吾五梧伍

1.3 聲調

調類		調值	例字
陰平		55	剛丁邊三
陰上		35	古楚走短
陰去		32	正抗怕醉
陽平		42	娘文唐扶
陽上		13	女有怠舅
上	陰入	5	竹出惜即
下		3	答甲百刷
陽入		2	嶽藥食俗

2　語音特點

2.1　聲母方面

2.1.1　無舌尖鼻音 n，古泥母、來母字今音聲母均讀作 l。

古泥（娘）母字廣州話基本 n、l 不混，下村沙田話把 n、l 相混，結果南藍不分，諾落不分。沙朗 n、l 相混，結果女呂不分，諾落不分。

	南（泥）		藍（來）		娘（泥）		良（來）
廣州	nam²¹	≠	lam²¹	廣州	nœŋ²¹	≠	lœŋ²¹
下村	lam⁴²	=	lam⁴²	下村	lœŋ⁴²	=	lœŋ⁴²

2.1.2　古遇攝合口一等字，在廣州話聲母一般讀作 雙唇舌根半母音 w-，但沙田話部分匣母、云母與遇攝合口一三等字相拼，讀作

齒唇擦音 f-。[136]

	湖遇合一匣	戶遇合一匣	護遇合一匣	芋遇合三云
廣州	wu²¹	wu²²	wu²²	wu²²
下村	fu⁴²	fu²¹	fu²¹	fu²¹

2.1.3　古喻母在廣州話裡讀半母音濁擦音 j，石特話裡，古喻母字聲
　　　母有唸為 h 的現象。[137]

	緣（以）	圓（云）
廣州	jyn²¹	jyn²¹
石特	hyn⁴²	hyn⁴²

2.1.4　古全濁聲母 tʃʰ，與廣府話讀 ʃ 不同。這類字只有一個，射、
　　　蛇不會讀成 tʃʰ、tʃ。

	船（船）
廣州	ʃyn²¹
下村	ʃyn⁴²；tʃʰyn⁴²（主）

2.2　韻母方面

2.2.1　古止攝開口三等韻與精、莊兩組聲母相拼時，這此字在廣州話
　　　韻母是讀 i，但下村沙田話大部分韻母讀作 y。這個特點跟順
　　　德一致的。[138]

136　詹伯慧主編：《廣東粵方言概要》（廣州市：暨南大學出版社，2004年），頁127。

137　彭小川：〈廣東南海（沙頭）方言音系〉，《方言》（北京市：商務印書館，1990年2
　　　月），第1期，頁22。沙頭話也有這種現象。
　　　詹伯慧主編：《廣東方言概要》，頁126。

138　詹伯慧主編：《廣東粵方言概要》（廣州市：暨南大學出版社，2004年），頁128-129。

	賜（精組）	次（精組）	士（莊組）	柿（莊組）
廣州	tʃʰi³³	tʃʰi³³	ʃi²²	tʃʰi³⁵
下村	tʃʰy³²	tʃʰy³²	ʃy²¹	tʃʰy³⁵

2.2.2 沙田話舌面前圓唇半開母音 œ 為主要母音一系列韻母很豐富，有 œ、œŋ、œk、ɵn、ɵt、ɵy 之外，ɔŋ、ɔk 與部分 ɔ 也讀作 œŋ、œk、œ。

	糯果合一	螺果合一
廣州	nɔ²²	lɔ²¹
下村	lœ²¹	lœ⁴²

部分古宕開一、宕開三、宕合一、宕合三、江開二、梗開二、梗合一、梗合二、曾合一、通合一 ɔŋ、ɔk 韻母讀作 œŋ、œk。

	幫宕開一	荒宕合一	龐江開二	蚌梗開二
廣州	pɔŋ⁵⁵	fɔŋ⁵⁵	pʰɔŋ²¹	pʰɔŋ¹³
下村	pœŋ⁵⁵	fœŋ⁵⁵	pʰœŋ⁴²	pʰœŋ¹³

	莫宕開一	郭宕合一	剝江開二	國曾合一
廣州	mɔk²	kwɔk³	mɔk⁵	kwɔk³
下村	mœk²	kœk³	mœk⁵	kœk³

2.2.3 古遇攝三等見組、曉組，部分蟹合一，廣州話讀 ɵy，石特沙田話則讀 y。[139]

---

139 彭小川：〈廣東南海（沙頭）方言音系〉，《方言》（北京市：商務印書館，1990年2月），第1期，頁23。
    甘於恩：〈三水西南方言音系概述〉，《第二屆國際粵方言研討會論文集》（廣州市：暨南大學出版社，1990年），頁102。

	居_{遇合三見}	據_{遇合三見}	虛_{遇合三曉}	雷_{蟹合一來}
廣州	kɵy⁵⁵	kɵy³³	hɵy⁵⁵	lɵy²¹
下村	ky⁵⁵	ky³²	hy⁵⁵	ly⁴²

2.2.4　古效攝開口一等字的韻母在廣州話是讀作 ou，當與見母相拼時，石特沙田話讀作 ɔ，這是跟南海、順德頗接近。[140]

	高_{效開一見}	告_{效開一見}	羔_{效開一見}	稿_{效開一見}
廣州	kou⁵⁵	kou³³	ʃou⁵⁵	kou³⁵
下村	kɔ⁵⁵	kou³²	ʃɔ⁵⁵	kɔ³⁵

2.2.5　古效攝開口二等字，口語部分字讀音為 εu。[141]

	包_{效開二}	飽_{效開二}	抛_{效開二}	貓_{效開二}
廣州	pau⁵⁵	pau³⁵	pʰau⁵⁵	mau⁵⁵
下村	pεu⁵⁵	pεu³⁵	pʰεu⁵⁵	mεu⁵⁵

2.2.6　古山攝開口二、四等，合口二等為主的白讀字讀作 εn εt。[142]

140　詹伯慧主編：《廣東粵方言概要》（廣州市：暨南大學出版社，2004年），頁129。

141　彭小川：〈廣東南海（沙頭）方言音系〉，《方言》（北京市：商務印書館，1990年2月），第1期，頁23。

　　甘於恩、吳芳：〈廣東順德（陳村）話調查紀略〉，《粵語研究》（澳門：澳門粵方言學會，2007年12月），第2期，頁43。

　　甘於恩：〈三水西南方言音系概述〉，《第二屆國際粵方言研討會論文集》（廣州市：暨南大學出版社，1990年），頁102。

142　彭小川：〈廣東南海（沙頭）方言音系〉，《方言》（北京市：商務印書館，1990年2月），第1期，頁23。

　　甘於恩、吳芳：〈廣東順德（陳村）話調查紀略〉，《粵語研究》（澳門：澳門粵方言學會，2007年12月），第2期，頁43。

　　甘於恩：〈三水西南方言音系概述〉，《第二屆國際粵方言研討會論文集》（廣州市：暨南大學出版社，1990年），頁102。

	間山開二	間山開二
廣州	kan⁵⁵	kan⁵⁵
下村	kɛn⁵⁵	kɛn⁵⁵

	八山開二	滑山合二	刮山合二	挖山合二
廣州	pat³	wat²	kwat³	kwat³
下村	pɛt³	wɛt²	kwɛt³	kwɛt³

2.2.7　古咸攝開口一、二等沙田話有部分字讀作 ɛm　ɛp，石特只有 ɛm。[143]

	暗咸開一	含咸開一	鹹咸開二	餡咸開二
廣州	kam³⁵	hɐm²¹	ham²¹	ham³⁵
下村	kɛm³⁵	hɛm⁴²	hɛm⁴²	hɛm³⁵

2.2.8　咸攝開口一等見母、影母為主的字，廣州話陽聲韻讀 ɐm，入聲韻讀 ɐp，石特沙田話前者讀 om，後者讀 op，這一類字並不多。這一點特點與順德、南海沙頭話相近。[144]

---

143 彭小川：〈廣東南海（沙頭）方言音系〉，《方言》（北京市：商務印書館，1990年2月），第1期，頁23。

　　甘於恩、吳芳：〈廣東順德（陳村）話調查紀略〉，《粵語研究》（澳門：澳門粵方言學會，2007年12月），第2期，頁43。

　　甘於恩：〈三水西南方言音系概述〉，《第二屆國際粵方言研討會論文集》（廣州市：暨南大學出版社，1990年），頁102。

144 彭小川：〈廣東南海（沙頭）方言音系〉，《方言》（北京市：商務印書館，1990年2月），第1期，頁23。

　　甘於恩：〈三水西南方言音系概述〉，《第二屆國際粵方言研討會論文集》（廣州市：暨南大學出版社，1990年），頁102。

	柑咸開一見	甘咸開一見	暗咸開一影
廣州	kɐm⁵⁵	kɐm⁵⁵	ɐm³⁵
下村	kom⁵⁵	kom⁵⁵	om³⁵（黑暗）

	盒咸開一匣	合咸開一匣	鴿咸開一見
廣　州	hɐp²	hɐp²	kɐp³
下村	hop²	hop²	kop³

2.2.9　部分古止攝開口三等字在廣州話韻母讀 ei，沙田話跟南海、順德話一樣讀作 i，但沙田話只限於與 k　kʰ　h 相拼成則讀作 i，與其他聲母相拼時，依舊讀 ei。[145]

	基止開三見	棋止開三群	技止開三群	器止開三溪
廣州	kei⁵⁵	kʰei²¹	kei²²	hei³³
下村	ki⁵⁵	kʰi⁴²	ki²¹	hi³²

2.3　聲調方面

聲調部分跟廣州話一樣，變調也一致的。差異之處是廣州話陰去33唸成32；陽平21，讀作42；陽去22唸作21。

	告	鹹	技
廣州	kou³³	ham²¹	kei²²
下村	kou³²	hɛm⁴²	ki²¹

145　詹伯慧主編：《廣東粵方言概要》（廣州市：暨南大學出版社，2004年），頁130。

第十四節　小欖城區沙田話同音字匯

　　本字匯按韻母、聲母、聲調的順序排列。主要收錄單字音，寫不出的本字的音節用「□」代替，並加注釋。有新老派異讀的，在該字右下角標明「（新）、（老）」，有文白異讀的，字下帶「＿」為白讀音，字下帶「＝」為文讀音。新派的讀音是受了廣州話的影響。變調的是以「‿」處理。至於異讀，以（又）來處理。

a

p　[55]巴芭疤爸□（攀爬）　　　[35]把　　[42]霸壩（水壩）堪（堤塘）　　　[21]罷稗

pʰ　[55]趴　　　　[42]怕爬琶杷耙

m　[55]媽　[35]嬤（阿‿：奶奶）[42]麻痲　[13]馬碼嬤（‿‿：奶奶）哌（點慧，如：鬼‿，意為機靈、有趣，俗寫作「鬼馬」）　　[21]罵

f　[55]花　[42]化

t　[35]打

tʰ　[55]他

l　[55]啦　[42]拿罅□（長度單位，拇指到食指的長度）　[13]那哪

tʃ　[55]查（生查）渣揸（抓、握，或寫作摣）　[35]苴（差、劣）　[42]詐榨炸乍炸[21]奓（張開）拃（量詞，把）□（佔）

tʃʰ　[55]叉杈差（差別）　　[42]茶搽查（調查）岔茬　[13]黑汗（塗汗、搗爛）

ʃ　[55]沙紗莎　[35]灑耍□（‿手：攞手）

j　[55]呀　　[13]也

k　[55]家加痂嘉傢　[35]賈假（真假）　[42]假（假期）架駕嫁稼價

kʰ　[55]卡□（大腿）

ŋ　　[42]牙芽衙　　　[13]雅瓦　　　[21]□（張開，引申為妨礙）

kw　[55]瓜　　[35]寡　　[42]掛卦

kwʰ　[55]誇垮跨

w　　[55]蛙窪　[35]畫話（話劇）　[42]華（中華、姓氏）鏵樺　　　　[21]話（說話）

h　　[55]蝦（蝦蟆、魚蝦）　　　[42]霞瑕遐暇　[21]廈（廈門、大廈）下（下降、底下）

　　　夏（春夏、江夏）

ø　　[55]鴉丫椏　　[35]啞　　[42] 亞阿（阿哥）

ai

p　　[35]擺　　[42]拜　　[21]敗

pʰ　[42]派排牌

m　　[42]埋　　[13]買　　[21]賣邁

f　　[42]塊快筷儈

t　　[55]㐹大（老派：姐姐）　[35] □（老派：年老之人，如老~）□（老派：父親的妾）

　　　[42]戴帶□（老派：媽媽）　[21]大

tʰ　[55] 胎（輪~）　[42]態貸太泰

l　　[55]拉薖（最小的兒子或女兒）　　[35] □（添）　　　[42]癩躪（跛行）[13]乃奶

　　　[21]賴

tʃ　[55]齋　　[35] 仔（兒子）　　[42]債　[21]寨

tʃʰ　[55]釵差（出差）猜撦（用手壓、揉）摵（浪費、糟蹋）　　[35]踩　[42]豺柴

　　　[13]薺（魚名：馬薺魚）

ʃ　　[35]璽徙洗　　[42]曬漇（盡、全、都、完）

j　　[35] □（踩）

k　　[55]皆階佳街　[35]解（了解）　　[42]介界芥尬疥屆戒刉（鋸、割、裁）

kʰ　[55] 揩　[35]楷

ŋ　　[42]涯崖捱　　　[21]艾

kw　[55]乖　　　[35]枴　　　[42]怪

kwʰ　[13]□（因精神狀態不佳而走路不穩）

w　　[55]歪　　　[35]筷（老）　　　[42]懷槐淮　　　[21]壞

h　　[55]揩　　　[42]孩諧鞋□（~sap3sap3:粗糙不滑）　　　[13]蟹　　　[21]械懈□（形容

氣喘或歎息，如：﹏聲）

ø　　[55]挨　　　[42]隘（氣量狹隘）嗌（喊叫，罵，發生口角）

au

p　　[55]胞鮑包　　　[35]飽　　　[33]爆

pʰ　[55]泡拋　[35]跑　　[42]豹炮　　[21]□（大口大口吃）

m　　[55]貓　　　[42]錨謀矛茅　[13]卯　　　[21]貌茂貿

l　　　[55]撈　　　[42]□（潑辣）　[13]摎（摎攪：一指淩亂，無條理；二指品德不好；三指麻煩）

　　　[21]鬧

tʃ　　[35]抓瓜找帚　[42]罩笊　[21]櫂驟

tʃʰ　[55]抄鈔　[35]吵炒　[42]巢

ʃ　　[35]稍　　　[42]哨

k　　[55]交郊膠　　　[35]餃絞狡攪　　　[42]鉸教校較窖　　　[21]挍（亂，撈~，

即淩亂）　　　[21]攪（攪攪：一指淩亂，無條理；二指品德不好；三指麻煩）

kʰ　[42]靠

ŋ　　[13]咬（新）　[42]熬淆肴　　[13]藕偶

h　　[55]酵　　　[35]考烤巧　　　[42]孝　　　[21]效校（學校）

ø　　[42]坳□（au55 wu35:鬼）

am

t　　[55]耽擔　[35]膽　　[42]擔（一擔）　　　[21]淡（半淡）

tʰ　　[55]貪　　[42]探潭譚談痰　　　[13]淡（淡水魚）

l　　[35]欖攬　[13]覽腩　[42]南男藍籃蹣（跨）　[21]濫纜艦

tʃ　　[55]簪　　[35]斬嶄（吃）　　[42]蘸　　[21]暫鏨站

tʃʰ　　[55]參摻　[35]慘　　[13]劗（被鋒利的物體割、刺）　[42]杉慚蠶

　　[21]□（刺頭，只用在單純詞「ŋam21ŋam21tʃʰam21tʃʰam21」裡）

ʃ　　[55]三衫

k　　[55]監（監督）　　[35]減（新）　　[42]尷鑑緘橄監（太監）

kʰ　　[13]檻

ŋ　　[55]啱（對的，合適）　　[35]□（揭開）　　[42]巖癌

　　[21]□（意為刺頭，只用在單純詞「ŋam21ŋam21tʃʰam21tʃʰam21」裡）

h　　[42]喊函銜咸（咸豐）

an

p　　[55]班斑頒　　[35]板版　[21]扮辦涊（爛泥）

pʰ　　[55]攀　　[42]盼

m　　[55]扮擾　　　[35]絣（皮膚等緊繃）　[42]蠻　　[13]晚
　　[21]慢饅漫幔萬蔓

f　　[55]翻番　[35]反瓣販（小～）玩（老）　[42]泛販（批發、買）凡帆煩藩礬繁
　　[21]範（姓氏）範犯飯販（～賣）

t　　[55]丹單（單車）　[35]彈（子彈）蛋　[42]旦誕　[21]但彈（彈簧）憚

tʰ　　[55]灘攤　[35]毯坦　[42]炭歎檀壇彈（彈奏）

l　　[55]躝（爬或罵人滾蛋）[42]難（困難）蘭攔欄　[13]懶　　[21]難（患難）爛

tʃ　　[55]爭□(欠)　[35]盞棧□(白費力氣)　　　[42]贊撰瓚(濃)　　　[21]賺綻棧

tʃʰ　[55]餐　　[35]產鏟　　　　[42]燦殘□(頂、支撐)

ʃ　　[55]珊山刪　　　[35]散荽(除去)　　[42]傘散訕疝篹潺(動植物身上的粘液，或形容

滑溜)

k　　[55]艱間(中間)奸　　　[35]簡柬揀繭　[42]間(間中)諫澗

ŋ　　[42]顏晏　[21]雁

kw　[55]鰥關　[42]慣摜(跌，或寫作躀)

w　　[55]彎灣　[35]玩(新)　　　　[42]頑環還　　　[13]挽

[21]幻患宦

h　　[55]慳(節省)　　　　[42]閑嫻　　[21]限

aŋ

p　　[42]□(用竹竿打)　　　[21]□(用力關門、窗等)

pʰ　[55]烹拼(驅趕)瓶(用以盛飯菜的器具，器身直立橢圓，平底，有蓋)　　[42]彭膨棚

[13]棒

m　　[35]蜢(草~)　　[42]盲　　[13]猛　　[21]孟

l　　[13]冷

tʃ　　[21]碾(塞滿)

tʃʰ　[55]撐踭(肘，腳~:腳跟;手~:胳膊肘)鐺(烹煮器具，有瓦質或金屬材質)振(光線刺眼睛)　[35]

橙　　　[42]埕(蹬，又讀jaŋ42)　[21]傖(粗俗、潑野)

ʃ　　[55]甥牲笙生　　[35]搡(打、罵)甂(刷洗瓶、鍋等器皿的污垢)省(省長、節省)

j　　[42]　□(用腳踢)

k　　[55]粳更(五更)□(攪拌)　　　[35]哽　　　　[21]□(從淺水趟過)□(擋住、絆)

ŋ　　[55]罌(盛貯器)　　　　[21]硬

kw　[21]逛

kwʰ [55]窺（空）　　[35]梗　　[42]逛□（觸碰）

w 　[42]橫（豎橫、橫直）[21]橫（一橫兩橫）

h 　[55]坑□（老~：老頭）　　[42]行（行走）

ap

t 　[5]嗒（仔細品嘗、舔舐）　[3]答搭傝（冇傝傝：不認真，沒責任感）　[2]踏遝

tʰ 　[3]搨塔榻塌

l 　[3]擸（搜羅、整理）　　[2]立納臘蠟鑞（白鑞）

tʃ 　[2]雜閘集習襲鍘（鍘刀）柵（水柵）

tʃʰ 　[3]揷

ʃ 　[3]霎澀（言多，~氣：惹人生氣；嗌~：爭吵）傝（冇傝傝：不認真，沒責任感）眨㩧（hai42~~：粗糙不滑）

k 　[3]垃胛佮（合夥）

h 　[2]狹峽匣

ø 　[3]鴨

at

p 　[3]八

f 　[3]法髮（頭髮）發（發生）

t 　[3]笪（量詞，片，如：一~汗漬）□（從高處摔下，跌）　　[2]達遢

tʰ 　[5]□（用手掌打）　[3]□（敞開口）

l 　[5]甩　　[3]瘌炳（邋）　　[2]捹辣邋

tʃ 　[5]甴（甴~）　　[3]劄劄紥軋□（猛然跳起）

tʃʰ 　[3]擦察刷□（飽餐）齰（伶牙俐齒，牙~~：意為口齒伶俐而愛炫耀，又寫作牙擦擦）

ʃ　　[3]撒薩殺

k　　[3]旮 (～旯)

ŋ　　[3]□ (尿臭味)

kw　[3]刮

w　　[3]挖　　　[2]滑猾

ø　　[3]押壓

ak

p　　[5]北□ (～鈕：子母扣)　　　[3]百柏伯　　　[2]白帛

pʰ　[3]帕拍魄泊檗 (黃檗)

m　　[5]□ (盛米的杯子)　　　[3]擘 (張開、撕開)　[2]墨默陌麥脈

t　　[5]德得　　[2]特

l　　[5]犖 (～礊kak5：高低不平，不流暢) 甩 (脫落)　[35]竻 (枝條上的刺)　　[2]肋勒

tʃ　[5]則側鯽　　　[3]窄責笮 (壓)　　[2]澤擇宅摘擲姪

tʃʰ　[5]測　　　[3]策冊拆扴 (爆皽，指皮膚皴裂)　　　[2]賊

ʃ　　[5]塞　　[3]□ (量詞，片，邊)

k　　[3]格革隔

kʰ　[3]□ (刮蹭)

kw　[3]摑

kwʰ [5]□ (圍著，圈起)　[3]匝

ŋ　　[5]鈪 (鐲子)　　　[3]眲 (欺騙，俗寫作呃)　　　[2]額逆 (老)

w　　[3]□ (用條狀的東西如繩子、竹竿等抽打)　　　[2]或惑域劃

h　　[5]刻克黑　　　[3]客赫嚇 (嚇一跳)

ø　　[5]握扼呃 (欺騙)

ɐi

p　　[55]跛　　　[42]蔽閉　[21]稗敝弊幣斃陛

pʰ　　[55]批

m　　[55]瞇（眼皮微合）冞（深入）　　　[42]迷謎　[13]米

f　　[55]麾揮輝徽　[35]疿　　[42]廢肺費　　[21]吠

t　　[55]低　　[35]底抵　[42]帝□（對人或物給予不好的評價）　　　　[21]弟第遞隸

tʰ　　[55]梯　　　[35]體睇　[42]替涕剃屜堤題提蹄啼

l　　[35]戾（曲，扭轉）　[42]泥黎　　　[13]禮　　　[21]例厲勵麗荔觀（用不滿的

目光看人）

tʃ　　[55]鱭擠劑□（放）　　[42]祭濟□（願意）　　　[21]滯

tʃʰ　　[55]妻棲　[42]砌齊薺　　　[13]㩗（打）

ʃ　　[55]篩西犀篩茜菨（茺~）　　[35]駛使　[42]世勢細　[21]誓逝噬□（咬）

k　　[55]雞□（哨子）笄（香笄：焚香後剩在香爐裡的細竹簽）　　　[42]計繼髻偈（傾~：談話）　[21]

□（用肘子或膝蓋壓住）

kʰ　　[55]稽溪　[35]啟　　[42]契

ŋ　　[55]嗯（央求）　　[42]倪（端倪）危桅　　[13]蟻　　[21]藝毅偽魏

kw　　[55]圭閨龜歸皈　　　[35]詭軌鬼簋　[42]鱖桂癸季貴悸簣　　　[21]

跪櫃

kwʰ　　[55]盔規虧窺　[42]攜逵葵暌馗　　[13]愧

w　　[55]威　　　[35]萎委毀　　[42]桅為維惟遺唯違圍穢畏餵蝟

[13]諱偉葦緯卉慰　　[21]衛惠慧為位胃謂

h　　[5]屄（女性生殖器）　[42]奚兮　[21]繫（連繫、繫鞋帶）系（中文系）係（關係）

ø　　[35]矮　　[42]縊翳（天氣悶熱或胸口悶）

j　　[13]□（頑劣）　[21]曳□（遞、舉）

ɐu

p　　[35]補　　　[42]布佈怖　　　[21]部簿步捕埠孚（孵，又寫作菢）□（褊~：形容人邋
遢、不整潔）

pʰ　　[55]鋪　　　[35]譜普浦蒲脯甫剖　　　　[13]婦（新~：媳婦）　　[42] 鋪舖菩扶
浮（動詞，漂在水面；副詞，起）

m　　[55]踎（蹲下，又讀 mɐu55）　　[13]某畝牡武舞侮鵡某畝母拇　[42]謀無巫誣
[21]戊謬暮慕墓募霧務戊茂貿

f　　[35]否　　[42]浮　　[21]阜埠

t　　[55]兜都□（老派，量詞，條）　　[35]鬥鬮（碰、觸）抖糾（糾纏、糾正）賭堵
[42]竇（窩、巢）鬥（鬥爭）　　[21]豆逗杜度渡鍍竇（老~：爸爸）

tʰ　　[55]偷　　[35]土□（休息）　　[42]透投吐兔徒屠途塗圖　　　[13]肚

l　　[55]騮（馬騮：猴子）褸（披）摟獟（惱怒、生氣，俗寫作嬲）　　　[35]紐扭朽
[42]樓流劉留榴硫琉溜奴盧爐蘆鸕顱驢耬　　　[13]摟柳魯櫓虜
[21]漏陋溜餾怒路露鷺□（賦）

tʃ　　[55]鄒周舟州洲租鄒掫　　[35]走肘　[42]奏晝皺咒做縐　　[21]就
袖紂宙驟

tʃʰ　　[55]秋鞦抽搊粗　　　　[35]醜（醜生）醜（醜陋）　　[42]湊臭嗅（嗅味、用鼻子
聞）醋措湊囚泅綢稠籌酬糗□（帶小孩）　　　　　[13]□（攢）

ʃ　　[55]修羞收蒐颼羞鬚酥蘇　　[35]叟搜手首守數（數一數）　　[42]嗽秀
繡瘦漱獸素訴嗽數宿愁仇　　　[21]受壽授售

j　　[55]丘休憂優幽扴（提）　　[35]釉（彩釉）柚（沙田柚）　　　[42]幼柔揉尤
郵由油遊猶悠遊　　[13]有友酉莠誘　　　[21]又右祐

k　　[55]鳩鬮　[35]狗苟九久韭糾　[42]夠灸救究咎枢　[21]舊

kʰ　　[55]溝摳勾（混和）　　[42]構購叩扣寇臼摳求球　　　[13]舅（舅父）
[21]舅（小舅子）

ŋ　[55]勾鉤　[42]牛　[13]藕偶　　　　[21]顒（呆）

h　[55]吼　[35]口　[42]侯喉猴　[13]厚　[21]瞯（伺察）

　　[21]後（前後）後（皇后）候瞯（覷覦，看守）

ø　[55]歐甌　[35]嘔毆　[42]漚慪嫗（~仔，指婦人因懷孕出現的妊娠反應）

ɐm

p　[55]乒泵

m　[55]口（小兒飯食）

t　[55]口（用語言引誘對方做某事，哄）　[35]扰（用拳頭砸、擊）　[42]髧（垂下、垂釣，或寫作𢬿）

　　[21]吮（圓~~：圓溜溜）　口（跺）

tʰ　[42]口（哄）　[13]氹（小水坑）

　　[55]啉（哄）　口（花朵合上。作動詞，如：朵花~pʰɐu42；作名詞，如：花~）　　　　[35]諗（想）

　　[42]林淋臨腍（熟、軟，也可形容性格軟弱）　口（塌）　　　[13]凜　[21]淰（形容油汪汪）

　　口（堆砌）

tʃ　[55]針斟　[35]枕（名詞）頏（頭骨後）口（手足繭）口（量詞，塊、片）　　　[42]枕（動

　　詞）浸（泡在水裡，如：~冬菇）　　　[21]浸（淹沒，如：水~街）口（量詞，用於氣味）

tʃʰ　[55]侵　[35]寢　[42]尋沉

ʃ　[55]心森深　[35]沈審嬸糝（少量地撒）　[42]滲岑

　　[21]甚甚口（只用於單純詞「~~聲」，表示快速）

j　[55]欽音陰口（劉海）　[35]飲　[42]蔭壬吟淫　[21]任（責任、姓）賃

k　[55]甘柑今金　[35]感錦敢扻（打耳光，也讀kʰɐm）　　　[42]禁（禁不住、禁止）

　　[21]撳黚（淺黃黑，又讀kʰɐm）

kʰ　[55]襟禁（耐久）　[35]妗　[42]琴禽擒蠄（~蟧：蜘蛛）口（攀爬）氹（蓋）口

　　（攔）

ŋ　[42]撢（探取）　[21]唫（唪唫，如：~沉沉，指唪叮叮叮）

h　[55]堪龕　[35]坎砍　[42]勘　　[21]撼憾嵌陷㟹（全，如：㟹家）▢（壚﹏：嘈雜）

ø　[55]鵪庵　　[35]揞（揞）　　[42]暗（新）

ɐn

p　[55]彬賓檳奔崩繽　[35]稟品　　[42]殯鬢　[21]笨

pʰ　[42]瀕蟛（﹏蜞：螃蟹的一種）噴（噴水、噴香）貧頻朋憑硼　[13]口（編辮子）

m　[55]蚊炆（用小火煮）黣（黑）捫（拉扯、拔）　[35]暪（形容愛發脾氣）▢（動詞，指把泥、漿狀的東西封在縫上）　[42]民文紋聞璺萌盟▢（靠近邊緣）　[13]閩憫敏抿吻刎紊　[21]問

f　[55]昏婚（新）分（分別）芬紛熏勳薰　[35]粉　[42]糞訓瞓（睡覺）焚墳
　　[13]奮憤　[21]忿（唔﹏：不服氣）份（月份）

t　[55]墩登燈璒　[35]等亶（放置，柱類東西）　[42]凳佂（介詞，替、為）　[21]鄧

tʰ　[55]吞飩騰謄藤　[42]褪　　　[21]揗（顫抖）

l　[55]▢（結也。解開個len55）　[35]撚（揉搓）　[42]▢（相連）▢（頻﹏：匆忙）　[21]▢（串）

tʃ　[55]珍真曾（姓氏）增憎爭箏睜僧　[42]鎮振震顫　[21]陣贈

tʃʰ　[55]親　[35]診疹　　[42]親趁襯陳塵曾（曾經）層

ʃ　[55]辛新薪身申伸生牲笙甥　[42]神辰晨臣娠擤（﹏鼻涕）呻（訴苦）
　　[13]▢（傻癡）　　[21]腎慎

j　[55]恩因姻欣殷　[35]隱　[42]印人仁寅　[13]忍引癮蚓
　　[21]刃韌孕孕

k　[55]跟根巾斤筋庚羹耕更（更換）　[35]緊僅謹耿埂梗　[42]更（更加）
　　[21]近

ŋ　[55]奀　　　[42]銀□（瓜果種子）　　[21]韌狺（狗發出的低沉的叫聲；表示不滿的言論）垽

（沉澱物）翍（黏，如：薯～，意為軟而不易斷）

kʰ　[13]近　　[35]哽　　[42]勤芹□（味道濃烈）□（卡住，不能活動）

kw　[55]均鈞君軍轟搇筠頵（頭大的樣子）　　　[35]滾□（景～：蹊蹺）　　[42]棍

kwʰ　[55]昆崑坤鯤堃韻（騙）　　[35]綑菌捆緄（～邊：把衣服的邊沿鑲起來）

[42]困窘群裙

w　[55]溫瘟昏（老）婚（老）　　　[35]穩搵　　　[42]葷魂勻云（人云亦云）雲

（白雲）暈弘宏耘

[13]允尹韻隕殞　　[21]渾混運

h　[55]亨摼（敲打）　　[35]墾很肯　　[42]痕恆衡桁□（擴）

[21]恨杏幸

ø　[55]鶯

ɐp

t　[5]耷（垂）　[2]撻（捶打；審問）□（跌、摔）

l　[5]笠粒凹□（罩）　　　[2]粔（黏）涾（濕、潮）

tʃ　[5]執汁撮（量詞，如：一～頭髮）

tʃʰ　[5]輯緝葺□（走，帶貶義）

ʃ　[5]濕□（眼～毛：睫毛）　　[2]十什拾

j　[5]泣揖邑　　[2]入

k　[5]急　　[2]□（壓）

kʰ　[5]級給吸扱（蓋、罩、倒扣）　　[2]及

h　[5]恰洽暍（欲睡狀態，或寫作瞌、瞌）□（欺負）　[2]合（新）盒（新）

ø　[5]噏（說，貶義，如：噏三噏四，即說三道四）罯（覆）愠（不安）　[2]岌（不穩）頷（低頭）

ɐt

p　　[5]筆畢不　　　[2]拔跋

pʰ　　[5]匹

m　　[5]乜　　　　[2]密蜜襪物勿

f　　[5]窟忽捽（音）惚朏（屎~：屁股）佛拂　　[2]乏伐筏罰佛

t　　[5]□（隨便放置）腯（肥壯）　　　　[2]突嗑（搶白）

tʃ　　[5]質騭（陰~：陰德）挃（打，又引申為塞入）揤（密）　　[2]疾窒蛭嫉

tʃʰ　　[5]七漆□（塞子）

ʃ　　[5]膝瑟蝨失室　　　[2]實

j　　[5]一　　　　　　　[2]日逸軼佚

k　　[5]吉桔戟（刺，如：~穿個袋）　[2]趷（起）

kʰ　　[5]咳

ŋ　　[2]迄屹

kw　　[5]骨橘　[2]掘倔屈（無尾、盡頭）

w　　[5]鬱屈（使彎曲）爩（烹調法，加醬料湯汁慢火燒）踤（手腳扭傷）　[2]鶻核（果核）

h　　[5]乞　　[2]瞎劾轄核（核心）

ø　　[5]□（壓）

ɛ

p　　[55]啤□（焊接）　　　　　[21]□（脸~~：指物體或性格軟）

pʰ　　[55]啵（撲克）　　　　　[13]䞍（歪斜塌）

m　　[55]咩（什麼）猵（背）　　[13]歪

f　　[55]啡　　　　　[21]□（嗑、射）　　[55]爹

tʃ　　[55]遮　　[35]姐者　　[42]借蔗　　[21]謝

tʃ^h　[55]車奢　[35]且扯跙（走，離開）　[42]邪斜

ʃ　[55]些賒　[35]寫捨□（倒出，溢出）　[42]瀉卸赦舍蛇佘 [13]社　[21]麝射

j　[42]耶爺椰　[13]惹野　[21]夜

k　[35]噶

k^h　[55]□（屎）　[35]茄　[42]騎　[21]騎（跨過）

w　[35]搲（用手扒開，撓癢）　[42]搲（用手翻找）　[13]□（歪斜地敞開）

ɛu

p　[35]包飽（口語）齙（齙牙）　[42]爆（口語）　[21]□（推拱）

p^h　[55]抛　[35]跑　[42]刨（口語）鉋（口語）炮（口語）

m　[55]貓（口語）　[42]茅（口語）

t　[21]調丟（又）□（量詞，次）

l　[55]寥（又。空~~：空蕩蕩）　[21]撈（又）

k　[35]搞（口語）　[42]教（口語）臼

tʃ　[35]爪

tʃ^h　[55]抄（口語）鈔（口語）　[35]炒（口語）吵　[42]踔（動物踩、跳；尋找）醮（皺）

ʃ　[42]潲哨（上門牙歪斜歪露到唇外）　[21]睄（帶敵意地瞥）

k　[55]交膠　[35]絞狡攪（亂三攪四）搞（搞不懂）　[42]臼教鉸校（校對）窖覺

ŋ　[55]撓（瘙癢）　[13]咬（口語）

h　[55]敲　[42]姣（舉止輕浮、賣弄風騷，多指女性）

ø　[35]拗

ɛm

l　　[35]□（舐）

tʃ　　[55]簪（口語）

tʃʰ　　[42]蠶（口語）

ʃ　　[55]閂

k　　[35]減（口語）　　　[42]橄（口語）

h　　[35]餡（口語）　　　[42]喊（口語）　　　[42]鹹（口語）

ɛn

p　　[55]邊　　[35]扁

ʃ　　[55]山（拜山）

k　　[55]間　　[35]繭揀趼

ŋ　　[42]研（碾碎）　　　[13]眼

kw　　[55]關　　[42]慣

w　　[35]環（耳~）　　　[42]還　　　[13]鯇挽

h　　[42]閑　　[21]莧

ɛŋ

p　　[35]餅　　[42]柄偋（收藏東西或人躲藏）　　　[21]病

pʰ　　[55]屏（椅靠背）骿（~骨：髀骨）　　　[42]平

m　　[55]名　　[21]命

t　　[55]釘盯　　[35]頂　　　[42]掟（扔）　　　[21]訂□（地方）

tʰ　　[55]廳聽　　[13]艇

l [42]靚靈（靈驗）　　　　[13]頜

tʃ [55]精　　[42]正　　[21]淨鄭

tʃʰ [55]青　　[35]請

ʃ [55]星（天星）腥□（玩）聲生（好好地，如：好~行，指小心走路）　[35]醒　　[42]成姓
　　腥（熱~：地面暴曬後灑水激起的氣味）

k [55]驚　　[35]頸　　[42]鏡

j [35]影　　[42]贏（新）

h [55]輕□（移動）　[42]贏（老）

εp

t [5]嗒（小口喝，品）

tʃʰ [3]插

tʃ [2]煠（用水長時間煮）

k [3]里挾（口語，挾菜）　　[2]夾（口語）

h [2]盒（口語）合（口語）掐

εt

p [3]八

pʰ [21]坺（量詞，堆，修飾糊狀物，如：一~泥）

m [2]篾（口語）

tʰ [5]趿（穿鞋只套上腳尖）

kw [3]刮

ŋ [2]研（碾壓）

w [3]挖　　[2]滑

ɛk

p　　[3]壁

pʰ　　[5]劈　　　[3]劈　　　　[2]擗（扔）

t　　[3]趯（走、逃、驅趕、奔波）　[2]笛糴

tʰ　　[3]踢

l　　[5]叻（能幹）　　　[2]瀝（小~：地名，位於東鳳鎮）壢（畦）

tʃ　　[3]炙脊隻績　　[2]藉蓆

tʃʰ　　[3]尺赤歚（痛，或寫作赤）

ʃ　　[3]錫（金屬）惜（疼愛）　　[2]石碩

kʰ　　[2]劇屐

h　　[3]吃

j　　[3]膱（油脂變質）

ei

p　　[55]悲碑陂蓖痹（~滋：口腔潰瘍）　　　[35]篦比髀（大腿）畀（給）　　　[42]
庇臂泌秘淠（隔物倒水）
[21]被避鼻備憊

pʰ　　[55]披丕紕（布帛絲縷等破壞散開）敱（器物邊沿磨損）剻（削；抹）[35]鄙彼
[42]譬屁皮疲脾琵枇匕　　[13]被（被單）婢

m　　[55]黽（蟛~：蟛蜞）溦（小雨）眯咪湄（小口喝）　　[42]麋眉媚湄楣微迷　　[13]
靡美尾　　[21]媚寐魅未味㷟（潛入水中）

f　　[55]非飛妃菲霏蜚　　[35]匪翡痱緋　　[42]肥

t　　[21]地哋（人稱複數詞尾）

l　　[55]璃匭哩（這）[35]梨李（李子）　　[42]離籬梨釐狸彌尼　　[13]履你

李理鯉　　[21]膩利痢吏餌睭（舌）

ʃ　[35]死　　[42]四

kʰ　[13]徛企（站）

eŋ

p　[55]冰兵乒　　[35]丙秉炳　　[42]並（合~）　　[21]並（~日）

pʰ　[55]拼（~音）　　[42]併聘平坪評瓶屏萍拼（~圖）

m　[35]銘冥暝瞑　[42]鳴明名　　[13]皿　　[21]命

f　[21]搵（甩、擺動、扔）

t　[55]丁　　[35]頂鼎　　[42] 椗（蒂）　　　　[21]訂定錠

tʰ　[55]聽（~日：明天）　　　[42]聽（聽其自然）　[42]亭停廷庭蜓　　[13]挺

l　[55]拎　　[35]擰（~幹）　　[42]楞陵凌菱寧（安寧、寧可）靈零鈴伶翎

　　[13]頜嶺　[21]令另佞擰（轉動）

tʃ　[55]徵蒸精晶睛貞偵正（正月）征　　[35]井（井井有條）整

　　[42]證症正（正式）政　[21]淨靜靖剩

tʃʰ　[55]稱清蜻蜻　[35]逞逞拯揁（提、揪）　[42]稱秤澄（澄清）懲情晴呈程埕

ʃ　[55]升勝（勝任）聲星（衛星）繩　　[35]省（不省人事）醒

　　[42]勝（勝利）性姓聖乘繩承丞成城誠　　　　[21]剩盛

j　[55]應（應該）鷹鸚櫻英嬰纓蠅（烏~）　　[35]影映　[42]贏（~利）應（應付）

　蠅（屎~）凝（凝神、凝結）迎盈形型刑陘營螢仍□（~住：心裡覺得某事的實現或存在）

　　[21]認

k　[55]京荊驚經矜　　[35]境景警竟儆　　[42]莖敬勁（勁敵）徑　[21]

　　勁（有勁）競

kʰ　[55]傾　　[35]頃　[42]擎鯨瓊罥（目驚視貌）□（凝固）　　　[21]□（很）

kw　[35]迥窘炯

kwʰ [55]□ (劈、擦、削)

w [42]榮　　[13]永　　[21]泳詠穎

h [55]興卿輕馨兄　　　[42]興慶磬熇 (生氣；加熱)　　　[21]熇 (熱)

ek

p [5]逼迫碧皕 (擠) 壁

pʰ [5]僻闢霹　　[2]擗 (扔)

m [2]覓冪

f [2]□ (甩動)

t [5]嫡的茗 (茗式，指精緻，或少) □ (提) [3]滴滌　　[2]敵狄荻

tʰ [5]剔倜惕□ (打勾)

l [5]匿瀝靂搦 (拿、提)　[2]力歷曆

tʃ [5]即織職積螏跡績　　　[2]藉 (藉故、狼藉) 蟄直值殖植籍蓆夕寂

tʃʰ [5]飭斥戚摵 (拿、提)　[3]赤 (中山市大涌鎮赤洲)

ʃ [5]悉息熄媳色識式飾惜昔適釋析　[3]錫 (人名)　　[2]蝕 (日蝕) 食

j [5]憶億抑益　[2]亦翼逆譯易液腋役疫蜴

k [5]戟擊激棘亟 (急切)　[2]極

kʰ [5]□ (踵) 虩□ (卡住)

kw [2]□ (曲指敲)

kwʰ [5]□ (擦、劃) 隙

w [2]域

i

k [55]飢肌幾基幾 (幾乎) 機譏饑占姬□ (~ 吃：阻礙、反對)　　　[35]己紀杞幾

（幾個）　　[42]寄記既　　[21]技妓忌伎

kʰ　[55]畸棋崎　　[42]冀奇岐祁鰭其棋期旗祈蜞歧　　[13]企（₋圖）

kw　[55]□（₋呱呱：大聲喊叫）

tʃ　[55]知蜘支枝肢梔脂之芝　　[35]紙只旨指止趾址　　[42]智致至置
　　志誌痣　　[21]雉治稚

tʃʰ　[55]雌疵差（參差）癡嗤眵　　[35]此侈矢恥齒始　　[42]翅刺池馳匙遲
　　持　　[13]恃

ʃ　[55]屍詩斯　　[35]屎史市　　[42]試時鰣　　[13]市　　[21]是豉
　　示視

j　[55]伊醫衣依睨（裂開嘴巴）咿（₋啊：動靜）姨（阿₋）　　　[35]倚椅
　　[42]意兒宜儀移夷姨（大₋：媽媽的姐姐）而疑　　　[13]爾議耳擬矣已
　　以　　[21]誼義易二貳異

w　[55]□（₋哇鬼叫：大聲喊叫）

h　[55]犧欺嬉熙希稀　　[35]起喜嬉豈　　[42]戲器棄氣汽

iu

p　[55]彪標錶膘猋（快走）穮（稻苗長出，引申為長高，出類拔萃。）　　　[35]表婊裱

pʰ　[55]飄縹漂（漂流）　　[42]漂（漂亮）票瓢嫖

m　[55]瞄　　[35]廟□（₋嘴₋舌：撇嘴，以表示不屑或不滿、不信、厭惡等）　　　[42]苗
　　描瞄　　[13]藐渺秒杳　　[21]廟妙

t　[55]刁貂雕丟碉凋　　[35]屌　　[42]釣弔　　[21]掉調（聲調）

tʰ　[55]挑　　[42]跳糶條眺迢調（調和）　　[13]窕

l　[55]鷯（₋哥：鳥名）撩（舀，攪拌）□（細長）　　[35]料（材料）　　[42]燎療聊
　　遼撩嘹嬝潦瞭（瞭望）　　[13]了鳥　　[21]尿料（顏料）廖

tʃ　[55]焦蕉椒朝昭招澆　　[35]剿沼　　[42]醮照詔　　[21]趙召

嘥（咀嚼）□（摤）

tʃʰ [55]鍬超釗　　[42]俏悄樵瞧朝潮憔鞘峭壁誚肖（生~）

ʃ [55]消宵霄硝（硝酸）銷燒蕭簫　　[35]小少（多少）　　[42]笑少（少年）韶
[21]兆紹邵肇

j [55]邀腰要麼吆□（挑挍）　　[35]鷂妖　　[42]要饒搖謠姚堯　　[13]擾繞
舀　　[21]耀橈（船槳）

k [55]驕嬌　　[35]矯繳 [42]叫　　[21]撬

kʰ [35]蕎藠轎巧　　[42]竅喬僑橋　　　[13]蹺纏

h [55]囂僥梟　　[35]曉

im

t 　[35]點　　[42]店惦□（觸摸）　　　[21]掂

tʰ 　[55]添　　[42]甜　　　[13]舔

l 　[55]拈黏捻　　[42]廉鐮簾黏鯰　　[13]斂（收斂、斂財）殮　[21]念

tʃ 　[55]尖沾粘瞻憸（憸憸，愛挑剔）木齻（打~：指插隊）　　　[42]佔　　[21]漸

tʃʰ 　[55]殲籤　[42]潛

ʃ 　[35]陝閃　[42]蟾簷蟬禪

j 　[55]淹閹醃醃俺（俺俺，愛挑剔）　[35]掩黶（蟹黶：蟹腹下甲）　[42]厭　[42]炎鹽
閻嚴
[13]染冉　[21]驗鹽焰

k 　[55]兼　　[35]檢　　[42]劍　　[21]儉

kʰ 　[42]鉗

h 　[55]謙　　[35]險　　[42]欠　　[42]嫌（口語）

in

p　　[55]鞭邊辮甂（打～爐，即吃火鍋）　　　[35]貶扁匾　　[42]變　　[21]辨辯汴便（方便）

pʰ　　[55]編篇偏蝙　[42]騙片遍（一遍、遍地）便（便宜）

m　　[42]綿棉眠　　[13]免勉娩緬　[21]面（面對）麵（粉麵）

t　　[55]顛　　[35]典　　[42]墊（或讀tʃin42）　　　[21]電殿奠臀佃

tʰ　　[55]天　　[42]田填

l　　[42]連年憐蓮　[35]撚（用拇指和其他手指夾住）　　　[21]練鍊

tʃ　　[55]煎氈箋　　[35]碾剪展　　[42]箭濺餞戰顫薦　[21]賤

tʃʰ　　[55]遷千　[35]淺　　[42]錢纏前　　[13]踐

ʃ　　[55]仙鮮（新鮮）先　　[35]鮮（鮮少）癬　　[42]線搧扇
　　[21]羨善膳單（姓氏）

j　　[55]煙（新）燕（燕國）蔫（枯萎、物不新鮮、軟）　[35]演兖　　[42]堰燕（燕子）嚥宴
　　[42]涎然燃焉延筵言研賢　　　[21]硯現諺

k　　[55]肩堅　[42]建見　　　[21]件鍵健

kʰ　　[35]攐（掀開、揭開）　　[42]乾虔

h　　[55]軒掀牽　　[35]遣顯　　[42]憲獻

ip

t　　[2]疊碟牒蝶諜

tʰ　　[3]帖貼

l　　[2]聶躡獵捏

tʃ　　[3]接摺褶

tʃʰ　　[3]妾

ʃ [3]攝涉媟（塞進夾縫）

j [2]葉頁業

k [5]篋（小皮箱、竹箱） [3]劫澀

h [3]怯脅歉協

it

p [5]必咇（噴射、擠出） [2]別

pʰ [3]撇

m [5]搣（剝） [2]滅

f [5]□（抽打）

t [3]跌 [2]秩

tʰ [3]鐵

l [2]烈裂列□（捏麵團）

tʃ [5]浙（濺）□（撓攏攏） [3]哲蜇折淅折節 [2]捷截

tʃʰ [3]徹撤轍設切

ʃ [3]薛泄屑（木屑、不屑）楔 [2]舌蝕（又）

j [2]熱孽

k [3]結潔拮 [2]傑□（粥、糊等粘稠）

kʰ [3]揭蠍竭

h [3]歇

ɔ

p [55]波菠玻褒坡 [35]保堡寶補 [42]報 [21]暴菢曝重（剛、初）

pʰ [55]坡 [35]頗 [42]破婆棵袍 [13]抱

m　　[55]魔摩蟆魔摩蟆摸□（慢）　　　[35]帽（一頂帽）摸　　　[42]磨饃毛

　　　[21]冒帽（雨帽）□（在地上坐或蹲）

f　　[55]科　　[35]火夥顆　　[42]課貨

t　　[55]多刀叨　　　[35]朵躲島倒　[42]到　　　[21]惰稻盜導□（毒殺老鼠、害

蟲等）

tʰ　　[55]拖滔　[35]禱討　[42]唾套駝舵掏桃逃淘陶萄濤佗（負荷）　　　[13]

妥橢

l　　[55]囉螺嘮銀（小鈴鐺）　[35]裸瘰　[42]挪羅鑼籮嘮牢螺膔摞捼（搓、擦）

　　　[13]腦老惱　　　[21]糯□（把滾熱的液體折涼）□（踱來踱去）

tʃ　　[55]遭糟　[35]左坐阻早棗蚤澡　　　[42]灶　　　[21]座助皂造佐□

　　　（央求）

tʃʰ　　[55]搓初雛操　　[35]礎楚草　　　[42]銼躁糙錯　[42]鋤曹槽

ʃ　　[55]蓑梭唆梳疏蔬騷臊蘇（有分娩之意，剛出生的孩子稱為蘇蝦仔）　　　[35]所嫂鎖瑣

　　　[42]掃　　　[21]傻

k　　[55]歌哥戈糕髁（膝骨，膝頭髁指膝蓋骨）　　　[35]稿　　[42]個過

kw　[35]果裹

ŋ　　[55]蛾（老）鵝（老）　　　[42]蛾（新）鵝（新）　　　[42]俄訛擙（搖）

　　　[21]餓臥

w　　[55]鍋倭窩蝸　[42]和（新）禾　[13]涴（汙、糟糕，畀~：弄糟糕）　　　[21]禍

h　　[55]蒿薅　[35]可好（喜好）耗　　[42]荷（荷花、薄荷）河何豪壕毫

　　　[21]賀浩號（呼號、號數）

ø　　[55]阿（阿膠）屙擙（夠到、觸到）　　　[42]懊奧

ɔi

t   [21]待代袋

tʰ   [55]胎   [42]台臺抬苔   [13]怠殆

l   [42]來   [21]耐奈內

tʃ   [55]災栽   [35]宰載（年載） [42]載（載重）再 [21]在

tʃʰ   [35]彩採睬   [42]菜賽蔡才材財裁纔

ʃ   [55]腮鰓

k   [55]該   [35]改   [42]蓋（煲蓋）

kʰ   [42]概溉慨丐蓋（蓋好）

ŋ   [42]呆   [21]礙外

h   [55]開   [35]凱海 [21]亥害駭

ø   [55]哀埃   [35]藹靄□（哄嬰兒）   [42]愛   [13]我

ɔn

k   [55]桿竿肝乾幹（幹甚麼）   [35]趕稈 [42]幹

ŋ   [21]岸

h   [55]看（看護）刊   [35]罕   [42]看（看見）漢鼾寒韓   [13]旱   [21]
汗銲翰瀚

ø   [55]安鞍桉氨 [42]按案

ɔŋ

p   [55]幫邦浜   [35]綁榜 [21]磅（重量單位）謗傍（倚）

pʰ   [42]滂旁螃（～蟹）龐彷膀傍（～晚）   [13]蚌

m　　[55]虻芒　[42]忘亡茫芒忙　　　[13]妄輞網蟒莽　　　[21]望

f　　[55]芳倣肪方慌荒謊肓坊　　　[35]訪彷仿紡晃恍幌　　　[42]況防
　　房妨放

t　　[55]當（應當）　　　[35]擋黨　[42]檔當（適當）　[21]宕蕩

tʰ　　[55]剆（宰殺）湯　[35]躺倘搪　　　[42]塘糖唐螳棠堂趟燙躺倘螗（﹏尾：
　　蜻蜓）蒿（﹏蒿）□（順著推拉）

l　　[55]瓤（腳瓜﹏：小腿肚）　[35]瓤𧮪（空）　[42]䖴狼廊郎囊□（墊高）　[13]攘朗
　　曩嗨䁽（涮、漱）　[21]浪晾䊟（褲襠）

tʃ　　[55]椿裝莊髒臢朘（窺視，如：朘人試卷）　　　[42]壯葬　[21]撞狀臟藏（藏族）

tʃʰ　　[55]瘡蒼倉　　　[35]廠閶　　　[42]床創藏（藏書）

ʃ　　[55]喪（喪禮）桑　　　[35]爽嗓　　　[42]□（傻）喪（喪失）

k　　[55]玒江缸綱剛崗岡　　　[35]港講　　　[42]降（降下）杠鋼　[21]弶（蟹、蝦
　　等動物的弓形鉗子）

kʰ　　[42]擴曠炕抗伉鄺

ŋ　　[42]昂　　　[21]戇

kw　　[55]光胱　　　[35]廣　　　[42]礦

w　　[55]汪　　　[35]枉　　　[42]王蝗皇簧黃凰璜礦煌惶潢　　　[21]旺

h　　[55]腔糠康　　　[35]慷糽（穀類食物輕微變質而產生的異味）　　　[42]降（投降）杭航吭
　　行（航）　　　[21]巷項

ø　　[55]骯

ɔt

k　　[3]割葛

h　　[3]喝（喝酒、喝采）渴褐

ɔk

p　　[5]揀（擊，如：用棍_頭）　[3]駁縛博　[2]泊薄雹

pʰ　[3]撲樸

m　　[5]剝　　[2]寞幕膜莫

f　　　[3]藿霍

t　　　[2]踱鐸度（量長度）

tʰ　　[3]托託拓

l　　　[5]剢（鉗拔）嗒（嗒嗒聲，指有才辯，或流利。又讀lak5）　　[2]樂絡洛酪駱烙落諾

tʃ　　[3]作　　[2]昨鑿

tʃʰ　[3]戮

ʃ　　　[3]朔塑欶（用嘴吸吮）

k　　　[3]角覺擱閣各

kʰ　　[3]摧確郝

ŋ　　　[2]樂嶽鄂齶頁（抬頭）

kw　[3]廓郭

w　　　[2]鑊

h　　　[2]學鶴

ø　　　[3]惡（惡劣）

om

k　　[55]甘柑　[35]敢感

h　　[35]扻（碰撞）

ø　　[42]暗（老）□（哄小孩入睡）

oŋ

p　　[21]埲（量詞，用於牆、橋）

pʰ　[55]蓬（﹏塵：沾滿灰塵）　　[35]捧　　[42]篷（老）蓬（老）

m　　[55]矇（眯）　　　[42]蒙　[13]懵　　[21]夢

f　　[55]風楓瘋豐封峰蜂鋒　　[35]俸捧（又，但這樣唸的人不多。這是一個開始的變異）

　　　[42]諷馮逢縫篷（新）蓬（新）　　　[21]鳳奉

t　　[55]東冬　[35]董懂　　[42]凍　　[21]棟動洞戙（豎起）

tʰ　[55]通　　[35]桶捅統　　[42]痛同銅桐筒童瞳全

l　　[55]燶（焦）　[42]籠聾農膿儂隆濃龍　　[13]攏隴　　[21]弄

tʃ　[55]鬃宗中忠終蹤縱鐘鍾盅舂綜椿（閩）　　[35]總種（種子）腫

　　　[42]中（射中）眾縱種（種植）　[21]仲誦頌訟

tʃʰ　[55]充衝聰匆涌（小河）　　[35]塚寵　[42]叢蟲從松抌（捅）重（重復）

　　　[13]重（重量）

ʃ　　[55]鬆嵩□（溜走，走開）從（從容）　　[35]慫　[42]送宋崇餸

j　　[55]翁雍癰　[35]擁甬湧（波濤洶湧）　[42]戎絨融茸容蓉鎔庸□（濃）

　　　[13]勇　　[21]用

k　　[55]公蚣工功攻弓躬宮恭供　　[35]拱鞏　[42]貢□（黑）　[21]共

kʰ　[42]窮

h　　[55]空（空缺、空虛）胸凶（趨吉避凶）兇（兇手）　　[35]孔恐　　[42]控烘

　　　哄汞閧紅　　洪鴻虹（虹吸管、天虹）熊雄□（湊近）

ø　　[55]壅（埋）　　[35]㧬（推）　　[42]甕

op

k　　[3]蛤鴿敆（湊、埋）

h [2]合（合作）盒

ok

p   [5]蔔 [2]僕曝瀑<u>伏</u>

pʰ [5]僕

m   [2]木目穆牧沐苜

f   [5]福幅蝠複腹馥覆（翻天覆地）　　[2]復（復興、復原）服<u>伏</u>

t   [5]篤督琢（用銳利的物體刺和戳）　[3]脧（底部，盡頭）　[2]獨讀牘毒瀆

tʰ [5]禿

l   [5]碌轆（滾）睩（瞪）　　　[2]祿六陸綠錄氯鹿淥（用水燙）□（腳踩）

tʃ [5]竹築祝粥足燭囑觸捉 [2]續族逐軸續俗濁鐲贖（找錢）□（嗆水）

tʃʰ [5]速畜（畜牲、畜牧）促束

ʃ   [5]蕭宿（宿舍、星宿）縮叔粟餿　　[2]熟淑贖蜀屬

j   [5]沃鬱惐（泛指動，如：～手～腳）　[2]肉育辱褥玉獄欲慾浴

k   [5] 穀縠菊掬麴胴（身上肥肉突出膨脹）　　[2]局焗（酷熱；密閉式烹調）

kʰ [5]曲□（騙）

h   [3]哭　　　[2]斛酷

ø   [5]屋　　　[3]屋

u

f   [55]枯呼夫膚敷俘孵麩 [35]苦虎滸府腑俯斧撫釜<u>重</u>　　[42]庫褲
    戽賦富副胡湖壺乎鬍符<u>扶</u>芙　[13]<u>戁</u>　[21]戶互護付傅赴父腐輔
    附負

k   [55]姑孤牯罟 [35]古估股鼓　[42]故固錮雇顧

k^h　　[55]箍

w　　[55]烏汙塢糊　　　　[42]胡湖糊惡（可惡）狐媱（俯下）　　　　[21]芋戶滬互護

ui

p　　[55]杯　　[42]裴貝輩背（脊背）　[21]背（背誦）焙

p^h　　[55]胚坯　[42]沛配佩培陪賠　[13]倍

m　　[55]脢（動物兩旁背脊的肉，尤指豬肉）梅（啲梅酸唔酸？）妹　[35]妹　[42]梅枚媒煤酶黴　　[13]每　　[21]妹昧

f　　[55]魁恢灰奎　[42]悔晦

k　　[21]趹（倦、累，又寫作劮）

k^h　　[35]賄潰劊檜繪

w　　[55]煨　　[42]回茴蛔　　[13]會（懂得）　　[21]匯會（會面）彙燴

un

p　　[55]般搬　[35]本苯　[42]半　　[21]絆（絆腳石）伴拌（攪拌）胖叛

p^h　　[55]潘番盆（扁平的盆）　[35]伴拚（舀出去）　　[42]判盤盆（身高的盆）判拚蟠

m　　[42]瞞門們　　[13]滿蟎　　[21]悶

f　　[55]寬歡　[35]款　　[42]桓

k　　[55]官棺觀（觀望）冠（衣冠）　[35]管館莞　[42]貫灌罐觀（寺觀）冠（冠軍）

w　　[35]豌剜碗腕　[13]皖　　[21]援喚煥緩換瘓玩（玩味）

ut

p   [3]缽   [2]勃撥餑渤

pʰ   [3]潑拂（～蚊：趕蚊子）

m   [3]抹   [2]末沫沒茉

f   [3]闊

kʰ   [3]括豁

w   [2]活

œ

t   [35]朵   [42]胴（浮腫）   [21]淰（形容水淋淋）

l   [55]黸（鑊～：鍋底的黑灰） [35]□（～地：發脾氣在地上打滾、躂）   [42]□（焦、糊）

tʃ   [55]□（以言語相逼責）□（鳩～：男性生殖器）

ʃ   [21]□（滑）□（趁機拿走別人的東西）

k   [42]鋸

h   [55]靴

œŋ

t   [55]□（啄）

l   [35]兩（幾兩）   [42]瓢娘良涼量糧梁粱   [13]兩（兩個）   [21]輛量
       諒亮

tʃ   [55]將（將來）漿張莊裝章樟   [35]蔣獎奬長掌   [42]醬將（大將）
       漲帳賬脹障瘴   [21]匠象像橡丈杖

tʃʰ   [55]槍昌菖窗倡腸（粉～：豬的小腸）   [35]搶腸（～粉：廣式點心的一種）   [42]暢唱

牆詳祥長(長短) 腸場翔□(把大面額的鈔票換零)

ʃ　[55]相箱廂湘襄鑲霜孀商傷雙艭　[35]想賞　[42]相常嘗裳償徜

　　[13]上(上山)　　[21]尚上(上面)

j　[55]央秧殃泱鴦鞅　[42]羊洋烊楊陽揚蜅(青~：金線青蛙)　　[13]攘嚷

　　仰養癢　[21]壤讓釀樣瘍

k　[55]疆僵薑韁羌

kʰ　[35]□(根)　　[42]強(富強)　　[13]強(強求)

h　[55]香鄉　[35]晌餉享響　[42]向

œk

t　[3]琢啄涿斫(剁)

l　[5]掠(掠奪)　　　　　　[2]掠(掠過) 略

tʃ　[3]爵雀鵲嚼酌　　　[2]著(附著)

tʃʰ　[3]勺桌綽焯芍卓

ʃ　[5]□(撕)　　　　　　[3]削□(稀爛)

j　[3]躍約(公約、約會)　　[2]若弱虐瘧藥(新) 鑰躍曰

k　[3]腳

kʰ　[3]卻

ø　[2]□(嘔吐，嘔吐擬聲詞)

θy

tʰ　[42]蛻

l　[13]呂旅縷屢儡累壘女裡　　　[21]濾累(連累、累積) 類淚慮

tʃ　[55]蛆追錐椎狙　[35]嘴咀沮　[42]最醉　[21]序敘聚罪贅墜嶼

tʃʰ [55]趨催崔吹炊摧　　[35]取娶　[42]趣脆翠隨槌錘徐噈（氣味）萃淬搥

（打、擊，可作動詞、名詞）

ʃ　[55]須需雖綏衰　　　[35]水　　[42]歲稅帥垂誰
[13]絮緒髓粹　[21]睡瑞遂隧穗隋燧

j　[55]錐（動詞，用利物紮，也可作名詞）　[35]□（圈著某種喜歡的食物不停地吃）　[13]蕊汭（植物粘液）　　[21] 芮銳裔

ɵn

t　[55]敦噸　[21]頓沌鈍遁
tʰ　[13]盾
l　[35]卵　[42]鄰鱗燐吝崙倫淪輪嶙　[21]吝栐（梘滴：遲鈍）論（論語、議論）
tʃ　[55]津臻蹲鱒　[35]準准　[42]進晉俊　[21]盡藎（梘滴：遲鈍）
tʃʰ　[55]椿春鶉　[35]蠢　[42]巡秦旬循　[13]鰆
ʃ　[55]荀殉　[35]筍榫　[42]信訊遜迅舜瞬　[21]順
[42]脣純醇　[21]順
j　[35]膶（動物肝臟）　[21]潤閏

ɵt

l　[2]栗律率（速率）
tʃ　[5]卒蟀（老）黢（黑）捽（搓、抹、拭）
tʃʰ　[5]出　　[2]𡳞（男性生殖器）
ʃ　[5]戌恤率（率領）摔蟀（新）□（插銷）　[2]朮術述秫

y

t 　[55]堆鎚（煎～：一種油炸的賀年食品）　　　[35]撑（用條狀物戳、撞）　　[42]對兌碓

　　[21]隊

tʰ　[55]推　　[35]腿　　[42]退頹褪蛻縲鵵

l 　[55]磥（吐）　　　[42]雷欙擂（研磨）　跦（撞、倒下）

tʃ　[55]滋輜豬諸誅蛛株朱硃珠資姿諮茲□（～悠：慢）　　　[35]紫柿梓紫

　　拄煮主子　　[42]著（顯著）駐註注蛀鑄　[21]飼嗣字箸住自祀巳寺

　　箸痔蒔

tʃʰ　[55]臍（肚～）　　[42]詞辭磁慈瓷次賜廁處（處所）徐（老）除廚餈祠臍（～

　　帶）　　[13]苧署褚儲柱似處（相處）　　[21]□（吐）

ʃ 　[55]撕廝斯獅私施書薯舒樞輸（服輸、運輸）師司絲思（思念）　　[35]暑鼠

　　黍祟（鬼鬼～～）　　[42]庶恕戍薯殊肆泗嗜駟處（表地點）　[21]豎樹士事

　　侍仕伺氏

j 　[55]於淤迂於　[35]瘀　　[42]如魚漁餘（姓氏）餘（餘數）儒愚虞娛盂

　　榆逾愉　[13]語與乳雨宇禹羽汝（他、她、它，或讀 hy13）　　[21]禦譽預豫

　　遇寓愈喻裕籲

k 　[55]居車（車馬費）　　[35]舉矩　　[42]據鋸句　[21]巨具懼俱炬

kʰ　[55]拘區（地區）驅駒軀　　[42]渠瞿　　[13]佢拒距

h 　[55]壚虛噓　[35]許栩詡　[42]去

yn

t 　[55]端　　[35]短　　[42]斷（～定）鍛　[21]斷（斷章取義）段緞

tʰ　[42]團糰屯豚　[13]斷（又、斷開）

l 　[55]孿（孿）　　[35]戀　　[42]聯鸞　[13]暖　[21]亂嫩

tʃ　　[55]專磚尊遵　　[35]轉傳（白蛇傳）[42]鑽轉　　　　　[21]鑽轉

tʃʰ　　[55]川穿村　　　[35]竄揣喘　　[42]串寸全泉傳椽存　　[13]□（疊起）

ʃ　　　[55]酸宣孫　　　[35]選揎 [42]算蒜旋鏇篆船　　　[13]吮

j　　　[55]冤淵痿丸　　[35]院阮宛緣縣　　[42]怨完圓員緣沿鉛元原源袁
　　　　轅園玄援懸眩弦　　[13]皖軟遠选（嫩莖）　　[21]願縣

k　　　[55]絹捐鑽（穿過，如：ˍ山洞）　[35]捲卷 [42]眷券（又）　[21]倦

kʰ　　　[42]拳權顴

h　　　[55]圈（圓圈、豬圈）喧　[35]犬　　[42]勸

yt

t　　　[3]□（曬嘴）　　　　　[2]奪

tʰ　　　[3]脫□（量詞，輩）

l　　　[3]劣　　　　　　　[2]捋埒

tʃ　　　[3]拙啜（吸吮，吻）　　　[2]絕

tʃʰ　　[3]撮猝卒（ˍ卒）

ʃ　　　[3]雪說鱈

j　　　[3]乙　　　[2]悅閱月越曰粵穴

kʰ　　　[3]厥決訣缺蕨闕抉

h　　　[3]血

m̩

　　　[42]唔

ŋ̩

[42]吳蜈吾梧　[13]五伍午　　[21]誤悟唔

第十五節　橫欄四沙貼邊沙田話同音字彙

　　本字彙按韻母、聲母、聲調的順序排列。主要收錄單字音，寫不出的本字的音節用「□」代替，並加注釋。有新老派異讀的，在該字右下角標明「(新)、(老)」，有文白異讀的，字下帶「＿」為白讀音，字下帶「＝」為文讀音。新派的讀音是受了廣州話的影響。變調的是以「‿」處理。至於異讀，以（又）來處理。

a

p　　[55]巴芭疤爸　[35]把　　[32]霸壩（水壩）埧（堤塘）　　[21]罷

pʰ　　[32]怕　　[42]爬琶杷耙

m　　[55]媽　　[42]麻痲　[13]馬碼　[21]罵

f　　[55]花　　[32]化

t　　[35]打

tʰ　　[55]他

l　　[42]拿　　[13]那哪

tʃ　　[55]查（生查）渣　[32]詐榨炸乍炸

tʃʰ　　[55]叉杈差（差別）　　[42]茶搽查（調查）

ʃ　　[55]沙紗莎　　[35]灑耍

j　　[13]也

k　　[55]家加痂嘉傢楷（老）　　[35]賈假（真假）　[32]假（假期）架駕嫁稼價

ŋ　　[42]牙芽衙　　[13]雅瓦

kw　　[55]瓜　　[35]寡　　[32]掛卦（新）

kwʰ　[55]誇垮跨　　[32]卦（老）

w　　[55]蛙窪　　[35]話（話劇）　[42]華（中華、姓氏）鏵樺　　[21]話（說話）

h　[55]蝦（蝦蟆、魚蝦）　　　[42]霞瑕遐　　[21]廈（廈門、大廈）下（下降、底下）
　　夏（春夏、江夏）

ø　[55]鴉丫椏　　　[35]啞　　[32] 亞阿（阿哥）

ai

p　[35]擺　　[32]拜　　[21]敗
pʰ　[32]派　　[42]排牌
m　[42]埋　　[13]買　　[21]賣邁
f　[32]塊快筷（新）傀
t　[55]獃　　[32]戴帶　[21]大
tʰ　[32]態貸太泰
l　[55]拉　　[32]癩　　[13]乃奶　　　[21]賴
tʃ　[55]齋　　[32]債　　[21]寨
tʃʰ　[55]釵差（出差）柴猜　　[42]豺柴
ʃ　[35]璽徙　　[32]曬　　[55]皆階佳街　　[35]解（了解）　　[32]介界芥尬
　　疥屆戒
kʰ　[35]楷解
ŋ　[42]涯崖挨　　　[21]艾
kw　[55]乖　　[35]枴　　[32]怪
kwʰ [32]傀（老）
w　[55]歪　　[35]筷（老）　　　[42]懷槐淮　　　[21]壞
h　[55]揩　　[42]孩諧鞋　　[13]蟹　　[21]械懈
ø　[55]挨　　[32]隘（氣量狹隘）

au

p [55]包胞鮑　　[35]飽（新）　　[33]爆（新）

pʰ [55]泡（新）拋　[35]跑剖（新）　[32]豹炮（新）　[42]刨（新）鉋（新）

m [55]貓（新）　　[42]錨謀（老）矛茅（新）　[13]卯　[21]貌茂貿

l [21]鬧　[35]抓爪找帚　[32]罩笊　[21]櫂驟

tʃ [55]抄（新）鈔（新）　[35]吵炒（新）　[42]巢

ʃ [35]稍　[32]潲

k [55]交郊膠（老）　　[35]餃（新）絞狡攪　[32]鉸教（新）校（校對）較窖（老）覺

kʰ [32]靠

ŋ [55]肴（老・食肴）　[13]咬（新）　[42]熬淆肴（新）　[13]藕（老）偶（老）

h [55]酵敲　[35]考烤巧　[32]孝　[21]效校（學校）

ø [32]坳

am

t [55]耽擔　[35]膽　[32]擔（一擔）　[21]淡（平淡）

tʰ [55]貪　[32]探　[42]潭譚談痰　[13]淡（淡水魚）

l [35]欖　[13]覽攬　[42]南男藍籃　[21]濫纜艦

tʃ [55]簪（新）[35]斬　[32]蘸　[21]暫鏨站

tʃʰ [55]參攙　[35]慘　[32]杉　[42]慚蠶（新）

ʃ [55]三衫

k [55]尷監（監督）　[35]減（新）[32]鑑監（太監）

ŋ [42]巖

h [32]喊（新）　[42]函銜咸（新・咸豐）鹹（新・鹹淡）　[21]陷

an

p 　[55]班斑頒　　[35]板版　[21]扮辦

pʰ 　[55]扳（扳倒）攀　[32]盼

m 　[42]蠻　　[13]晚　　[21]慢饅漫幔萬蔓

f 　[55]藩翻番　　[35]反瓣販　　[32]泛販　　　[42]凡帆煩藩礬繁
[21]範（姓氏）範犯飯

t 　[55]丹單（單車）　[35]彈（子彈）蛋　[32]旦誕　[21]但

tʰ 　[55]灘攤　[35]毯坦　[32]炭歎　[42]檀壇彈（彈奏）

l 　[42]難（困難）蘭攔欄　[13]懶　　[21]難（患難）爛

tʃ 　[35]盞棧　[32]贊撰　[21]賺綻棧

tʃʰ 　[55]餐　　[35]產鏟　[32]燦　　[42]殘

ʃ 　[55]珊山刪閂　[35]散　　[32]傘散疝篡

k 　[55]艱間（中間）奸　　[35]簡柬揀繭（新）　　[32]間（間中）諫澗

ŋ 　[42]顏　　[21]雁

kw 　[55]鰥關　[32]慣

w 　[55]彎灣　[35]玩（又）　　　[42]頑環還（新）（還原、還有）　　[13]挽
[21]幻患宦

h 　[42]閒（新）[32]晏

aŋ

pʰ 　[55]烹　　[42]彭膨棚　　[13]棒

m 　[42]盲　[13]猛　[21]孟

l 　[13]冷

tʃʰ 　[55]撐　　[35]橙

ʃ　　[55]<u>甥牲笙生</u>　　[35]省（省長‧節省）

k　　[55]粳更（五更）　　[35]哽<u>耿</u>

ŋ　　[21]硬

kw　[21]逛

kwʰ [35]梗（老）　　　[32]逛（又）

w　　[42]橫（鑾橫、橫直）

h　　[55]坑　　[32]夯　　[42]<u>行</u>（行走）

ap

t　　[3]答搭　　[2]踏遝

tʰ　　[3]搨塔榻塌

l　　[2]納臘蠟鑞（白鑞）

tʃ　　[3]眨　　　[2]雜閘集習襲鍘（鍘刀）柵（水柵）

tʃʰ　[3]插

k　　[3]甲胛挾（挾菜）

h　　[2]狹峽匣

ø　　[3]鴨

at

p　　[3]八（新）

m　　[3]抹

f　　[3]法髮（頭髮）發（發生）

t　　[2]達

l　　[3]瘌　　[2]捋辣

tʃ　[3]劄劄紮軋

tʃʰ　[3]擦察刷

ʃ　[3]撒薩殺

kw　[3]刮（新）

w　[3]挖（新）　　[2]滑（新）猾（新）

ø　[3]押壓

ak

p　[5]北（老）　　[3]百柏伯　　　[2]白帛

pʰ　[3]帕拍魄檗（黃檗）

m　[3]擘　　　[2]墨默陌麥脈

t　[5]德　　　[2]特（老）

l　[2]肋（老）勒（老）

tʃ　[5]則（老）側（老）　　　[3]窄責　[2]澤擇宅摘擲

tʃʰ　[5]測　　[3]策冊拆　　　[2]賊

ʃ　[5]塞

k　[3]格革隔

ŋ　[2]額

w　[2]或惑域（老）劃

h　[5]刻（老）克（老）黑（老）　　　[3]客赫嚇（嚇一跳、恐嚇）

ø　[5]握

ɐi

p　[55]跛　　[32]蔽閉　　　[21]稗敝弊幣斃陛

pʰ [55]批

m [42]迷（新）謎 [13]米

f [55]麾揮輝徽 [35]疿（新） [32]廢肺費 [21]吠

t [55]低 [35]底抵 [32]帝 [21]弟第遞隸

tʰ [55]梯 [35]體 [32]替涕剃雉 [42]堤題提蹄啼

l [42]泥黎尼 [13]禮 [21]例厲勵麗荔

tʃ [55]擠劑 [32]祭際制製濟 [21]滯

tʃʰ [55]妻棲 [32]砌 [42]齊薺

ʃ [55]篩西犀篩 [35]洗駛 [32]世勢細 [21]誓逝

k [55]雞 [32]計繼髻

kʰ [55]稽溪 [35]啟 [32]契

ŋ [42]倪（端倪）危 [13]蟻 [21]藝毅偽魏

kw [55]圭閨龜歸 [35]詭軌鬼 [32]鱖桂癸季貴 [21]跪櫃

kwʰ [55]盔規虧窺 [42]攜逵葵

w [55]威 [35]萎委慰毀 [32]穢畏 [42]桅為維惟遺唯違圍
[13]諱偉葦緯 [21]衛惠慧為位胃謂蝟

h [42]奚兮 [21]繫（連繫、繫鞋帶）系（中文系）係（關係）

ø [35]矮 [32]縊

ɐu

m [13]某畝牡 [42]謀（新） [21]戊謬

f [35]否 [42]浮 [21]阜埠（鴨埠）

t [55]兜 [35]鬥抖糾（糾纏、糾正） [32]鬥 [21]豆逗

tʰ [55]偷 [32]透 [42]投

l [35]紐扭朽 [42]樓流劉留榴硫琉 [13]摟柳 [21]漏陋溜餾

tʃ　　[55]鄒周舟州洲　　　[35]走肘　[32]奏晝皺咒　[21]就袖紂宙

tʃʰ　[55]秋鞦抽　　[35]醜（醜生）醜（醜陋）　[32]湊臭嗅（喉味、用鼻子聞）

ʃ　　[55]修羞收　　[35]叟搜手首守　　[32]噄秀繡餿瘦漱獸

　　　[42]愁仇　[21]受壽授售

j　　[55]丘休憂優幽　　[35]釉（彩釉）柚　[32]幼

　　　[42]柔揉尤郵由油遊猶悠　　　[13]有友酉莠誘　　　[21]又右祐

k　　[55]鳩　　[35]狗苟九久韭　　　[32]夠灸救究咎樞　[21]舊

kʰ　[55]溝摳　[32]構購叩扣寇臼　[42]求　　[13]舅

ŋ　　[55]勾鉤　[42]牛　　[13]藕偶

h　　[55]吼　　[35]口　　[42]侯喉猴　　[13]厚　　[21]後（前後）後（皇后）

　　　候

ø　　[55]歐　　[35]嘔毆　[32]漚

ɐm

t　　　[42]林淋臨

tʃ　　[55]針斟　[35]枕　　[32]浸

tʃʰ　[55]侵　　[35]寢　[42]尋沉

ʃ　　　[55]心森深　　[35]沈審嬸　　[32]滲　[42]岑　　[21]甚葚

j　　　[55]欽音陰　　[35]飲　[32]蔭　[42]壬吟淫

　　　　[21]任（責任、姓）賃

k　　　[55]甘柑（新）今金甘柑今　[35]感錦敢（新）[32]禁（禁不住、禁止）　　　[21]

　　　　撳

kʰ　　[55]襟　[42]琴禽擒　　[13]妗

h　　　[55]堪龕 [35]坎砍　[32]勘　　[21]撼憾嵌

ɐn

p   [55]彬賓檳奔   [35]稟品   [32]殯鬢   [21]笨

pʰ   [32]噴（噴水、噴香） [42]貧頻

m   [55]蚊   [42]民文紋聞   [13]閩憫敏抿吻刎   [21]問璺

f   [55]昏婚分（分別）芬紛熏勳薰   [35]粉   [32]糞訓 [42]焚墳

       [13]奮憤   [21]份（月份）

t   [55]墩

tʰ   [55]吞鈍   [32]褪

l   [55]□（結也。解開個lɐn⁵⁵）

tʃ   [55]珍真   [32]鎮振震   [21]陣

tʃʰ   [55]親   [35]診疹 [32]襯趁襯   [42]陳塵

ʃ   [55]辛新薪身申伸   [42]神辰晨臣娠   [21]腎慎

j   [55]恩因姻欣殷   [35]隱   [32]印   [42]人仁寅

       [13]忍引   [21]刃韌（新）孼孕認（老）

k   [55]跟根巾斤筋   [35]緊僅謹   [21]近

kʰ   [13]近   [42]勤芹

ŋ   [42]銀   [21]韌（老）

kw   [55]均鈞君軍   [35]滾   [32]棍

kwʰ [55]昆崑坤   [35]綑菌 [32]困窘 [42]群裙

w   [55]溫瘟   [35]穩   [32]蕈   [42]魂勻云（人云亦云）雲（白雲）暈 [13]

       允尹韻   [21]渾混運

h   [35]墾很   [42]痕   [21]恨

ɐŋ

p　　[55]崩

pʰ　[42]朋憑

m　　[21]萌盟

t　　[55]登燈瞪　　[35]等　　[32]凳　　[21]鄧

tʰ　[42]騰謄藤

l　　[42]能

tʃ　[55]曾（姓氏）增憎爭箏睜僧　　　[21]贈

tʃʰ　[42]曾（曾經）層

ʃ　　[55]生牲笙甥

k　　[55]庚羹耕更（更換）　　[35]耿埂（新）梗　　　[32]更（更加）

kʰ　[35]哽

kw　[55]轟揈轟

w　　[42]弘宏

h　　[55]亨　　[35]肯　　[42]恆衡　　　[21]杏幸

ø　　[55]鶯

ɐp

l　　[5]笠粒　　[2]立

tʃ　[5]執汁

tʃʰ　[5]輯

ʃ　　[5]濕　　[2]十什拾

j　　[5]泣揖　　[2]入

k　　[5]急　　[3]蛤（新）

kʰ   [5]級給吸   [2]及

h   [5]恰洽   [2]合（新）盒（新）

ɐt

p   [5]筆畢不   [2]拔

pʰ   [5]匹

m   [2]密蜜襪物勿

f   [5]窟忽彿   [2]乏伐筏罰佛

t   [2]突

tʃ   [5]質   [2]疾姪

tʃʰ   [5]七漆膝（老）

ʃ   [5]膝（新）瑟蝨失室   [2]實

j   [5]一   [2]日逸

k   [5]吉

kʰ   [5]咳

kw   [5]骨橘   [2]掘倔

w   [5]屈   [2]核（果核）

h   [5]乞   [2]瞎轄核（核心）

ɐk

p   [5]北（新）

t   [5]得   [2]特（新）

l   [2]勒（新）肋（新）

tʃ   [5]則（新）側（新）

ʃ　　[5]塞

ø　　[5]扼

ε

t　　[55]爹

tʃ　　[55]遮　　[35]姐者　[32]借蔗　[21]謝

tʃʰ　　[55]車奢　[35]且扯　[42]邪斜

ʃ　　[55]些賒　[35]寫捨　[32]瀉卸赦舍　[42]蛇佘　[13]社
　　[21]麝射

j　　[42]耶爺　[13]惹野　[21]夜

k　　[35]茄

εu

p　　[35]飽（老、口語）　　[32]爆（老、口語）

pʰ　　[33]炮（老、口語）　　[42]刨（老、口語）鉋（老、口語）

m　　[55]貓（老、口語）　　[42]茅（老、口語）

k　　[35]搞（老、口語）餃（老、口語）　　[32]教（老、口語）

tʃʰ　　[55]抄（老、口語）鈔（老、口語）　　[35]炒（老、口語）

ŋ　　[13]咬（老、口語）

εm

tʃ　　[55]簪（老、口語）

tʃʰ　　[42]蠶（老、口語）

k　　[35]減（老、口語）　[32]橄（老、口語）

h　　[35]餡（老、口語）　[32]喊（老、口語）　[42]鹹（老、口語）

　　　[21]莧（老、口語）

εn

p　　[55]邊（老、口語）

k　　[55]間（老、口語）　[35]繭（老、口語）

ŋ　　[13]眼（老、口語）

w　　[42]還（老、口語）

h　　[42]閒（老、口語）　[21]限（老、口語）

εŋ

p　　[35]餅　　[32]柄　　[21]病

pʰ　　[42]平

t　　[55]釘

tʰ　　[55]廳聽　[13]艇

tʃ　　[35]井　　　[21]淨鄭

tʃʰ　[55]晝

ʃ　　[55]星（老、天星）腥

k　　[55]驚　　[35]頸　　[32]鏡

j　　[42]赢（新）

h　　[55]輕　　[42]赢（老）

εp

k　　[3]鴿（老、口語）　　[2]夾（老、口語）

h　　[2]盒（老、口語）合（老、口語）

εt

p　　[3]八（老、口語）

m　　[2]篾（老、口語）

ŋ　　[3]噎（老、口語）

kw　[3]刮（老、口語）

w　　[3]挖（老、口語）　　[2]猾（老、口語）滑（老、口語）

εk

p　　[3]璧

pʰ　 [3]劈

t　　[2]笛糴

tʰ　 [3]踢

tʃ　　[3]炙脊隻

tʃʰ　[3]尺赤

ʃ　　[2]石錫（金屬）

kʰ　 [2]劇屐

h　　[3]吃

ei

p　　[55]蓖碑卑悲篦（篦麻）　　　[35]彼俾比　　[32]臂祕泌庇痺
　　　[21]被避備鼻

pʰ　[55]披丕　[35]鄙　[32]譬屁　　　[42]皮疲脾琶枇
　　　[13]被（被單）婢

m　　[42]麋眉楣微　[13]靡美尾　　[42]迷（老）　　　[21]媚寐未味

f　　[55]非飛妃　　[35]匪翡痱（新）　　　[42]肥

t　　[21]地

l　　[55]璃　　[42]離籬梨釐狸彌　[13]履你李裡理鯉
　　　[21]膩利痢吏餌

ʃ　　[35]死　　[32]四

k　　[55]飢肌幾基幾（幾乎）機譏饑　[35]己紀杞幾（幾個）　[32]寄記既
　　　[21]技妓忌

kʰ　[32]冀　[42]奇騎岐祁鰭其棋期旗祈　[13]徛企

h　　[55]犧欺嬉熙希稀　[35]起喜嬉豈　[32]戲器棄氣汽

eŋ

p　　[55]冰兵　[35]丙秉　[21]並

pʰ　[55]拼　　[32]併聘　[42]平坪評瓶屏萍

m　　[35]銘　　[42]鳴明名　　[13]皿　　[21]命

t　　[55]丁　　[35]頂鼎　[21]訂錠定

tʰ　[32]聽（聽其自然）　[42]亭停廷庭蜓　　[13]挺

l　　[55]拎　　[42]楞陵淩菱寧（安寧、寧可）靈零鈴伶翎　　[13]領嶺
　　　[21]令另

tʃ　[55]徵蒸精晶晴貞偵正（正月）征　　　[35]井（井井有條）整

　　[32]證症正（正式）政　　[21]靜靖

tʃʰ　[55]稱清靑蜻　[35]請逞拯　　[32]稱秤　[42]澄（澄清）懲情晴呈程

ʃ　[55]升勝（勝任）聲星（新、衛星）　　　[35]省（不省人事）醒

　　[32]勝（勝利）性姓聖　[42]乘繩承丞成城誠　　　[21]剩盛

j　[55]應（應該）鷹鸚櫻英嬰纓蠅　[35]影映　[32]應（應付）

　　[42]凝（凝神、凝結）蠅迎盈形型刑陘營螢榮仍　　　[21]認（新）

k　[55]京荊驚經　[35]境景警竟　[32]莖敬勁（勁敵）徑　[21]勁（有勁）

　　競

kʰ　[55]傾　　[35]頃　　[42]擎鯨瓊

w　[55]扔　　[42]榮　　[13]永　　[21]泳詠穎

h　[55]興卿輕馨兄　　[32]興慶罄

ek

p　[5]逼迫碧壁

pʰ　[5]僻闢

m　[2]覓

t　[5]嫡的　[2]敵狄滴

tʰ　[5]剔

l　[5]匿　　[2]力歷曆

tʃ　[5]即鯽織職積跡績　[3]隻（老）　[2]藉（藉故、狼藉）蟄直值殖植籍席夕寂

tʃʰ　[5]飭斥戚　　[3]赤（中山市大涌鎮赤洲）

ʃ　[5]悉息熄媳色識式飾惜昔適釋析　[2]蝕（日蝕）錫（人名）食

j　[5]憶億抑益　[2]亦（新）翼（新）逆譯易液腋役疫（新）

k　[5]戟擊激　　[2]極

kʰ   [5]□（頭）號

w   [2]疫（老）

h   [2]亦（老）翼（老）

i

tʃ   [55]知蜘支枝肢梔脂之芝   [35]紫紙只旨指梓止趾址
[32]智致至置志誌痣   [21]雉字嗣飼痔治

tʃʰ   [55]雌疵差（參差）癡嗤   [35]此侈豺矢恥齒始柿   [32]次賜翅
[42]池馳匙瓷遲慈磁辭詞持   [13]恃

ʃ   [55]廝撕施私獅屍屎詩斯（新）   [35]屎使史   [32]肆嗜試
[42]時鰣   [13]市   [21]是氏豉示視仕恃

j   [55]伊醫衣依   [35]倚椅   [32]意
[42]兒宜儀移夷姨而疑   [13]爾議耳擬矣已以   [21]誼義易二
貳異

h   [32]岐（又、石岐）

iu

p   [55]彪標錶   [35]表

pʰ   [55]飄漂（漂流）   [32]漂（漂亮）票   [42]瓢嫖

m   [42]苗描   [13]藐渺秒杳   [21]廟妙

t   [55]刁貂雕丟   [32]釣弔   [21]掉調（聲調）

tʰ   [55]挑   [32]跳糶   [42]條調（調和）

l   [35]料   [42]燎燎療聊遼撩寥瞭（瞭望）   [13]了鳥   [21]尿料
（資料）廖

tʃ　[55]焦蕉椒朝昭招　[35]剿沼　[32]醮照詔　　[21]趙召

tʃʰ　[55]鍬超　[32]俏悄　[42]樵瞧朝潮

ʃ　[55]消宵霄硝(硝酸)銷燒蕭簫　[35]小少(多少)　[32]笑少(少年)

　　[42]韶　　[21]兆紹邵

j　[55]妖邀腰要麼吆　[35]鷂　　[32]要

　　[42]饒橈(船槳)搖謠姚堯　[13]擾繞舀　　[21]耀

k　[55]驕嬌　[32]叫　　[35]矯轎繳

kʰ　[35]喬　　[32]竅　　[42]喬僑橋

h　[55]囂僥　[35]曉澆

im

t　[35]點　　[32]店

tʰ　[55]添　　[35]舔　　[42]甜

l　[55]拈黏　[42]廉鐮簾　[13]斂(收斂、斂財)殮　[21]念

tʃ　[55]尖沾粘瞻占　[32]佔　　[21]漸

tʃʰ　[55]殲籤　[42]潛

ʃ　[35]陝閃　[42]蟾簷蟬禪

j　[55]淹閹醃醃　[35]掩　　[32]厭　　[42]炎鹽閻嚴

　　[13]染冉　[21]驗豔焰

k　[55]兼　　[35]檢　　[32]劍　　[21]儉

kʰ　[42]鉗

h　[55]謙　　[35]險　　[32]欠　　[42]嫌(老、口語)

in

p　　[55]鞭邊辮　　　[35]貶扁匾　　　[32]變　　　[21]辨辯汴便（方便）

pʰ　　[55]編篇偏蝙　　[32]騙片遍（一遍、遍地）　　　　[42]便（便宜）

m　　[42]綿棉眠　　　[13]免勉娩緬　　[21]面（面對）麵（粉麵）

t　　[55]顛　　　[35]典　　　[32]墊　　　[21]電殿奠臀佃

tʰ　　[55]天　　　[42]田填

l　　[42]連年憐蓮　　　[21]練鍊

tʃ　　[55]煎氈箋　　　[35]碾剪展　　　[32]箭濺餞戰顫薦　　[21]賤

tʃʰ　　[55]遷千　　[35]淺　　[42]錢纏前　　　[13]踐

ʃ　　[55]仙鮮（新鮮）先　　　[35]癬　　[32]線搧扇

　　　[21]羨善膳單（姓氏）

j　　[55]煙（新）燕（燕國）　　[35]演兗　[32]堰燕（燕子）嚥宴

　　　[42]涎然燃焉延筵言研賢　　　[21]硯現（新）諺

k　　[55]肩堅　　[32]建見　[21]件（新）鍵健

kʰ　　[42]乾虔件（老）

h　　[55]軒掀牽　　　[35]遣顯　　　[32]憲獻　　　[21]現（老）

ip

t　　[2]疊碟牒蝶諜

tʰ　　[3]帖貼

l　　[2]聶躡獵捏

tʃ　　[3]接摺褶

tʃʰ　　[3]妾

ʃ　　[3]攝涉

j　　[2]葉頁業

k　　[3]劫澀

h　　[3]怯脅歉協

it

p　　[5]必　　　[2]別

pʰ　[3]撇

m　　[2]滅

t　　[3]跌　　　[2]秩

tʰ　[3]鐵

l　　[2]烈裂列

tʃ　[3]哲蜇折淅折節　　　[2]捷截

tʃʰ　[3]徹撤轍設切

ʃ　　[3]薛泄屑（木屑、不屑）楔　　　[2]舌蝕（又）

j　　[3]噎（新）[2]熱孽

k　　[3]結潔　　[2]傑

kʰ　[3]揭蠍

h　　[3]歇

ɔ

p　　[55]波菠玻褒　　[35]保堡寶補　　[32]簸（簸箕）報　　[21]暴菢

pʰ　[55]坡　　　[35]頗泡 [32]破　　[42]婆　　[13]抱

m　　[55]魔摩蟆摸魔摩蟆摸　　[35]帽（一頂帽）　　[42]磨饃毛　　[21]冒帽
　　　（雨帽）

f　　[55]科　　　[35]火夥棵顆　[32]課貨　[42]和（老）

t　　[55]多刀叨　　　[35]朵躲島倒　　[32]到　　　[21]惰稻道（老）盜導

tʰ　　[55]拖滔　[35]禱討（老）　　　[32]睡套
　　　[42]駝舵掏桃逃淘陶萄濤　　　　[13]妥橢

l　　[55]囉螺（新）　　　[35]裸　　　[42]挪羅鑼籮勞牢　　[13]腦老
　　　[21]澇

tʃ　　[55]遭糟　[35]左坐阻早棗蚤澡佐（新）　　　[32]灶
　　　[21]座做助皂造

tʃʰ　　[55]搓初雛操　　[35]礎錯楚草　[32]銼醋躁糙　[42]鋤曹槽
　　　[21]佐（老）

ʃ　　[55]蓑梭唆梳疏蔬　　[35]所嫂鎖瑣　[32]掃　　　[42]傻

k　　[55]歌哥戈糕（老）　　　[35]果裹　　　[32]個過

ŋ　　[55]蛾（老）鵝（老）　　　[42]蛾（新）鵝（新）　　俄訛[13]我
　　　[21]餓臥

w　　[55]鍋倭窩蝸　[42]和（新）禾　[21]禍

h　　[55]蒿　　[35]可　　[32]好（喜好）耗酷　　[42]荷（荷花、薄荷）河何豪壕
　　　毫　[21]賀浩號（呼號、號數）

ø　　[55]阿（阿膠）　　[32]懊奧

ɔi

t　　[21]待代袋

tʰ　　[55]胎　[42]台臺抬苔　[13]怠殆

l　　[42]來　　[21]耐奈內

tʃ　　[55]災栽　[35]宰載（年載）　[32]載（載重）再　[21]在

tʃʰ　　[35]彩採睬　　[32]菜賽蔡　　[42]才材財裁纔

ʃ　[55]腮鰓

k　[55]該　　[35]改　　[32]蓋（煲蓋）

kʰ　[32]概溉慨丐蓋（蓋好）

ŋ　[42]呆　　[21]礙外

h　[55]開　　[35]凱海　[21]亥害駭

ø　[55]哀埃　[35]藹　　[32]愛

ɔn

p　[55]搬般　[32]半（新）　　　[21]絆（絆腳石）胖（老）伴拌

pʰ　[55]潘

m　[13]滿（老）

k　[55]幹肝竿乾　[35]桿稈趕　　[32]幹

ŋ　[21]岸

h　[55]看（看護）　　[35]罕刊　　　[32]看（看見）漢　　[42]鼾寒韓

　　[13]旱　　[21]汗銲翰

ø　[55]安鞍　[32]按案

ɔt

p　[2]撥（老）

pʰ　[3]潑

k　[3]割葛

h　[3]喝（喝酒、喝采）渴

ou

p　　[32]布佈　　[21]怖部簿步捕

pʰ　　[55]鋪　　　[35]甫脯剖（老）譜普浦脯　　　[32]鋪　　　[42]蒲袍

f　　[21]埠（埠頭）

m　　[42]無　　[13]武舞侮鵡母拇　　[42]模（模子、模範）摹巫誣

　　[21]暮慕墓募務霧

t　　[55]都（都城、都是）　　　[35]陡（陡斜）堵（新）賭　　[21]杜度渡鍍

l　　[55]撈　　[42]盧驢勞（新）　　　[13]惱

tʃ　　[55]租　　[35]酒（老）祖組

tʃʰ　　[55]粗　　[32]措

ʃ　　[55]鬚蘇酥　　[35]數（數一數）　　[32]數（數目）素訴塑嗉

k　　[55]高膏篙羔　　[35]稿　　[32]告

tʰ　　[35]土　　[32]吐兔　　　[42]徒屠途塗圖　　　[13]肚

l　　[42]奴盧爐蘆鱸　　[13]努魯櫓虜滷　　[21]怒路賂露鷺

ŋ　　[21]傲

h　　[35]好

ø　　[32]襖

om

k　　[55]甘（老、口語）柑　　[35]敢（老、口語）橄（老、口語）

h　　[42]含（老、口語）

ø　　[55]庵（老、口語）　　[32]暗（老、口語）

oŋ

pʰ　[35]捧　　[42]篷（老）蓬（老）

m　[42]蒙　　[13]懵　　[21]夢

f　[55]風楓瘋豐封峰蜂鋒　　[35]俸捧（又，但這樣唸的人不多。這是一個開始的變異）

　　[32]諷　　[42]馮逢縫篷（新）蓬（新）　　[21]鳳奉

t　[55]東冬　[35]董懂　　[32]凍　　[21]棟動洞

tʰ　[55]通　　[35]桶捅統　　[32]痛　　[42]同銅桐筒童瞳

l　[42]籠聾農膿儂隆濃龍　　[13]攏隴　[21]弄

tʃ　[55]鬃宗中忠終蹤縱鐘鍾盅舂綜　　[35]總種（種子）腫

　　[32]中（射中）眾縱種（種植）　　[21]仲誦頌訟

tʃʰ　[55]充衝聰匆　[35]塚寵　[42]叢蟲從松重（重復）　　　[13]重（重量）

ʃ　[55]鬆嵩從（從容）　　[35]慫　　[32]送宋　[42]崇

j　[55]翁雍癰　　[35]擁甬湧（波濤洶湧）　　[42]戎絨融茸容蓉鎔庸

　　[13]勇　　[21]用

k　[55]公蚣工功攻弓躬宮恭供　　[35]拱鞏　　[32]貢　　[21]共

kʰ　[42]窮

h　[55]空（空缺、空虛）胸凶（趨吉避凶）兇（兇手）　[35]孔恐　　[32]控烘哄

　　汞鬨　　[42]紅洪鴻虹（虹吸管、天虹）熊雄

ø　[32]甕

op

k　[3]鴿（老）

h　[2]合（老）盒（老）

ok

p   [5]蔔   [2]僕曝瀑

pʰ   [5]僕

m   [2]木目穆牧

f   [5]福幅蝠複腹覆（翻天覆地）   [2]復（復興、復原）服伏

t   [5]篤督   [2]獨讀牘毒

tʰ   [5]禿

l   [2]祿六陸綠錄

tʃ   [5]竹築祝粥足燭囑觸捉   [2]續族逐軸贖俗（新）濁鐲

tʃʰ   [5]速畜（畜牲、畜牧）促束

ʃ   [5]肅宿（宿舍、星宿）縮叔粟   [2]熟淑俗（老）贖蜀屬

j   [5]沃鬱   [2]肉育辱褥玉獄欲慾浴

k   [5]殼穀菊掬麴   [3]殼（老）（五殼）   [2]局

kʰ   [5]曲

h   [5]曲（又）哭（新）   [2]斛

ø   [5]屋

u

f   [55]枯呼夫膚敷俘孵麩   [35]苦虎滸府腐俯斧撫釜   [32] 庫 褲
      戽賦富副   [42]胡湖壺乎鬍符扶芙   [13]婦
      [21]戶滬互護付傅赴父腐輔附負芋（老）

k   [55]姑孤牯   [35]古估股鼓   [32]故固錮雇顧

kʰ   [55]箍

w   [55]烏汙   [32]惡（可惡）   [42]狐   [21]芋（新）

ø　　[32]塢

ui

p　　[55]杯　　　[35] 痞（老）　　　[32]貝輩菩背（脊背）
　　　[21]背（背誦）焙

pʰ　　[55]胚坯　[32]沛配佩裴菩（又）　　　[42]培陪賠　　　[13]倍

m　　[55]梅（啲梅酸唔酸？）　　　[42]梅枚媒煤　[13]每　　[21]妹昧

f　　[55]魁恢灰奎　[32]悔晦

kʰ　　[35]賄潰劊檜繪

w　　[55]煨　　　[13]會（懂得）　　[42]回茴　　　[21]匯會（會面）彙

un

p　　[55]般　　[35]本　　[32]半（新）盆（老）　　　　[21]絆（絆腳石）伴拌（攪拌）
　　　胖（新）

pʰ　　[55]潘　　[32]判叛（老）　　[42]盤盆（新）

m　　[42]瞞門　[13]滿（新）　　　[21]悶

f　　[55]寬歡　[35]款　　[42]桓（老）

k　　[55]官棺觀（觀望）冠（衣冠）　　[35]管館　　[32]貫灌罐觀（寺觀）冠（冠軍）

w　　[35]豌剜碗腕　[42]援　　[21]喚煥緩換玩（玩味）

ut

p　　[2]勃撥（新）

pʰ　　[3]潑

m　　[3]抹　　　[2]末沫沒

f　　　[3]闊　　　[2]活（老）

kʰ　　[3]括豁

w　　　[2]活（新）

œ

l　　　[55]蕾螺（老）騾　　　[21]糯

h　　　[55]靴

œŋ

p　　　[55]幫邦　[35]榜綁　[21]謗

pʰ　　[42]滂旁螃龐傍　　　[13]蚌

m　　[55]虻　　[42]忙芒茫亡　　　[13]莽蟒網妄　　　[21]忘望

f　　　[55]荒慌方肪芳　　[35]謊晃倣紡仿彷訪　　[32]放況
　　　[42]黃簧皇蝗妨房防王（老）　　[13]往（老）　　[21]旺（新）

t　　　[55]當（當然）　　[35]黨擋　　[32]當（當作）　　[21]蕩宕

tʰ　　[55]湯　[35]倘躺　　[32]燙趟　　[42]堂棠螳唐糖塘

l　　　[35]兩（幾兩）　　[42]囊郎廊狼蜋娘良涼量糧梁粱　[13]朗兩（兩個）
　　　[21]浪亮諒輛量

tʃ　　[55]賍髒將（將來）漿張莊裝章樟椿　　[35]蔣獎槳長掌
　　　[32]葬醬將（大將）漲帳賬脹壯障瘴　　[21]藏（西藏）臟匠象像橡丈杖狀
　　　撞

tʃʰ　[55]倉蒼槍瘡昌菖窗　　[35]搶闖廠　[32]暢創唱倡
　　　[42]藏（收藏）牆詳祥長（長短）腸場床

ʃ　[55]桑喪相箱廂湘襄鑲霜孀商傷雙　　　[35]嗓想爽賞　[32]喪相
　　[42]常嘗裳償　[13]上（上山）　　[21]尚上（上面）

j　[55]央秧殃　　[42]羊洋烊楊陽揚瘍　　　[13]攘嚷仰養癢
　　[21]壤讓釀樣

k　[55]岡崗剛綱缸疆僵薑姜羌江扛光　　　[35]講港廣
　　[32]鋼（鐵鋼）降（下降）

kʰ　[32]抗曠擴礦　[42]強（富強）狂　　　[13]強（強求）

ŋ　[42]昂

w　[55]汪　　[35]枉　　[42]王（新）　　[13]往（新）　　[21]旺（新）

h　[55]康糠香鄉匡筐眶腔　[35]慷晌餉享響　　[32]向
　　[42]航杭降（投降）行（銀行）　[21]項巷

ø　[55]骯

œk

p　[3]博縛駁　　[2]薄泊雹

pʰ　[3]樸樸撲

m　[5]剝　　[2]莫膜幕寞

f　[3]藿霍（新）　　[2]鑊獲（老）

t　[3]琢啄涿　　[2]鐸踱

tʰ　[3]託托

l　[2]諾落烙駱酪洛絡樂（快樂）胳略掠

tʃ　[3]昨作爵雀鵲嚼酌　　[2]鑿著（附著）

tʃʰ　[3]勺桌綽焯芍卓

ʃ　[3]索削朔

j　[3]約（公約、約會）　[2]若弱虐瘧藥（新）鑰躍

k   [3]各閣擱腳國郭覺角

kʰ   [3]卻廓確霍（老）

h   [3]殼   [2]鶴學藥（老）

ŋ   [2]鄂嶽嶽樂（樂器）

w   [2]獲（新）

ø   [3]惡

ɵy

tʰ   [32]蛻

l   [13]呂旅縷屢儡累壘女   [21]濾累（連累、累積）類淚慮

tʃ   [55]蛆追錐   [35]嘴   [32]最醉   [21]序敘聚罪贅墜

tʃʰ   [55]趨（新）催（新）崔（新）吹炊   [35]取娶   [32]趣脆翠
      [42]除（新）隨槌鎚徐（新）

ʃ   [55]須需雖綏衰   [35]水   [32]碎（新）歲稅帥   [42]垂誰
      [13]絮緒髓   [21]睡瑞粹遂隧穗

j   [13]蕊   [21]芮銳

ɵn

t   [55]敦   [21]頓囤沌鈍遁屯

tʰ   [13]盾

l   [35]卵   [42]鄰鱗燐吝崙倫淪輪   [21]論（論語、議論）

tʃ   [55]津臻蹲   [35]準准   [32]進晉俊   [21]盡

tʃʰ   [55]椿春   [35]蠢   [42]巡秦旬循

ʃ   [55]荀殉   [35]筍榫   [32]信訊遜迅舜

[42]脣純醇　　[21]順

j　　[21]潤閏

ɵt

t　　[2]栗律率（速率）

tʃ　　[5]卒蟀（老）

tʃʰ　　[5]出

ʃ　　[5]戌恤率（率領）摔蟀（新）　[2]尤術述秫

y

t　　[55]堆　　[32]對兌　[21]隊

tʰ　　[55]推　　[35]腿　　[32]退

l　　[42]雷

tʃ　　[55]豬諸誅蛛株朱硃珠資姿諮茲滋　　　[35]煮主姊子

　　　[32]著（顯著）駐註注蛀鑄　[21]箸住自稚祀巳寺

tʃʰ　　[55]趨（老）催（老）崔（老）　　[35]柿（老）處（相處）杵　[32]處刺廁處（處所）

　　[42]徐（老）除（老）廚餈祠　[13]苧署褚儲柱似

ʃ　　[55]書薯舒樞輸（服輸、運輸）師司絲思斯（老）思（思念、意思）　　　[35]暑鼠

　　黍　[32]碎庶恕戍　　[42]薯殊　　　[21]豎樹士事

j　　[55]於淤迂於　[42]如魚漁餘（姓氏）餘（餘數）儒愚虞娛盂榆逾愉

　　[13]汝語與乳雨宇禹羽　[21]禦禦譽預豫遇寓愈喻裕

k　　[55]居車（車馬費）駒　[35]舉矩[32]據鋸句　　[21]巨具懼

kʰ　　[55]拘俱區（地區）驅　[42]渠瞿　[13]佢拒距

h　　[55]墟虛噓籲　[35]許　　[32]去

yn

t　　[55]端　　[35]短　　[32]斷（獨斷獨行）鍛　　[21]斷（斷章取義）段緞

tʰ　　[42]團糰屯（新）豚　　[13]斷（又、斷開）

l　　[35]戀　　[42]聯鸞　　[13]暖　　[21]亂嫩

tʃ　　[55]專磚尊遵　　[35]轉傳（白蛇傳）　　[32]鑽轉

tʃʰ　　[55]川穿村　　[35]竄揣喘　　[32]串寸　　[42]全泉傳椽船存

ʃ　　[55]酸宣孫　　[35]選損　　[32]算蒜　　[42]旋鏇篆（老）船（新）

j　　[55]冤淵丸（新）[35]院阮宛緣

　　　[32]怨　　[42]完圓員緣沿鉛元原源袁轅園玄援（又）懸（新）眩弦（新）

　　　[13]皖軟遠（新）　　[21]願縣（新）

k　　[55]絹捐　　[35]捲卷　　[32]眷券（又）　　[21]倦

kʰ　　[42]拳權顴

h　　[55]丸（老）（食水丸）圈（圓圈、豬圈）喧　　[35]縣（老）犬　　[32]券勸

　　　[42]懸（老）弦（老）　　[13]遠（老）　　[21]縣（老）

yt

t　　[2]奪

tʰ　　[3]脫

l　　[3]捋劣

tʃ　　[3]拙絕

tʃʰ　　[3]撮猝

ʃ　　[3]雪說

j　　[3]乙　　[2]悅閱月越曰粵穴

kʰ　　[3]厥決訣缺

h　　[3]血

m̩

[42]唔

ŋ̍

[42]吳蜈吾梧　[13]五伍午　　[21]誤悟

第三章
沙田話的歸屬和差異

第一節　沙田話與廣州話粵海片的一致性

一　聲母方面

1　粵海片粵語中古日母、影母、云母、以母字及疑母細音字的聲母，多讀成半母音性的濁擦音聲母 j，沙田話也是如此。

	繞（效開三日）	音（深開三影）	炎（咸開三云）	融（通合三以）	逆（梗開三疑）
廣州	jiu^{13}	jɐm^{55}	jim^{21}	joŋ^{21}	jek^2
沙田話[1]	jiu^{13}	jɐm^{55}	jim^{42}	joŋ^{42}	jek^2

2　粵海片粵語中古次濁微、明母字的聲母讀 m，沙田話也是如此。

	蔓（山合三微）	務（遇合三微）	沒（臻合一明）	媽（假開二明）
廣州	man^{22}	mou^{22}	mut^2	ma^{55}
沙田話	man^{21}	mou^{21}	mut^2	ma^{55}

3　粵海片粵語特點之一是古精、莊、知、章四組聲母合流，都讀舌葉音 tʃ、tʃʰ、ʃ，沙田話也是如此。

	載（精母）	採（清母）	些（心母）
廣州	tʃɔ^{33}	tʃʰi^{35}	ʃɛ^{55}
沙田話	tʃɔ^{21}	tʃʰai^{35}	ʃɛ^{55}

1　本文沙田話以小欖話作代表。

	貞（知母）	抽（徹母）	滯（澄母）
廣州	tʃɐŋ⁵⁵	tʃʰɐu⁵⁵	tʃɐi²²
沙田話	tʃɐŋ⁵⁵	tʃʰɐu⁵⁵	tʃɐi²¹

	捉（莊母）	岑（崇母）	紗（生母）
廣州	tʃok⁵	ʃɐm²¹	ʃa⁵⁵
沙田話	tʃok⁵	ʃɐm⁴²	ʃa⁵⁵

	眾（章母）	臭（昌母）	申（書母）
廣州	tʃoŋ³³	tʃʰɐu³³	ʃɐn⁵⁵
沙田話	tʃoŋ²¹	tʃʰɐu²¹	ʃɐn⁵⁵

4 粵海片粵語無濁塞音聲母、濁塞擦音聲母，塞音聲母和塞擦音聲母只有清音不送氣和清音不送氣之分而無清音和濁音之分。如有如有 p、pʰ 而無 b，有 t、tʰ 而無 d，有 k、kʰ 而無 g，有 tʃ、tʃʰ 而無 dʒ。粵海片粵語裡的古濁聲母大部分轉成相應的清聲母字，於是平聲送氣，仄聲不送氣。沙田話也是如此。

	爬（並母）	簿（並母）	塗（定母）	袋（定母）
廣州	pʰa²¹	pou²²	tʰou²¹	tɔi²²
沙田話	pʰa⁴²	pou²¹	tʰou⁴²	tɔi²¹

	球（群母）	舊（群母）	才（從母）	靜（從母）
廣州	kʰɐu²¹	kɐu²²	tʃʰɔi²¹	tʃɐŋ²²
沙田話	kʰɐu⁴²	kɐu²¹	tʃʰɔi⁴²	tʃɐŋ²¹

	柴（崇母）	助（崇母）	朝（澄母）	召（澄母）
廣州	tʃʰai²¹	tʃɔ²²	tʃʰiu²¹	tʃiu²²
沙田話	tʃʰai⁴²	tʃɔ²¹	tʃʰiu⁴²	tʃiu²¹

5　粵海片粵語一部分古溪母開口字讀作 清喉擦音 h 聲母，古
　　溪母合口字一部分讀作 f 聲母。沙田話也體現了這個特點。

	看（溪開）	坑（溪開）	輕（溪開）
廣州	hɔi³³	haŋ⁵⁵	heŋ⁵⁵
沙田話	hɔi²¹	haŋ⁵⁵	heŋ⁵⁵

	科（溪合）	苦（溪合）	筷（溪合）
廣州	fɔ⁵⁵	fu³⁵	fai³³
沙田話	fɔ⁵⁵	fu³⁵	fai²¹

6　粵海片粵語的古見母、群母字不論洪細，聲母一律讀作 k、
　　kʰ，沙田話也體現了這個特點。

	丐（蟹開一見）	局（通合三群）	揭（山開三見）	倦（山合三群）
廣州	kʰɔi³³	kok²	kʰit³	kyn²²
沙田話	kʰɔi²¹	kok²	kʰit³	kyn²¹

7　粵海片粵語的古敷、奉母字讀作 f，沙田話也體現這個特點。

	番（山合三敷）	覆（通合三敷）	釜（遇合三奉）	筏（山合三奉）
廣州	fan⁵⁵	fok⁵	fu³⁵	fɐt²
沙田話	fan⁵⁵	fok⁵	fu³⁵	fɐt²

8　粵海片粵語有圓唇化的聲母 kw、kwʰ，沙田話也體現了這個
　　特。

	乖（見母）	困（溪母）	裙（群母）
廣州	kwai⁵⁵	kwʰɐn³³	kwʰɐn²¹
沙田話	kwai⁵⁵	kwʰɐn²¹	kwʰɐn⁴²

二　韻母方面

1　粵海片粵語在複合母音韻母、陽聲韻尾、入聲韻尾裡，有長母音 a 跟短母音 ɐ 對立，這是粵海片最大特點，沙田話也體現了這個特點。

	街	— 雞	蠻	— 民	納	— 立
廣州	kai⁵⁵	kɐi⁵⁵	man²¹	mɐn²¹	nap²	lɐp²
沙田話	kai⁵⁵	kɐi⁵⁵	man⁴²	mɐn⁴²	lap²	lɐp²

2　粵海片粵語古蟹攝開口三四等、止攝合口三等字多讀作 ɐi。，沙田話也體現了這個特點。

	厲（蟹開三來）	細（蟹開四心）	輝（止合三曉）
廣州	lɐi²²	ʃɐi³⁵	fɐi⁵⁵
沙田話	lɐi²¹	ʃɐi³⁵	fɐi⁵⁵

3　粵海片粵語古流攝韻母多讀成 ɐu，沙田話也體現了這個特點。

	畝（流開一明）	偶（流開一疑）	柳（流開三來）	宙（流開三澄）
廣州	mɐu¹³	ŋɐu¹³	lɐu¹³	tʃʰɐu²¹
沙田話	mɐu¹³	ŋɐu¹³	lɐu¹³	tʃʰɐu²¹

4　粵海片粵語有兩個自成音節的鼻化韻 m̩ 和 ŋ̍。沙田話也體現了這個特點。但各鎮不少人把 ŋ̍ 讀成 m̩。

	唔	五	午	吳	誤
廣州	m	ŋ	ŋ	ŋ	ŋ
沙田話	m	ŋ	ŋ	ŋ	ŋ

三　聲調方面

　　粵海片廣州粵語的共有九聲，橫欄、民眾、南頭、東鳳、板芙、坦洲、沙朗、東升、黃圃、港口沙田話聲調數目是九個，三角、阜沙、小欖（鎮區和寶豐村）只有八個聲調，去聲不分陰陽，古去聲清聲母派入陽平。第二點是保留了古四聲的調類系統，四聲分成了陰陽，沙田話也有這種體現；第三點是入聲有上陰入、下陰入和陽入，這些特點，中山沙田話與粵海片的廣州話一致。

第二節　沙田話與廣州話的差異

一　聲母方面

　　1　廣州話的古匣母、云母於遇攝合口一三等字時，一般都讀成半濁擦音 w- 但增城、南海、順德等地，個別字便讀作 齒唇擦音 f-。這個特點就出現橫欄鎮四沙、三角鎮沙欄結民村、民眾鎮浪網村、義倉村、阜沙大有圍、南頭南城村村、東鳳鎮東罟埗村二片、板芙金鐘村、坦洲十四村、新合村、沙朗廣豐圍、東升鎮東升村、黃圃鎮二村三社坊、港口石特下村是相當一致。至於小欖鎮寶豐村，老人則跟以上各鎮一致，但年輕人有些字已傾向自由變讀，受了廣州話的影響。小欖鎮區老人吳瑞芬（1955年）和年輕人何惠玲（1982年）是母女關係，她們稱這四個字都是自由變讀。

　　至於遇合一影組的「污」，十三個鎮沙田話沒有人讀成齒唇擦音 f-。中山沙田人，主要從順德、南海遷來，所以其沙田話便保留了順德、南海這個特點。[2]

	胡遇合一匣	互遇合一匣	戶遇合一匣	芋遇合三云
廣州	wu^{21}	wu^{22}	wu^{22}	wu^{22}
小欖鎮區（老年人）	wu^{42} / fu^{42}	wu^{21} / fu^{21}	wu^{21} / fu^{21}	wu^{21} / fu^{21}
小欖鎮區（年輕人）	wu^{42} / fu^{42}	wu^{21} / fu^{21}	wu^{21} / fu^{21}	wu^{21} / fu^{21}
小欖寶豐（老年人）	fu^{42}	fu^{21}	fu^{21}	fu^{21}
小欖寶豐（年輕人）	wu^{42}	fu^{21}	fu^{21}	wu^{21} / fu^{21}
橫欄四沙	fu^{42}	fu^{21}	fu^{21}	fu^{21}
三角沙欄	fu^{42}	fu^{21}	fu^{21}	fu^{21}
民眾浪網	fu^{42}	fu^{21}	fu^{21}	fu^{21}
民眾民家	fu^{33}	fu^{22}	fu^{22}	wu^{22}（何） / fu^{22}（王）
阜沙大有圍	fu^{42}	fu^{21}	fu^{21}	fu^{21}
南頭南城	fu^{42}	fu^{21}	fu^{21}	fu^{21}
東罟埗	fu^{42}	fu^{21}	fu^{21}	fu^{21}
沙朗廣豐圍	fu^{42}	fu^{21}	fu^{21}	fu^{21}
東升東升村	fu^{42}	fu^{21}	fu^{21}	fu^{21}
黃圃三社坊	fu^{42}	fu^{42}	fu^{21}	fu^{21}
港口下村	fu^{42}	fu^{21}	fu^{21}	fu^{21}
板芙金鐘	fu^{42}	fu^{22}	fu^{22}	fu^{22}
坦洲十四村	fu^{42}	fu^{22}	fu^{22}	fu^{22}
坦洲新合村	fu^{42}	fu^{22}	fu^{22}	fu^{22}

2　詹伯慧主編：《廣東粵方言概要》（廣州市：暨南大學出版社，2004年），頁127。

　　2　古喻母在廣州話裡讀半母音濁擦音 j，沙田話把古喻母字聲母有唸為 h。[3] 這種特點分佈在橫欄鎮四沙、三角鎮沙欄結民村、板芙鎮金鐘村、沙朗廣豐圍、東升鎮東升村、港口鎮石特下村。今以橫欄鎮四沙為例，這個鎮這個特點是最豐富。

	緣 (以)	圓 (云)	園 (云)	雨 (云)	越 (云)	藥 (以)
廣州	jyn²¹	jyn²¹	jyn²¹	jy¹³	jyt²	jœk²
四沙	hyn⁴²	hyn⁴²	hyn⁴²	hy¹³	hyt²	hœk²

二　韻母方面

　　1　廣州話裡有 œŋ、œk，珠三角海舡、河舡舡語都唸作ɔŋ、ɔk，這個特點與粵海片不同。南頭鎮將軍村、低沙村、滘心村、孖沙村、三角鎮高平、新洋、烏沙、愛民、中山三角鎮高平、新洋、烏沙、愛民、民眾鎮義倉民家村、板芙鎮金鐘村、坦洲鎮十四沙村和新合村、黃圃鎮馬安村、橫檔村，也把œŋ、œk 唸作ɔŋ、ɔk。坦洲十四村吳金彩強調自己是沙田人，不是打魚，是耕田的，說的是沙田話，不是說水上話。實際上她是說水上話，跟新合村所操的話是一樣。至於港口鎮石特下村，鎮誌稿子介紹此村以水上疍家口音為主。事實上，下村口音已轉成了內陸形沙田話，《廣東疍民社會調查》一書提到五〇年代港口鄉已說成內陸形沙田話[4]，已失去疍語特點，就是把 ɔŋ、ɔk說成œŋ、œk，如幫讀作 pœŋ⁵⁵，霍讀成 fœk³。從這裡便可以知道坦洲十四村、新合村、民眾民家村、板芙金鐘村、黃圃馬

3　彭小川：〈廣東南海（沙頭）方言音系〉，《方言》（北京市：商務印書館，1990年2月），第1期，頁22。沙頭話也有這種現象。詹伯慧主編：《廣東方言概要》，頁126。
4　廣東省民族研究所編：《廣東疍民社會調查》（廣州市：中山大學出版社，2001年），頁57。

安村、東升坦背村，依然濃濃保留了珠三角海舡、河舡舡語的特點，還未轉到沙田話的特點，沙田話的特點是 œŋ、œk 依舊 œŋ、œk，但這幾條村卻是把 œŋ、œk 唸作ɔŋ、ɔk，這正是舡語的特點。[5] 這是反映了這些人還未過渡到半漁半農，依舊是純然的漁民，因此，他們 œŋ、œk 與珠三角的舡語也是唸作ɔŋ、ɔk。

	娘宕開三	漿宕開三	藥宕開三	腳宕開三
廣州	nœŋ²¹	tʃœŋ⁵⁵	jœk²	kœk³
坦洲十四村	lɔŋ⁴²	tʃɔŋ⁵⁵	jɔk²	kɔk³
坦洲新合村	lɔŋ⁴²	tʃɔŋ⁵⁵	jɔk²	kɔk³
民眾民家村	lɔŋ⁴²	tʃɔŋ⁵⁵	jɔk²	kɔk³
板芙金鐘村	lɔŋ⁴²	tʃɔŋ⁵⁵	jɔk²	kɔk³
黃圃馬安村	lɔŋ⁴²	tʃɔŋ⁵⁵	jɔk²	kɔk³
三角南安村	lɔŋ⁴²	tʃɔŋ⁵⁵	jɔk²	kɔk³
南頭滘心村	lɔŋ⁴²	tʃɔŋ⁵⁵	jɔk²	kɔk³
東升鎮坦背村	lɔŋ⁴²	tʃɔŋ⁵⁵	jɔk²	kɔk³

　　2　沙田話舌面前圓唇半開母音 œ 為主要母音一系列韻母很豐富，有 œ、œŋ、œk、ɵn、ɵt、ɵy 之外，ɔŋ、ɔk 與部分 ɔ 也會讀作 œŋ、œk、œ。這種特點，是廣州話沒有的。

　　ɔ 讀作 œ，分佈於橫欄四沙、民眾浪網、阜沙大有圍、南頭南城、東鳳東罟、沙朗廣豐圍、東升（鎮）東升村、黃圃三社坊、港口石特下村。這類字不多，各人不同，現以橫欄四沙為例：

5　馮國強：《珠三角水上族群的語言承傳和文化變遷》（臺北市：萬卷樓圖書公司，2015年），頁263-265。

	糯果合一	矺果合一	坐果合一	螺果合一
廣州	$nɔ^{22}$	$t^hɔ^{21}$	$tʃ^hɔ^{13}$	$lɔ^{21}$
四沙	$lœ^{21}$	$t^hœ^{42}$	$tʃ^hœ^{13}$	$lœ^{42}$

　　部分古宕開一、宕開三、宕合一、宕合三、江開二、梗開二、梗合一、梗合二、曾合一、通合一 ɔŋ、ɔk 韻母讀作 œŋ、œk。這個特點，也擴散到中山義倉民家村、港口石特下村、火炬海傍村漁村和澳門漁港，就是說，農舡語這個特點也已擴散到海舡語去。[6]

	臟宕開一	桑宕開一	邦江開二	蚌梗開二
廣州	$tʃɔŋ^{22}$	$ʃɔŋ^{55}$	$pɔŋ^{55}$	$p^hɔŋ^{13}$
小欖寶豐村	$tʃœŋ^{21}$	$ʃœŋ^{55}$	$pœŋ^{55}$	$p^hœŋ^{13}$
橫欄四沙	$tʃœŋ^{21}$	$ʃœŋ^{55}$	$pœŋ^{55}$	$p^hœŋ^{13}$
民眾浪網（年輕人）	$tʃœŋ^{21}$	$ʃœŋ^{55}$	$pœŋ^{55}$	$p^hœŋ^{13}$
民眾民家村	$tʃœŋ^{22}$	$ʃœŋ^{55}$	$pœŋ^{55}$	$p^hœŋ^{13}$
阜沙大有圍	$tʃœŋ^{21}$	$ʃœŋ^{55}$	$pœŋ^{55}$	$p^hœŋ^{13}$
南頭南城村	$tʃœŋ^{21}$	$ʃœŋ^{55}$	$pœŋ^{55}$	$p^hœŋ^{13}$

6　筆者調查的澳門舡語是沒有這現象，但郭淑華：《澳門水上居民話調查報告》（廣州市：暨南大學碩士論文，2002年），頁21的描述，是有這種特點。這個特點，也見於香港仔石排灣，參見徐川：〈石排灣的漁業〉（2001年，未刊報告），頁49-50。筆者是徐川報告指導老師。這種特點還擴散到香港長洲、深圳龍崗南區漁村、中山橫門漁村，參見李兆鈞：〈香港白話蜑民民俗的承傳〉（2002年，未刊報告），頁23。筆者是李兆鈞報告指導老師。徐川、李兆鈞這兩分報告有這種擴散特點，但筆者寫《珠三角水上族群的語言承傳和文化變遷》之前的調查時，卻未遇上這個特點。筆者指導駱嘉禧：《長洲蜑民粵方言的聲韻調探討》（香港：香港樹仁大學畢業論文，2010年）和羅佩珊：《香港筲箕灣與周邊水上話差異的比較研究》（香港：香港樹仁大學畢業論文，2015年）畢業論文，這兩篇論文也未見有這個特點的擴散。至於港口鎮石特下村，港口鎮方誌初稿稱下村是漁村，操的是水上話，實際上已不是，這漁村不會說成 ɔŋ、ɔk。不說成 ɔŋ、ɔk 已出現於上世紀五〇年代，廣東省民族研究所編：《廣東蜑民社會調查》（廣州市：中山大學出版社，2001年），頁57便觸及到。

沙朗廣豐圍	tʃœŋ²¹	ʃœŋ⁵⁵	pœŋ⁵⁵	pʰœŋ¹³
東升東升村	tʃœŋ²¹	ʃœŋ⁵⁵	pœŋ⁵⁵	pʰœŋ¹³
港口石特下村	tʃœŋ²¹	ʃœŋ⁵⁵	pœŋ⁵⁵	pʰœŋ¹³
火炬海傍村	tʃœŋ²¹	ʃœŋ⁵⁵	pœŋ⁵⁵	pʰœŋ¹³
黃圃新沙村[7]	tʃœŋ²¹	ʃœŋ⁵⁵	pœŋ⁵⁵	pʰœŋ¹³
東鳳東罟三片	tʃœŋ²¹	ʃœŋ⁵⁵	pœŋ⁵⁵	pʰœŋ¹³

	薄宕開一	霍宕合一	學江開二	國曾合一
廣州	pɔk²	fɔk³	hɔk²	kwɔk³
小欖寶豐	pœk²	fœk³	hœk²	kwœk³
橫欄四沙	pœk²	fœk³	hœk²	kwœk³
民眾浪網（年輕人）	pœk²	fœk³	hœk²	kwœk³
民眾民家村	pœk²	fœk³	hœk²	kwœk³
阜沙大有圍	pœk²	fœk³	hœk²	kwœk³
南頭南城村	pœk²	fœk³	hœk²	kwœk³
東升東升村	pœk²	fœk³	hœk²	kwœk³
港口石特下村	pœk²	fœk³	hœk²	kwœk³
火炬海傍村	pœk²	fœk³	hœk²	kwœk³
黃圃新沙村	pœk²	fœk³	hœk²	kwœk³
東鳳東罟三片	pœk²	fœk³	hœk²	kwœk³

　　3　古效攝開口一等字的韻母在廣州話是讀作 ou，沙田話讀作ɔ，這是跟南海、順德很一致。[8] 這個特點是廣州話沒有的。這個特點主要分布於橫欄四沙、三角沙欄結民村、民眾浪網、阜沙大有圍、

7　黃圃除了馬安村、橫檔村、團範村、四個社區，餘下的村子都是把 ɔŋ、ɔk 讀作œŋ、œk。蘇照恩稱這種特點的話為圍口話。

8　詹伯慧主編：《廣東粵方言概要》（廣州市：暨南大學出版社，2004年），頁129。

東鳳東罟埗二片、沙朗廣豐圍、東升鎮東升村。今以橫欄四沙為例。

	保_{效開一}	老_{效開一}	掃_{效開一}	告_{效開一}
廣州	pou^{35}	lou^{13}	ʃou^{33}	kou^{33}
橫欄四沙	pɔ^{35}	lɔ^{13}	ʃɔ^{32}	kɔ^{32}

　　古效攝開口一等字的韻母在廣州話是讀作 ou，小欖鎮區和寶豐村卻讀成 ɐu。這是沙田話內部上的差異之處。

　　4　古止攝開口三等字在廣州話韻母讀 ei，沙田話跟南海、順德話一樣讀作 i，但沙田話只限於與見組 k　kʰ　h 相拼成則讀作 i，與其他聲母相拼時，依舊讀 ei。[9] 這個特點，分布在小欖鎮區、小欖寶豐、橫欄四沙、三角沙欄結民、民眾浪網、阜沙大有圍、南頭南城、東鳳東罟埗二片、板芙金鐘、港口石特下村。今以小欖鎮區為例。

	肌_{止開三見}	企_{止開三溪}	喜_{止開三曉}	希_{止開三溪}
廣州	kei^{55}	kʰei^{35}	hei^{35}	hei^{55}
鎮區	ki^{55}	kʰi^{35}	hi^{35}	hi^{55}

　　5　古遇攝三等見組、曉組，部分蟹合一，廣州話讀 ɵy，不少沙田話則讀 y。主要分布於橫欄四沙、南頭南城村、東鳳東罟埗二片、東升鎮東升村、黃圃二村三社坊、港口石特下村。這裡以橫欄四沙為例。

	居_{遇合三見}	駒_{遇合三見}	許_{遇合三曉}	退_{蟹合一定}
廣州	kɵy^{55}	kʰɵy^{55}	hɵy^{35}	tʰɵy^{33}
四沙	ky^{55}	kʰy^{55}	hy^{35}	tʰy^{32}

　　還有一些鎮也有這個特點。舉凡古遇攝一等端組字、古遇攝三等

9　詹伯慧主編：《廣東粵方言概要》（廣州市：暨南大學出版社，2004年），頁130。

見組字、曉組字，便把廣州話的 ɐy，沙田話則讀 y，見於小欖鎮區、小欖寶豐村、板芙金鐘村；凡古遇攝三等、蟹合一等見系字，便把廣州話的 ɐy，沙田話則讀 y，見於三角沙欄結民村、民眾浪網阜沙大有圍。

6　咸攝開口一等見組、影組、曉組為主的字，廣州話陽聲韻讀 ɐm，入聲韻讀 ɐp，鎮區話前者讀 om，後者讀 op，這一類字並不多。這個特點分布於小欖鎮區、小欖寶豐村、三角沙欄結民村、民眾浪網村、阜沙大有圍、南頭南城村、東鳳東罟埗二片、東升鎮東升村、黃圃二村三社坊港口石特下村。今以小欖鎮區為例。

	柑咸開一見	甘咸開一見	盒咸開一匣	鴿咸開一見
廣州	kɐm⁵⁵	kɐm⁵⁵	hɐp²	kɐp³
鎮區	kom⁵⁵	kom⁵⁵	hop²	kop³

7　古效攝開口二等字，口語部分字讀音為 ɛu；古山攝開口二、四等，合口二等為主的白讀字讀作 ɛn　ɛt；古咸攝開口一、二等讀作 ɛm　ɛp。這個特點，主要分布於小欖鎮區、小欖寶豐村、橫欄四沙、三角沙欄結民村、民眾浪網村、阜沙大有圍、南頭南城村、東鳳東罟村二片、板芙金鐘村、沙朗廣豐圍、東升鎮東升村。今以小欖鎮區為例。

	爆效開二	刨效開二	飽效開二	貓效開二
廣州	pau³³	pʰau²¹	pau³⁵	mau⁵⁵
鎮區	kɛu⁴²	pʰɛu⁴²	pɛu³⁵	mɛu⁵⁵

	減咸開二	喊咸開一	餡咸開二	斬咸開二
廣州	kam³⁵	ham³³	ham³⁵	tʃam³⁵
鎮區	kɛm³⁵	hɛm⁴²	hɛm³⁵	tʃɛm³⁵

	夾咸開二	甲咸開二	插咸開二	掐咸開二
廣州	kap³	kap³	tʃʰap³	hap³
鎮區	kɛp³	kɛp³	tʃʰɛp³	hɛp³

	間山開二	繭山開四	邊山開四	還山合二
廣州	kan⁵⁵	kan³⁵	pin⁵⁵	wan²¹
鎮區	kɛn⁵⁵	kɛn³⁵	pɛn⁵⁵	wɛn⁴²

	八山開二	滑山合二	挖山合二	刮山合二
廣州	pat³	wat²	wat³	kwat³
鎮區	pɛt³	wɛt²	wɛt³	kwɛt³

　　板芙金鐘村、黃圃二村三社坊、港口石特下村也有這種特點，但這個特點不完整。至於坦洲十四村，只見於夾、拔兩字，吳金彩是從別的沙田話習得而來，坦洲別的多位合作人是沒有這個特點，坦洲新合村也是沒有這個特點。

三　聲調方面

　　粵海片廣州粵語的共有九聲，橫欄、民眾、南頭、東鳳、板芙、坦洲、沙朗、東升、黃圃、港口沙田話聲調數目是九個，但是三角、阜沙、小欖（鎮區和寶豐村）只有八個聲調，去聲不分陰陽，古去聲清聲母派入陽平。這是沙田區沙田話與廣州話的一點點差異。八個聲調今以小欖鎮區為例。

調類		調值	例字
陰平		55	丁開初三
陰上		35	古走短楚
陽平		42	陳床時唱
陽上		13	五有柱蟹
去		21	戶用共自
上	陰	5	急出七曲
下	入	3	答百各刷
陽入		2	麥落宅俗

第三節　沙田話內部的一致性

一　聲母方面

沙田話的聲母方面，一致性很高。

1　廣州話的古匣母、云母於遇攝合口一三等字時，個別字便讀作 齒唇擦音 f-。這個特點，主要分布在小欖鎮區、小欖寶豐村、橫欄四沙、三角沙欄結民村、民眾浪網、民眾義倉民家村、阜沙大有圍、南頭南城村、東鳳東罟埗二片、東升鎮東升村、黃圃二村三社坊、港口石特下村、板芙金鐘村、坦洲十四村、坦洲新合村。今以小欖鎮區和橫橫四沙為例。

	胡遇合一匣	互遇合一匣	戶遇合一匣	芋遇合三云
廣州	wu^{21}	wu^{22}	wu^{22}	wu^{22}
小欖鎮區（老年人）	wu^{42} / fu^{42}	wu^{21} / fu^{21}	fu^{21} / wu^{21}	wu^{21} / fu^{21}
小欖鎮區（年輕人）	wu^{42} / fu^{42}	wu^{21} / fu^{21}	fu^{21} / wu^{21}	wu^{21} / fu^{21}
橫欄四沙	fu^{42}	fu^{21}	fu^{21}	fu^{21}

以上各村與小欖不同，只讀成 f-，但小欖鎮區受廣州話影響太深，出現自由變讀。

2　古喻母在廣州話裡讀半母音濁擦音 j，沙田話把古喻母字聲母有唸為 h。這種特點分佈在橫欄鎮四沙村、三角鎮沙欄結民村、板芙鎮金鐘村、沙朗廣豐圍、東升鎮東升村、港口鎮石特下村等六個鎮。今以橫欄鎮四沙為例，這個鎮這個特點是最豐富。

	緣(以)	圓(云)	園(云)	雨(云)	越(云)	藥(以)
廣州	jyn²¹	jyn²¹	jyn²¹	jy¹³	jyt²	jœk²
四沙	hyn⁴²	hyn⁴²	hyn⁴²	hy¹³	hyt²	hœk²

二　韻母方面

1　南頭鎮將軍村、低沙村、滘心村、孖沙村、三角鎮高平、新洋、烏沙、愛民、民眾鎮義倉民家村、板芙鎮金鐘村、坦洲鎮十四村和新合村、黃圃鎮馬安村、橫檔村、東升鎮的益隆村、兆隆村、太平村、白鯉村、同茂村、坦背村、勝龍村、曆心村、利生村也把œŋ、œk 唸作ɔŋ、ɔk，依然濃濃保留了海舺語的特點，還未轉到沙田話的特點，沙田話的特點是 œŋ、œk 依舊 œŋ、œk，但這幾條村卻是把œŋ、œk 唸作ɔŋ、ɔk，這正是海舺舺語的特點。[10] 這是反映了這些人還未過渡到半漁半農，依舊是純然的漁民，因此，他們 œŋ、œk 與珠三角的海舺舺語也是唸作ɔŋ、ɔk。今以坦洲十四村為例。

	娘宕開三	漿宕開三	藥宕開三	腳宕開三
廣州	nœŋ²¹	tʃœŋ⁵⁵	jœk²	kœk³
坦洲十四村	lɔŋ⁴²	tʃɔŋ⁵⁵	jɔk²	kɔk³

---

10 馮國強：《珠三角水上族群的語言承傳和文化變遷》（臺北市：萬卷樓圖書公司，2015年），頁263-265。

2 沙田話舌面前圓唇半開母音 œ 為主要母音一系列韻母很豐
富，有 œ、œŋ、œk、ɵn、ɵt、ɵy 之外，ɔŋ、ɔk 與部分 ɔ 也會讀
作 œŋ、œk、œ。ɔ 讀作 œ，分佈於橫欄四沙、民眾浪網、阜沙大
有圍、南頭南城、東鳳東罟、沙朗廣豐圍、東升（鎮）東升村、黃圃
二村三社坊、港口石特下村。這類字不多，各人不同，現以橫欄四沙
為例：

	糯果合一	砣果合一	坐果合一	螺果合一
廣州	nɔ²²	thɔ²¹	tʃhɔ¹³	lɔ²¹
四沙	lœ²¹	thœ⁴²	tʃhœ¹³	lœ⁴²

部分古宕開一、宕開三、宕合一、宕合三、江開二、梗開二、梗
合一、梗合二、曾合一、通合一 ɔŋ、ɔk 韻母讀作 œŋ、œk。這個
特點，也擴散到中山義倉民家村、港口石特下村、火炬海傍村漁村和
澳門漁港，就是說，農舡語這個特點也已擴散到海舡語去。今以小欖
寶豐村為例。

	臟宕開一	桑宕開一	邦江開二	蚌梗開二
廣州	tʃɔŋ²²	ʃɔŋ⁵⁵	pɔŋ⁵⁵	phɔŋ¹³
小欖寶豐村	tʃœŋ²¹	ʃœŋ⁵⁵	pœŋ⁵⁵	phœŋ¹³

	薄宕開一	霍宕合一	學江開二	國曾合一
廣州	pɔk²	fɔk³	hɔk²	kwɔk³
小欖寶豐村	pœk²	fœk³	hœk²	kwœk³

3 古止攝開口三等字在廣州話韻母讀 ei，沙田話跟南海、順德
話一樣讀作 i，但沙田話只限於與見組 k kh h 相拼成則讀作 i，
與其他聲母相拼時，依舊讀 ei。這個一致性特點，分布在小欖鎮

區、小欖寶豐、橫欄四沙、三角沙欄結民、民眾浪網、阜沙大有圍、南頭南城、東鳳東罟埗二片、板芙金鐘、港口石特下村。今以小欖鎮區為例。

	肌_{止開三見}	企_{止開三溪}	喜_{止開三曉}	希_{止開三溪}
廣州	kei^{55}	k^{h}ei^{35}	hei^{35}	hei^{55}
鎮區	ki^{55}	k^{h}i^{35}	hi^{35}	hi^{55}

4　古遇攝三等見組、曉組，部分蟹合一，廣州話讀 ɵy，不少沙田話則讀 y。

　　主要分布於橫欄四沙、南頭南城村、東鳳東罟埗二片、東升鎮東升村、黃圃二村三社坊、港口石特下村。還有一些鎮也有這個特點。古遇攝一等端組字、古遇攝三等見組字、曉組字，便把廣州話的 ɵy，沙田話則讀 y，見於小欖鎮區、小欖寶豐村、板芙金鐘村；古遇攝三等、蟹合一等見系字，便把廣州話的 ɵy，沙田話則讀 y，見於三角沙欄結民村、民眾浪網阜沙大有圍。這裡以橫欄四沙為例。

	居_{遇合三見}	駒_{遇合三見}	許_{遇合三曉}	退_{蟹合一定}
廣州	kɵy^{55}	k^{h}ɵy^{55}	hɵy^{35}	t^{h}ɵy^{33}
四沙	ky^{55}	k^{h}y^{55}	hy^{35}	t^{h}y^{32}

5　咸攝開口一等見組、影組、曉組為主的字，廣州話陽聲韻讀 ɐm，入聲韻讀 ɐp，鎮區話前者讀 om，後者讀 op，這一類字並不多。這個特點分布於小欖鎮區、小欖寶豐村、三角沙欄結民村、民眾浪網村、阜沙大有圍、南頭南城村、東鳳東罟埗二片、東升鎮東升村、黃圃二村三社坊港口石特下村。今以小欖鎮區為例。

	柑_{咸開一見}	甘_{咸開一見}	盒_{咸開一匣}	鴿_{咸開一見}
廣州	kɐm^{55}	kɐm^{55}	hɐp^2	kɐp^3
鎮區	kom^{55}	kom^{55}	hop^2	kop^3

6　古效攝開口二等字，口語部分字讀音為 ɛu；古山攝開口二、四等，合口二等為主的白讀字讀作 ɛn　ɛt；古咸攝開口一、二等讀作 ɛm　ɛp。這個特點，主要分布於小欖鎮區、小欖寶豐村、橫欄四沙、三角沙欄結民村、民眾浪網村、阜沙大有圍、南頭南城村、東鳳東罟村二片、板芙金鐘村、沙朗廣豐圍、東升鎮東升村。板芙金鐘村、黃圃二村三社坊、港口石特下村也有這種特點，但這個特點不完整。今以小欖鎮區為例。

	爆效開二	刨效開二	飽效開二	貓效開二
廣州	pau^{33}	p^hau^{21}	pau^{35}	mau^{55}
鎮區	$kɛu^{42}$	$p^hɛu^{42}$	$pɛu^{35}$	$mɛu^{55}$

	減咸開二	喊咸開一	餡咸開二	斬咸開二
廣州	kam^{35}	ham^{33}	ham^{35}	$tʃam^{35}$
鎮區	$kɛm^{35}$	$hɛm^{42}$	$hɛm^{35}$	$tʃɛm^{35}$

	夾咸開二	甲咸開二	插咸開二	掐咸開二
廣州	kap^3	kap^3	$tʃ^hap^3$	hap^3
鎮區	$kɛp^3$	$kɛp^3$	$tʃ^hɛp^3$	$hɛp^3$

	間山開二	繭山開四	邊山開四	還山合二
廣州	kan^{55}	kan^{35}	pin^{55}	wan^{21}
鎮區	$kɛn^{55}$	$kɛn^{35}$	$pɛn^{55}$	$wɛn^{42}$

	八山開二	滑山合二	挖山合二	刮山合二
廣州	pat^3	wat^2	wat^3	$kwat^3$
鎮區	$pɛt^3$	$wɛt^2$	$wɛt^3$	$kwɛt^3$

7　古云、以母字讀作 清喉擦音 h，與曉、匣母開口合流。這個特點見於三角沙欄結民村、民眾浪網、沙朗廣豐圍、東升鎮東升村、港口石特下村、板芙金鐘村，今以三角沙欄為例。

	以（以母）	異（以母）	遠（云母）	藥（以母）
廣州	ji¹³	ji²²	jyn¹³	jœk²
沙欄	hi¹³	hi²¹	hyn¹³	hœk²

8　古止攝開口三等韻與精、莊兩組聲母相拼時，這些字在廣州話韻母是讀i，鎮區沙田話讀作 y。這個特點跟順德一致的。這個特點，分布於小欖鎮區、橫橫四沙村、三角沙欄結民村、民眾浪網村、阜沙大有圍、南頭南城村、東鳳東罟埗二片、沙朗廣豐圍、東升鎮東升村、黃圃二村三社坊、港口石特下村。今以小欖鎮區為例。

	私（精組）	次（精組）	獅（莊組）	事（莊組）
廣州	ʃi⁵⁵	tʃʰi³³	ʃi⁵⁵	ʃi²²
鎮區	ʃy⁵⁵	tʃʰy⁴²	ʃy⁵⁵	ʃy²¹

9　部分古止攝開口三等字在廣州話韻母讀 ei，沙田話跟南海、順德話一樣讀作 i，但沙田話只限於與 k　kʰ　h 相拼成則讀 i，與其他聲母相拼時，依舊讀 ei。這個特點，分布於橫欄鎮四沙村、三角鎮沙欄村、民眾浪網、東鳳東罟埗二片、阜沙大有圍、南頭南城村、板芙金鐘村、港口石特下村。今以橫欄四沙為例。

	己 止開三見	旗 止開三群	技 止開三群	氣 止開三溪
廣州	kei³⁵	kʰei²¹	kei²²	hei³³
四沙	ki³⁵	kʰi⁴²	ki²¹	hi³²

三　聲調方面

　　粵海片廣州粵語的共有九聲，橫欄、民眾、南頭、東鳳、板芙、坦洲、沙朗、東升、黃圃、港口沙田話聲調數目也九個，個別的鎮則是八個調，九個調方是主流。

第四節　沙田話內部的差異

一　聲母方面

　　1　小欖鎮區沙田人把 t^h 讀成 h，這個特點，寶豐村是沒有出現的，也不見於別的沙田話。

	同	甜	天	田
廣州話	$t^hoŋ^{21}$	t^him^{21}	t^hin^{55}	t^hin^{21}
鎮區	$hoŋ^{42}$	him^{42}	hin^{55}	hin^{42}

　　2　四沙話部分匣母、云母合口讀為 f，這一特點可以見於番禺市橋和順德大良，也只見橫欄四沙獨有的特點，也是沙田話內部裡的差異。

	黃宕合一匣	簧宕合一匣	蝗宕合一匣	鑊宕合一匣
廣州	$woŋ^{21}$	$woŋ^{21}$	$woŋ^{21}$	wok^2
四沙	$fœŋ^{42}$	$fœŋ^{42}$	$fœŋ^{42}$	$fœk^2$

　　3　曉母廣州話今讀作 j，四沙話讀作 清喉擦音 h。這個特點只見於橫欄四沙村。

	賢（曉母）	丸（曉母）	贏（影母）	亦（影母）
廣州	jin²¹	jyn³⁵	jɛŋ²¹	jek²
四沙	hin⁴²	hyn⁵⁵	hɛŋ⁴²	hek²

　　4　部分古全濁聲母船、射讀為 tʃʰ，與廣府話讀 ʃ 不同。這特點見於橫欄四沙村和港口石特下村。今以橫欄四沙為例。

	船（船）	射（船）
廣州	ʃyn²¹	ʃɛ²²
四沙	ʃyn⁴²；tʃʰyn⁴²（主）	tʃʰɛ²¹

　　5　部分曉、溪母合口字讀作 雙唇舌根半母音 w-，這個特點與順德陳村相同。這個特點見於三角沙欄結民村和民眾浪網。今以民眾浪網為例。

	花（曉母）	化（曉母）	火（曉母）	快（溪母）
廣州	fa⁵⁵	fa³³	fɔ³⁵	fai³³
浪網	wa⁵⁵	wa³²	wɔ³⁵	wai³²

　　古喻母在廣州話裡讀半母音濁擦音 j，坦洲十四村裡，古喻母字聲母有唸為 ŋ，這個跟佛山唸作h 有點不同。

	野（以）	夜（以）	爺（以）
廣州	jɛ¹³	jɛ²²	jɛ²¹
十四村	ŋɛ¹³	ŋɛ²²	ŋɛ⁴²

二　韻母方面

　　1　古遇攝合口一等字在廣州話是讀作 ou，寶豐村於幫組、端組、泥組字裡讀作 ɐu。這個特點只見於小欖鎮鎮區和小欖寶豐村。

今以寶豐村為例。

	部遇合一並	鋪遇合一滂	慕遇合一明	吐遇合一透	盧遇合一來
廣州	pou^{22}	pou^{35}	mou^{22}	t^{h}ou^{33}	lou^{21}
寶豐村	pɐu^{21}	pɐu^{35}	mɐu^{21}	t^{h}ɐu^{42}	lɐu^{42}

2　少部分 un　ut 與 p p^h m相拼時，可讀成 ɔn　ɔt。這是順德大良話的特點。這個特點也見於沙朗廣豐圍。今以橫欄四沙村為例。

	滿	搬	拚	撥
廣州	mun^{13}	pun^{55}	p^{h}un^{35}	p^{h}ut^3
四沙	mɔn^{13}	pɔn^{55}	p^{h}ɔn^{35}	p^{h}ɔt^3

3　un ut 與幫組相拼，便唸成in　it。

	搬	半	潘	盤	盆	叛	門	末
廣州	pun^{55}	pun^{33}	p^{h}un^{55}	p^{h}un^{21}	p^{h}un^{21}	pun^{22}	mun^{21}	mut^2
沙朗	pin^{55}	pin^{42}	p^{h}in^{55}	p^{h}in^{42}	p^{h}in^{42}	pin^{31}	min^{42}	mit^2

　　梁社娣表示這種口音也見於港口鎮民主村和民眾浪網和三角近浪網那一帶，但筆者卻未發現在這三個鎮裡有這種特點。

4　沒有舌面前圓唇閉母音 y 系韻母。

　　廣州話有舌面前圓唇閉母音 y 系韻母字，金鐘話一律讀作 i。這個特點也見於坦洲十四村，這是典型水上話的特點。今以板芙金鐘為例。

	舒遇合三	段山合一	孫臻合一	脫山合一
廣州	ʃy^{55}	tyn^{22}	ʃyn^{55}	t^{h}yt^3
金鐘	ʃi^{55}	tin^{22}	ʃin^{55}	t^{h}it^3

三　聲調方面

　　橫欄、民眾、南頭、東鳳、板芙、坦洲、沙朗、東升、黃圃、港口沙田話聲調數目是九個，但是三角、阜沙、小欖（鎮區和寶豐村）只有八個聲調，去聲不分陰陽，古去聲清聲母派入陽平。這是沙田區沙田話內部的差異。九個聲調便以橫欄四沙村為例；八個聲調的，今以小欖鎮區為例。

　　橫欄四沙方面：

調類		調值	例字
陰平		55(53)	衫巾蚊蕉（剛丁初三）
陰上		35	古紙口手
陰去		32	蓋正襯試
陽平		42	人麻陳平
陽上		13	五野倍舅
陽去		21	岸弄陣自
上	陰	5	急一即曲
下	入	3	答說鐵割
	陽入	2	局白合服

　　小欖鎮區方面：

調類	調值	例字
陰平	55	丁開初三
陰上	35	古走短楚
陽平	42	陳床時唱
陽上	13	五有柱蟹
去	21	戶用共自

調類		調值	例字
上	陰	5	急出七曲
下	入	3	答百各刷
陽入		2	麥落宅俗

第五節　沙田話的順德腔

一　聲母方面

　　1　古遇攝合口一等字，在廣州話聲母一般讀作 雙唇舌根半母音 w-，但沙田話部分匣母、云母與遇攝合口一三等字相拼，讀作 齒唇擦音 f-。中山沙田話有順德這個特點，今以四沙為例。

	胡遇合一匣	互遇合一匣	戶遇合一匣	芋遇合三云
廣州	wu^{21}	wu^{22}	wu^{22}	wu^{22}
四沙	fu^{42}	fu^{21}	fu^{21}	fu^{21}

　　2　沙田話部分匣母合口讀為 f，這是順德大良話特點之一，今以四沙話為例。

	黃宕合一匣	簧宕合一匣	蝗宕合一匣	鑊宕合一匣
廣州	$wɔŋ^{21}$	$wɔŋ^{21}$	$wɔŋ^{21}$	$wɔk^2$
四沙	$fœŋ^{42}$	$fœŋ^{42}$	$fœŋ^{42}$	$fœk^2$

　　3　部分曉、溪母合口字讀作 雙唇舌根半母音 w-，這個特點與順德陳村相同，今以沙欄為例。

	花（曉母）	化（曉母）	快（溪母）
廣州	fa^{55}	fa^{33}	fai^{33}
沙欄	wa^{55}	wa^{42}	wai^{42}

二　韻母方面

1　古效攝開口一等字的韻母在廣州話是讀作 ou，沙田話便唸作 ɔ，中山沙田話有順德這個特點，今以小欖鎮區為例。

	遭_{效開一精}	保_{效開一幫}	刀_{效開一端}	好_{效開一曉}
廣州	tʃou⁵⁵	pou³⁵	tou⁵⁵	hou³⁵
鎮區	tʃɔ⁵⁵	pɔ³⁵	tɔ⁵⁵	hɔ³⁵

2　古止攝開口三等字在廣州話韻母讀 ei，沙田話跟順德話一樣讀作 i，但只限於與 k　kʰ　h 相拼成則讀作 i，與其他聲母相拼時，依舊讀 ei，今以小欖鎮區為例。

	肌_{止開三見}	企_{止開三溪}	喜_{止開三曉}	希_{止開三溪}
廣州	kei⁵⁵	kʰei³⁵	hei³⁵	hei⁵⁵
鎮區	ki⁵⁵	kʰi³⁵	hi³⁵	hi⁵⁵

3　古止攝開口三等韻與精、莊兩組聲母相拼時，這些字在廣州話韻母是讀 i，沙田話讀作 y，沙田話有順德話這個特點，今次小欖鎮區為例。

	私（精組）	次（精組）	獅（莊組）	事（莊組）
廣州	ʃi⁵⁵	tʃʰi³³	ʃi⁵⁵	ʃi²²
鎮區	ʃy⁵⁵	tʃʰy⁴²	ʃy⁵⁵	ʃy²¹

4　咸攝開口一等見組、影組、曉組為主的字，廣州話陽聲韻讀 ɐm，入聲韻讀 ɐp，沙田話把前者讀 om，後者讀 op，這一類字並不多，沙田話是有順德話這個特點，今以小欖鎮區為例。

	柑咸開一見	甘咸開一見	盒咸開一匣	鴿咸開一見
廣州	$kɐm^{55}$	$kɐm^{55}$	$hɐp^2$	$kɐp^3$
鎮區	kom^{55}	kom^{55}	hop^2	kop^3

　　5　古止攝開口三等韻與精、莊兩組聲母相拼時，沙田話大部分韻母讀作 y，這是順德話的特點之一，今以四沙為例。

	絲（精組）	諮（精組）	史（莊組）	士（莊組）
廣州	$ʃi^{55}$	$tʃi^{55}$	$ʃi^{35}$	$ʃi^{22}$
四沙	$ʃy^{55}$	$tʃy^{55}$	$ʃy^{35}$	$ʃy^{21}$

　　6　沙田話有少部分 un ut 與 p pʰ m 相拼時，可讀成 ɔn ɔt，這是順德大良話的特點之一，今以四沙為例。

	滿	搬	拚	撥
廣州	mun^{13}	pun^{55}	$pʰun^{35}$	$pʰut^3$
四沙	$mɔn^{13}$	$pɔn^{55}$	$pʰɔn^{35}$	$pʰɔt^3$

三　聲調方面

1　所有沙田話陽平字唸作42，跟順德話一致。

2　所有沙田話陽去22唸作21，跟順德話一致。

3　部分沙田話古陰去歸入古陽平，如小欖鎮區和寶豐村、民眾浪網、南頭南城村、三角沙欄、東升鎮東升村、黃圃二村三社坊、港口石特下村，這個特點與順德大良一致。

第四章
沙田族群主要民俗特點

第一節　鹹水歌

　　鹹水歌是水上人家的歌謠，鹹水歌又稱白話魚歌、蜑（疍）歌。鹹水歌本是陸上人所沒有的，中山沙田地區農民民眾也唱鹹水歌，因為他們的祖先就是漁民，是來自順德漁村，是疍民的身分，鹹水歌是疍民的標籤。

　　鹹水歌可能有很長歷史，南宋末人鄧光薦（1232-1303）全家人因元人入侵，便轉到廣東香山居住，曾登上小山崗觀望，寫下〈浮虛山記〉。[1]浮虛就是在今天中山市的阜沙鎮，當時還未是沙田，他在山崗觀看，看見山下沿海有疍民的漁工正在打魚或在圍墾築沙田，他們一邊勞動一邊唱漁歌。鄧光薦看見，便在〈浮虛山記〉寫出漁工「來航去舶，櫂歌相聞」，他聽到那些漁歌可能就是鹹水歌。中山人劉居上〈鹹水歌溯源〉直接認為這漁歌是鹹水歌前身。[2]

　　沙田區民眾唱鹹水歌，不單在洞房花燭、生離死別、親友相聚時唱起鹹水歌，甚至歌唱婚姻，歌唱勞動，歌唱歷史故事和日常知識。[3]

1　曾棗莊（1937-）、劉琳主編：《全宋文》（上海市：上海辭書出版社；合肥市：安徽教育出版社，2006年），冊356，頁416。

2　劉居上（1941-）：〈鹹水歌溯源〉，《蜑民文化研究──蜑民文化學術研討會論文集》（香港：香港出版社，2012年），頁370。

3　梁靜文（1991-）：《試析中山鹹水歌的風格因素──以鹹水歌〈對花〉為例》（廣州市：廣州大學音樂舞蹈學院畢業論文，2014年），頁7。梁靜文是筆者沙朗社區沙田話受訪者之一。

　　那麼，鹹水歌可說所有的事物和情感都可以唱，唱情、唱景、唱人、唱物，連哄小孩睡覺都可以歌唱。無論有沒有文化，無論大人小孩，都可以成為歌手。[4] 漸漸地，疍民們便讓鹹水歌成為一種娛樂，一種生活中不可或缺的元素。

　　由於疍民日出而作，日歸而息，兩船相靠，互訴情誼，這種互訴情誼往往是用對歌的方式講述，故鹹水歌有一特點是多以對唱形式呈現。無論是問者還是應者，歌詞內容與旋律多多少少會有些出入，而這些語氣詞就是作填補的作用，也能給歌者留出相應的時間去想歌詞內容。漸漸的，這種語氣詞的存在越發重要。鹹水歌開頭必定是「妹呀好啊哩」，尾句一定有「好妹呀囉嗨」。其中還夾雜著拉腔、倚音、語氣詞。鹹水歌，曲式曲調悠揚，善於抒情。鹹水歌分長句和短句，開頭都會出現徵音，最後滑向於角音，結束句是至於徵音，滑向角音。歌詞方面會出現「妹呀好啊哩」、「好妹呀囉嗨」。基本特徵是多裝飾音、多以無伴奏形式呈現。[5]

　　鹹水歌中，在文字上細分有短句鹹水歌和長句鹹水歌；在形式上分，又有「對花」、「字眼」、「乜人」、「古人」等。短句鹹水歌以七言或八言，兩句為一首，多以獨唱或對唱形式出現。長句鹹水歌，一般

4　吳競龍：《水上情歌——中山鹹水歌》（廣州市：廣東圖書出版社，2008年），頁34。

5　梁靜文：《試析中山鹹水歌的風格因素——以鹹水歌〈對花〉為例》（廣州市：廣州大學音樂舞蹈學院畢業論文，2014年），頁5-11。
　　中國五聲調式是do1 rel2 mi3 sol5 la6，分別用宮商角徵羽代替，徵音為5，角音為3。語氣詞指鹹水歌裡的「呀、咧、嗨」，這些語氣詞在鹹水歌中出現的頻率非常高。梁靜文稱「呀、咧、嗨」為語氣詞，葉賜光：《香港西貢及其鄰近地區歌謠研究》（香港：香港中文大學音樂系哲學碩士畢業論文，1989年），頁85把鹹水歌這稱語氣詞稱作「襯字」。拉腔是鹹水歌學者所稱謂的拉音的意思。倚音指的是裝飾音，像35（3唱短點，5唱時間長些，就好像3倚靠著5的感覺）。曲式指歌曲的調式調性，例如它是二部曲式、三部曲式、民族曲式。因此，曲式就是簡單來說就是樂曲的基本結構形式。

四、六、七、八、九言多句（可容納更多的內容），結尾文字內容簡
短、概括、突出並押韻。高堂歌又有古腔高堂歌，高堂歌為七言四句
一首，一、二、四句押韻；古腔高堂歌一般句——六句一首，字數不
等，間隔和尾句押韻，也可全押韻，多數以一問一答及對唱形式出
現。[6]

鹹水歌主要分佈在小欖、坦洲、神灣、板芙、東升、古鎮、黃
圃、民眾、三角、橫欄、張家邊、沙朗等沙田區域[7]，當中以坦洲作
為珠三角地區鹹水歌的代表。[8]

中山鹹水歌按唱法分類，可分為四類：鹹水歌，高堂歌，姑妹
歌，大罾歌（罾指的是捕魚工具）。

一、鹹水歌方面，分長句和短句，開頭都會出現徵音，最後滑向
於角音，結束句是至於徵音，滑向角音。歌詞方面會出現「妹又好啊
哩」，「好你妹啊囉」。基本特徵是多裝飾音。

二、高堂歌的曲式方面，疍民上岸之後才漸漸流行的鹹水歌。疍
民上岸之後，生活上得到了許多的平等，以至於高堂歌的歌詞比鹹水
歌的歌詞少了幾分哀怨。高堂歌的歌詞同樣是自由的。高堂歌開頭是

6　馮林潤（1935-2015年12月30日）：《沙田民俗》（廣州市：廣東旅遊出版社，2008
　　年），頁221。

7　南朗鎮橫門吳桂友稱石岐原來也有一支漁隊，這些人也唱鹹水歌的，也參與大大小
　　小的鹹水歌比賽。。

8　楚秀紅：〈中山疍民與鹹水歌〉，《疍民文化研究——疍民文化學術研討會論文集》
　　（香港：香港出版社，2012年），頁365。
　　楚老師沒有交代小欖有鹹水歌，我在這裡補加上去。我們在小欖調查時，梁華海老
　　師（1943年）強調小欖以前也是有鹹水歌，唱法也是跟坦洲一致的。梁老師又稱小
　　欖人唱鹹水歌是指小欖鎮內農村部分，包括寶豐、吉安、九洲基、福興、沙口、織
　　東一、織東二一帶農村。城區(即舊小欖鎮)無人唱鹹水歌的，是城鄉之別。楚老師
　　寫鹹水歌的分布，也沒有交代沙朗，這裡我也補了上去。沙朗沙田話合作人是梁社
　　娣（1954年-）和梁靜文，都是沙朗廣豐圍，會唱鹹水歌的。梁靜文稱其家族是從順
　　德大良遷到沙朗，到她是第九代，梁社娣是她的姑媽。

徵音，結束也是徵音，由四個樂句組成，第一樂句的結束音會由商音
滑向徵音，第三樂句則停留在徵音，在徵音前會有裝飾音；二四樂句
的結束音是低八度的徵音。樂句間對得非常規整，高堂歌較鹹水歌少
裝飾音，語氣詞也相對少一些。

三、姑妹歌曲式方面，純五聲音階徵詞式，上句結束在羽音，下
句結束在徵音。姑妹歌與鹹水歌一樣，都是以對唱的形式進行，歌曲
曲調平緩。姑妹歌基本特徵，每年農曆八月十五中秋節，在田頭田
尾，蔗林菜地，碼頭岸邊，捕魚之即，隨口而唱，由於每句句尾的歌
詞都有「姑妹」二字，故名姑妹歌。

四、大罾歌曲式方面，與鹹水歌旋律有相似之處，同以對唱的形
式呈現，由兩樂句組成，上句結束在宮滑向角音，下句結束在徵滑向
角音。歌詞同為抒情哀怨。大罾歌基本特徵，大罾歌是勞動人民張繒
網魚所唱的歌曲。大罾歌的節奏相對于鹹水歌的節奏要慢，故大罾歌
比鹹水歌多了幾分哀怨，悲涼之感。[9]

現在的中山鹹水歌相對其他珠三角地方來說，保留得較好，可
惜，流行外來文化的大量湧入，而年輕一代不少已不操沙田舡語，也
與其文化意識的改變，價值取向的改變有關，導致鹹水歌的生態環境
也發生了很大的變化。當地也有些人不知鹹水歌為何物，楚秀紅認為
中山的鹹水歌已進入瀕危狀況[10]，梁靜文也有這種看法，她認為中山
鹹水歌的受眾情況的調查來看，鹹水歌在受眾方面較受年長一輩喜
歡，年輕的一輩比較喜歡流行的、西方的音樂，故鹹水歌的受眾情況

---

9 梁靜文：《試析中山鹹水歌的風格因素——以鹹水歌〈對花〉為例》（廣州市：廣州
 大學音樂舞蹈學院畢業論文，2014年），頁11-12之中山鹹水歌的總體特徵。
10 楚秀紅：〈中山疍民與鹹水歌〉，《疍民文化研究——疍民文化學術研討會論文集》
 （香港：香港出版社，2012年），頁366。

是老齡化，受眾面小。[11]

　　針對這種情況，中山市政府也公布了相應的措施，就是在中山的中小學推動鹹水歌，派一些鹹水歌歌手到校內教授鹹水歌，如東升鎮聘請馮林潤作該校的鄉土文化工作顧問，派他在東升勝龍小學當民歌校外輔導員，該校把鹹水歌列為必修課，還有課本。日常馮林潤便是教導該校學生唱鹹水歌，目的是讓鹹水歌可以延續下去。[12]至於橫欄鎮方面，二〇一一年四月二十八日，國家級非物質文化遺產名錄——中山鹹水歌傳承基地掛牌儀式在橫欄鎮中心小學舉行，橫欄中心小學將鹹水歌作為學校藝術特色進行發展，組建了學生歌隊，聘請了沙田民俗專家馮林潤及幾位鹹水歌手擔任他們的指導老師，對他們進行培訓。[13]因此，鹹水歌文化在中山的中小學也開始普及了。鹹水歌不再是年老一輩喜愛的文化、音樂，亦能受到中小學生的青睞，使鹹水歌受眾能往年輕一輩發展。此外，中山市政府推出許多的活動推廣鹹水歌文化，如組織民間歌手登臺表演，請研究鹹水歌的專家講學，沙朗鎮也設立修身學堂並開設鹹水歌課程，舉行鹹水歌創作、歌唱比賽。使得鹹水歌愛好者，歌手能常常聚集起來交流鹹水歌文化。[14]

　　以下是〈對花〉的作品。〈對花〉屬中山鹹水歌中子分類的鹹水歌，此曲較為規整和經典。〈對花〉中，演唱者把〈對花〉的主幹音都表現出來，但節奏變化不多，多以雙八分音符節奏呈現，給人以平實之感。靈活、圓潤之感沒有反應出來，韻味欠獨特。〈對花〉曲式、曲調是由兩樂句組成，上句由宮音滑向角音，下句由徵音滑向角音，

---

11 梁靜文：《試析中山鹹水歌的風格因素——以鹹水歌〈對花〉為例》（廣州市：廣州大學音樂舞蹈學院畢業論文，2014年），頁9。

12 馮林潤跟筆者說的。

13 趙龍明等編：《橫欄印記》（廣州市：羊城晚報出版社，2016年），頁88。

14 梁靜文：《試析中山鹹水歌的風格因素——以鹹水歌〈對花〉為例》（廣州市：廣州大學音樂舞蹈學院畢業論文，2014年），頁9。

屬徵調式加變宮。上句為問句，以「妹又好啊咧」為開頭，下句是答句，以「好你妹啊囉嗨」一句結束，開頭的語氣詞「呀咧」，由商音滑向徵音，音高向上走，有提問之感。結束是語氣詞「呀囉嗨」，由徵音滑向角音，且會拖延角音，使歌曲有感歎之意，結束之感。[15]

對 花 [16]

（鹹水歌）

1=G　　2/4 3/4

吳容妹

吳連友　演唱

黃德堯　記譜

$$\dot{5} \quad \underline{1\ 3} \quad \underline{\overset{3}{2}\ 3} \mid \underline{2\ 1} \quad 2 \mid \underline{2\ 3} \quad \underline{2\ \dot{6}} \mid \underline{\dot{5}\ 2} \quad \underline{\dot{5}\ 3} \quad \underline{2\ \overset{3}{3}} \parallel$$

妹　好呀　咧　　乜嘢　花　開呀咧　　蝴蝶　樣呀咧

$$\overset{3}{2} \quad \underline{\dot{5}\ \dot{5}} \mid 1 \quad - \mid \underline{6 \quad 0} \mid \dot{5} \quad \underline{1\ 3} \quad \underline{\overset{3}{2}\ 3} \mid 2$$

好　妹呀　囉　嗨　　妹　好呀咧　花

15　梁靜文：《試析中山鹹水歌的風格因素——以鹹水歌〈對花〉為例》（廣州市：廣州大學音樂舞蹈學院畢業論文，2014年），頁13。

16　中山市非物質文化遺產保護中心編：《中山原生態民歌民謠精選集》（廣州市：廣州音像教材出版社，2011年），頁4。

開呀　咧　結子尺　多　咧　長呀囉

嗨　妹　好呀　咧　豆角　花　開呀　咧

蝴蝶樣呀　咧　好妹呀　囉　嗨　妹好呀

咧　花開呀咧　結子　尺二　三呀　咧

長　呀囉　嗨

妹好呀　咧　乜嘢花　開呀咧　四隻耳呀咧

好　妹呀囉　嗨　　妹　好呀　咧　花

開呀　咧　結子滿肚孩呀咧　　兒呀囉

嗨　　妹　好呀　咧　　石榴花　開呀　咧

四隻耳呀咧　　好　妹呀囉　　嗨　　妹　好

咧　　花　開呀　咧　　結子　滿肚孩呀　咧

兒呀囉　　　嗨

妹　好呀　咧　　乜嘢花　開呀咧　浮水面呀咧

$$2 \quad \underset{\cdot}{5} \, \underset{\cdot}{5} \, | \, 1 \, - \, | \, \underset{\cdot}{6} \searrow 0 \, | \, \underset{\cdot}{5} \quad \underline{1 \ 3} \quad \overset{3}{\underline{2 \ 3}} \, | \, 2$$

好　　妹 呀 囉　嗨　　妹　好 呀 咧　花

$$\underline{2 \ 3 \ 5} \quad \underline{\widehat{\underset{\cdot}{2} \ 6}} \, | \, \underset{\cdot}{5} \quad 2 \, | \, \underline{\widehat{1 \ 3}} \quad \underline{2 \ 1} \quad \underline{\widehat{7 \ 6}} \, | \, \underline{\underset{\cdot}{5} \ 3} \quad \underset{\cdot}{5} \quad - \, |$$

開 呀　咧　結 子 兩　鉤 呀 咧　鐮 呀 囉

$$\underset{\cdot}{3} \searrow 0 \, | \, \underset{\cdot}{5} \quad \underline{1 \ 3} \quad \overset{3}{\underline{2 \ 3}} \, | \, \underline{2 \ 1} \quad 2 \, | \, \underline{2 \ 3 \ 5} \quad \underline{\widehat{\underset{\cdot}{2} \ 6}} |$$

嗨　　妹　好 呀 咧　菱角 花　開 呀　咧

$$\underline{\underset{\cdot}{5} \ 2} \quad \underline{\underset{\cdot}{5} \ 3} \quad \underline{\widehat{2 \ 3}} \, | \, 2 \quad \underline{\underset{\cdot}{5} \ 5} \, | \, 1 \, - \, | \, \underset{\cdot}{6} \searrow 0 \, | \, \underset{\cdot}{5} \quad \underline{1 \ 3}$$

浮水　面 呀 咧　好 妹 呀　囉　嗨　妹　好 呀

$$\overset{3}{\underline{2 \ 3}} \, | \, 2 \quad \underline{2 \ 3} \quad \underline{\widehat{\underset{\cdot}{2} \ 6}} \, | \, \underset{\cdot}{5} \quad 2 \, | \, \underline{\widehat{1 \ 3}} \quad \underline{2 \ 1} \quad \underline{\widehat{7 \ 6}} |$$

咧　花 開 呀 咧　結 子 兩　鉤 呀　咧

$$\underline{\underset{\cdot}{5} \ 3} \quad \underset{\cdot}{5} \quad - \, | \, \underset{\cdot}{3} \searrow 0 \, \| \,$$

鐮 呀 囉　嗨

第二節 婚嫁

沙田區的婚嫁，過去跟現在有很大區別。在過去，沙田區民眾的婚嫁不是自由談戀愛，還是父母之命，媒妁之言，講究名媒正娶。

開始時，是通過媒人的介紹，雙方父母滿意便進行開年生，就是對一對雙方的八字。[17] 經開年生認為可行後，當婚男女在媒婆或熟人牽線引導下，互相見面認識，謂之相睇。期間同時也讓雙方父母認識，如雙方身體相貌無大缺陷，各自基本滿意，婚事則基本確定。在合婚的三天內，要觀察雙方兒女在家裡沒有打破碗碟之類的東西，沒有便可以成婚，這段日子稱為「歐角」。[18] 經過歐角後，女方家長會開出一張禮單，然後送到男家，經研究後，男方便會在某方面減少一點送回女方。女方沒有意見便作定案。這過程，沙田人稱作「拿茶葉」。[19]

「拿茶葉」後，雙方便選一個良辰吉日進行訂婚，當地人則稱作壓蔞腳[20]，男方要送來一對檳榔果（最好要帶上葉片，意為成雙成

---

17 雙方父母長輩同意後即開具當婚者及其父母、祖父母的出生年月日時辰八字，稱之為開年生。由算命先生運用五行對合，若五行相合，互相匹配，則婚事可行；若五行相克，則取趨吉避凶的方法解決或否定婚姻不可行。

18 馮國強：《珠三角水上族群的語言承傳和文化變遷》（臺北市：萬卷樓圖書公司，2015年），頁296也談及過歐角。小欖、港口、坦洲、三角沒有這種稱呼；民眾還有歐角稱呼。

19 拿茶葉見於東升、小欖、橫欄、板芙、三角、民眾、沙朗等鎮；港口沒有這種稱呼。
吳水田（1972-）：《話說蜑民文化》（廣州市：廣東經濟出版社，2013年），頁142指出珠海市斗門縣的水上婚禮共有十三項儀式，包括了拿茶葉、渡水飯。
陳忠烈：〈從婚俗看蜑民俗的演變──以珠海門門水上人婚嫁為中心的考察〉，《蜑民文化研究（二）──第二屆蜑民文化研討會論文集》（香港：香港出版社，2014年），頁264-267也論及斗門水上人有拿茶葉、渡水飯的俗例。從拿茶葉這習俗便表示了中山沙田區的農榆是源自水上人。

20 壓蔞腳寫法不一，馮林潤：《沙田民俗》（廣州市：廣東旅遊出版社，2008年），頁7

對，開枝散葉），有糖果、金橘、茶葉等，女方收到這些禮物，意味著從那天起就訂下終身婚盟。從此以後，雙方都一心一意共同遵守，不再與別家談婚論嫁。女方叫這是「已經食（受）人茶禮」了。

壓婁腳後便進行擇日成親。一般選在秋冬或初春閒時季節[21]，男家請算命先生選擇出二、三個男女家雙方主要成員均無相沖相煞的日子，與女家商定其中一日作為迎娶新娘過門的正日。男家選擇吉日後，會把禮物、預付聘金和成婚「日章」[22]送交女家。跟著是過大禮，在送日後迎娶前，男家將聘金餘額總數、禮餅、海味、豬肉、肥鵝等禮物饋送到女家。

過大禮後，女方在出閣前一兩晚會進行撈蝦仔（沙田人過去不說哭嫁）[23]，也叫嘆情，主要是由平時要好的姊妹們上新娘子家聚在一起哭，用黑色的頭布蓋在出嫁者頭上，便開始哭嫁。先由出嫁大姐以沙田民歌鹹水歌、高堂歌，歌頌父母養育恩情，感謝兄弟姐妹和姑嫂關懷親情。

以下是一首嘆歌之一是送嫁歌：

第一送姐別爹娘，爹娘養女有廿年長。

好多心血都唔在講，叫姐今後永不忘。

第二送姐別雙親，父母恩情海樣深。

父母恩情姐記緊，由細養大妳成人。

第三送姐別嫂又離哥，廿年同食又離疏。

寫作壓縷腳，梁華海、何耀雄（1981-）編：《小欖民俗風情》（中山市：中山建斌中等職業技術學校印，2015年），頁21寫作壓婁腳。

壓婁腳還流行於東升、小欖、三角、沙朗，卻不見於板芙、港口、民眾、坦洲等鎮。

壓婁腳參看馮林潤：《沙田民俗》（廣州市：廣東旅遊出版社，2008年），頁7-8。

21 小欖吉安村四至七月不進行婚禮，其他月分可以迎親。

22 中山沙田區人把寫上迎親當日到女家的時間安排及宜忌事項的紅箋稱作「日章」。

23 撈蝦仔參看馮林潤：《沙田民俗》（廣州市：廣東旅遊出版社，2008年），頁7-8。

叫姐心裏莫難過，做人亞嫂會擔當。

第四送姐別親朋，親朋大細送姐行。

叫姐今後多學習，建設扶助好家庭。[24]

嘆的時候，大家你唱一首，我唱一句的對答起來，一個晚上就這樣地過了。有些還要哭起上來，表示難捨棄父母、兄嫂及姐妹，這叫做哭嫁。所以對嘆又稱哭嫁歌。[25]

男的方面，也會舉行唱鹹水歌。以小欖吉安村為例，迎親日前一天稱作送日，男家會開上三張八仙桌，放上一張椅，新郎坐著向長輩，帶上氈帽，身上帶著紅色的十字型帶子，會友拿上全盒，內有糖、蓮藕等，分坐著兩旁，向新郎拜三拜，一邊拜一邊唱鹹水歌，唱時是帶著傷感，這種歌式與坦洲的鹹水歌有點區別。這幾個會友由晚上唱到十一時，大家輪流唱鹹水歌。[26]

沙田區民眾為求出生的孩兒健康成長，事事順利，都會把孩兒契上一個神，如契觀音、契樹神、契佛祖等，到他們長大要成親前，必定要進行脫契儀式。[27]脫契又叫脫殼，男家是請道士來為新郎作福脫殼，女家會請神婆來為新娘來作福脫殼，[28]脫殼時會在艇頭或茅寮燒金銀衣紙等。[29]脫殼是在結婚前一天進行，儀式過後兩位新人不可穿

---

24 送嫁歌歌詞內容是中山市南朗鹹水歌導師吳桂友提供。

25 嘆，三角稱作喊四句，坦洲稱作嘆家姐，港口稱喊家姐，民眾稱喊嫁，橫欄稱哭嫁或喊家姐，小欖稱唱歌外，有些小欖村落稱哭嫁歌或嘆情。
　蘇照恩（1948-）主編：《黃圃歷史文化》（珠海市：珠海出版社，2010年），頁160稱哭嫁歌叫「落床」，哭嫁歌是輪流唱著鹹水歌、高棠歌等民間曲調傾訴父母養育之恩。

26 小欖座談會有梁鑽娣（1949年）、游竹妹（1948年）、李廣容（1942年）、朱坤添（1972年）、梁華海（1943年）、梁添佳（1972年）。

27 脫契，小欖稱拜契，東升、民眾、三角、阜沙稱脫殼，坦洲稱脫契或脫殼也可以。沙朗稱脫殼外，也稱除婆（有女子契神的話，就在脫殼的環節請一個拜神婆辦事，故脫殼也稱除婆）。

28 坦洲把道士稱作喃嘸佬，坦洲甚至請拜神婆來脫殼。

29 中山橫欄四沙人馮林潤稱他年幼時，中山沙田區還有許多人還住在艇上生活。

舊衣，一定要穿新衣裳。男家
結婚正日前一天則需要進行採
花枝、掛字、點紅燭等儀式。
採花枝是選擇枝葉繁茂二、三
尺高的荔枝樹枝進行砍下，枝
葉中掛上利是，插在裝滿白
米、面封大紅紙於小籮筐或木
桶上，放在喜棚內右側的桌子

上。女家也有採花枝的。[30]這個晚上，男家還會為新人改大名，然後
會掛上新字。[31]

　　跟著是新娘上頭了，就是把辮子改梳成髮髻，並帶上頭飾，男的
也要上頭。結婚前夕必須由好命婆進行「開面」，這便是當時的美
容。這一晚，板芙人要拜錢盒，就是婚慶一個環節。[32]

　　在過去沙田區人的婚嫁是在凌晨寅時進行，寅時就是三時到五
時。寅與人同音，這個時候迎親寓意人丁興旺。如澳門、陽江的東
平、閘坡、沙扒等地方還是非常流行和承傳著，中山沙田區也曾如
此。[33] 這婚俗是迎親當晚，男家親友乘「新抱船」（一般用上五槓艇

---

30 小欖、橫欄、三角、板芙、民眾、坦洲、沙朗、阜沙有採花枝。

31 參看馮國強：《珠三角水上族群的語言承傳和文化變遷》（臺北市：萬卷樓圖書公
　　司，2015年），頁297。
　　改大名，民眾稱改大名，港口稱寫大名，坦洲稱改大字，三角稱採大字。至於掛新
　　字，橫欄稱上大字或掛大字，港口稱上字或上字架，東升、三角稱上字架，坦洲稱
　　上大字架，民眾稱上字或上大字，小欖稱升字、掛新字、上字，黃圃稱上字。這照
　　片是筆者拍攝的。

32 板芙鎮地方誌編纂委員會編：《中山市板芙鎮誌》（未刊稿）文化篇。

33 關於凌晨迎親問題，以下各書便觸及到的：
　　劉居上：《香山婚俗》（廣州市：廣東人民出版社，2016），頁97便提及凌晨娶新娘。
　　參看馮國強：《珠三角水上族群的語言承傳和文化變遷》（臺北市：萬卷樓圖書公
　　司，2015年），頁298。

或七通艇，在艇上架起布帳，插著彩旗，掛起迎親紅燈籠）扒橈棹槳前往女家，接新娘子往男家守夜。

　　新娘離娘家時前，父親會在屋內放上一桌子，桌上放了一對紅燭，桌上也放上米、紅紙，然後父親來點燭，新娘便繞桌子走一個圈。[34]走一圈後，新娘子便要出門，出門一會兒，新娘子會進行「回腳步」[35]，一些地方則稱為翻面。[36]回腳步就是新娘子從陸上出門

徐贊源、胡國年（1941-）〈澳門漁民婚嫁禮俗〉，《蜑民文化研究──蜑民文化學術研討會論文集》（香港：香港出版社，2012年），頁287。

楊湛等編：《嶺南風情畫》（北京市：中國輕工業出版社，2007年），頁93稱陽江沙扒凌晨三時半預備接新娘。

陽江方面，參看文豪（1975-）：〈陽江地區蜑民的婚俗〉，《蜑民文化研究（二）──第二屆蜑民文化研討會論文集》（香港：香港出版社，2014年），頁299。

陽江的東平鎮、閘坡、沙扒方面的夜嫁進一步資料，是陽江職業技術學院文豪教授於二○一六年八月八日提供給筆者。文豪教授為了仔細了解，於八月一日開始在陽江為筆者調研了閘坡、沙扒、東平鎮凌晨迎親問題，在此要感謝她。

34 這是小欖婚俗的一環。

35 馮國強：《珠三角水上族群的語言承傳和文化變遷》（臺北市：萬卷樓圖書公司，2015年），頁299。

　廣東省民族研究所編：《廣東蜑民社會調查》（廣州市：中山大學出版社，2001年），頁48。

　東升、中山、板芙、阜沙、橫欄、小欖、坦洲、三角、沙朗已消失回腳步，而港口、民眾保留著回腳步。

　港口鎮座談會上出席者有楊格崢（1946年、三蝦玖村）、梁愛媚（1981年、民主村）、杜瑞顏（1955年、白花村）、梁桂枝（1956年、白花村）、陳至球（1966年、白花村）、吳少紅（1976年、群樂村）、吳金全（1953年、群樂村）、吳榮金（1944年、群樂村）、葉坤仔（1932年、群樂村）。

　民眾座談會出席者有陳治球（1956年，群安）、馮明達（1943年，錦標）、馮梳勝（1934年，錦標）、黃洪友（1947年，錦標）、蘇友娣（1939年，錦標）、梁銀好（1939年，錦標）、何群好（1939年，錦標）、周賽鳳（1946年，群安）。

　坦沙群聯村座談會，出席者有吳錦堂（1943年）、鄭洪照（1946年）、杜兆金（1944年）、吳容好（1942年）、馮北妹（1947年）、胡侃佳（1950年）杜金妹（1949年）、王蓉（1949年）、關妹（1948年）。

36 馮國強：《珠三角水上族群的語言承傳和文化變遷》（臺北市：萬卷樓圖書公司，2015年），頁299。

（住艇的住茅寮的也要如此），離門不遠，便回腳返回娘家的水棚、茅寮或娘家艇，是為「回腳步」。回腳步不久，新娘子要離開娘家，這就是第二次離門，這次離家，再不能回頭看娘家一眼。這次離別，是由大妗姐[37]背著新娘子出門到埠頭。雖然沙田區不少鎮區已沒有了回腳步，但有朝神習俗，就是在家門口或家門不遠地方作朝神，朝神就是拜別祖先。[38] 朝神就是回腳步、翻面背後的精神。據小欖、東升鎮（太平、坦背等）、東鳳鎮等俗例，新娘離開時還要帶著一雙有頭有尾有葉有根的甘蔗，甘蔗高度基本一致，用紅頭繩包著頭尾，蔗身還要用上紅頭繩紮著有根的兩棵生菜和兩封紅包（利是），還要帶著兩個椰子，而甘蔗不能觸及地面。[39]沙朗方面，俗例卻是結婚當天新娘會把兩棵生菜、兩棵蔥、一封利是紮好起來，出門的時候把這一紮東西扔回家，然後就不會回頭，並由大妗姐背到船上。新娘子這時候是要穿著木屐的（後有膠拖鞋便改穿膠拖鞋），因大妗姐背著新娘子，腳與屐便要有紅頭繩紮著。[40]

男家禮艇來了，新娘子一方也已到了大埗頭[41]，新娘姊妹在大埗頭便唱起鹹水歌，也是送新娘，歌畢由大妗背著新娘出門下船。男方會友也要與女方對唱。[42] 到了男家，便在男家裡守夜，天亮前男家送

---

37 小欖吉安村稱妝嫁（讀作 tʃœŋ^{21} ka^{35}）娘，阜沙、三角、黃圃稱頌嫁姐。

38 小欖、三角、民眾有朝神。

39 這是小欖部分地方的俗例，小欖《小欖民俗風情》（中山市：中山建斌中等職業技術學校印，2015年）編纂者之一梁華海先生強調小欖部分村落是新娘歸寧時方擔甘蔗回娘家。梁華海先生跟筆者說，沙田各鎮是存著出嫁時擔蔗和歸寧時擔蔗兩種俗例。《黃圃歷史文化》編委會編：《黃圃歷史文化》（珠海市：珠海出版社，2010年）執行主編蘇照恩先稱婚嫁時擔蔗不擔蔗，在黃圃是視乎婚期是在甚麼時候，在沒有甘蔗季節便不存在要擔甘蔗。

40 此屐（或拖鞋）日後不能穿著回娘家。

41 坦洲、橫欄等稱埠頭，小欖吉安村稱埠前。

42 部分地方婚俗，這一刻不唱鹹水歌，如小欖吉安村。

《黃圃歷史文化》編委會編：《黃圃歷史文化》（珠海市：珠海出版社，2010年），

新娘子回女家。到早上,男家按著定好的吉時(早上到中午前)再以新抱船迎親。

現在沙田區人的迎親,不再是凌晨迎親和接新娘到男家守夜這種婚俗。一些演變成晚上迎親,一些演變成早上或下午迎親。小欖方面,迎親不再是劉居上《香山婚俗》所言在凌晨寅時進行[43],早已演變成新郎在戌時(夜上七到九時間)由同年兄弟及大衿姐陪伴到女家迎娶。要看男女兩家相隔遠近而定,近者可以晚一點扒迎親船到女家埠頭。新娘一般於亥時出門,子時前抵達男家,由送嫁姐妹陪送,遲至子時,則會遭人嘲笑為「隔夜新娘」。[44]若然是城區則不是用艇,是乘轎的。[45]再後期,小欖的迎親時辰也進一步演變成早上或中午進行,沙田區各鎮也是如此漸變。

新郎迎親時為了要成雙成對好意頭,便會用兩艘迎親船來迎接新娘,或者用一艘去,但人數方面就是單數人去,雙數人返,都是求取成雙成對之意。迎娶時會進行打轟轟[46],新娘到了男家門前,要穿著

頁161便提及那一刻,所有姑嫂則齊集岸邊,唱鹹水歌、高棠歌,向新娘祝福,還要男方會友與她們對歌。

43 劉居上:《香山婚俗》(廣州市:廣東人民出版社,2016),頁82所言在寅時,跟文豪教授在陽江市東平鎮、閘坡鎮、沙扒鎮一帶調查吻合。

44 劉居上:《香山婚俗》(廣州市:廣東人民出版社,2016),頁82。
  (http://www.jcjob.cn/information?id=110253)小欖傳統的婚禮舊俗,發佈時間:2015年05月26日。
  沙朗是下午一時到二時之間,主要是看八字定時辰。東升是中午時分迎接新娘,近女家的可以晚一點出發,但一定要在下午四時到達男家。
  梁華海、何耀雄編:《小欖民俗風情》(中山市:中山建斌中等職業技術學校印,2015年),頁19指出部分小欖地區是中午或下午進行迎親。關於這點,筆者認為這已是後期演變的事了。

45 小欖梁華海主席跟筆者說,有錢人家方用轎,城鎮、附城的人用轎,其他農村窮人只能用艇來迎接新娘。

46 廣東省民族研究所編:《廣東疍民社會調查》(廣州市:中山大學出版社,2001年),頁48指出上世紀五〇年代中山港口鄉(今稱鎮)婚嫁時就是有打轟轟。小欖鎮稱打鑼

木屐跨過點燃禾稈的火盆後，這時候，小欖新娘不能馬上進門，要先行讓那一雙甘蔗進門，新娘子隨後進屋或上艇。新娘跨過火盆 [47] 便可以進入男家。進門後，婚俗裡有一個特別環節，就是新娘子要坐在漆紅色的木製子孫桶[48]，坐子孫桶寓意開枝散葉、子孫昌盛、兒孫滿堂。然後拜堂，跟著是進行三天婚酒。新婚當天，女家在其酒席上會取出一碗米飯和兩個菜，然後派人馬上送到男家酒席上去，讓新娘子吃了這落家飯，吃剩下來的落家飯，便放到米缸裡去。[49]在酒席上，新人要到每一席上敬茶，叫做「斟過堂茶」。晚宴過後，新娘的姐妹及女性親人從女家帶來飯菜等食品讓新娘吃，這一習俗稱為「渡水飯」。[50]姐妹們到達男家門前時，姐妹們唱鹹水歌施禮，男方會友（戥穿石）、好友也以鹹水歌、高堂歌應答以示歡迎。聽罷答歌，姑娘們進入男家。先到新娘房間看望新娘，放下飯菜食品讓新娘吃。

　　「渡水飯」結束後，婚禮進入「玩新娘」、「散船盒」環節。跟著的第二、三天晚上繼續進行「玩新娘」。酒後便要歸寧（也稱三朝回

打鼓或打嘭鑼，坦洲鎮、港口鎮群樂村、三角鎮、東升鎮卻稱打嘭鑼，沙朗稱打轟。

47 寓意新娘跨過火盆進門後會旺夫益子。

48 子孫桶是新娘帶來的嫁妝物之一。

49 中山沙田區的婚俗承傳自順德水上人，但傳到中山後便稍作演變成結婚當天便吃落家飯。而葉春生（1939-）、凌遠清編著：《順德民俗》（北京市：人民出版社，2005年），頁79指出順德那邊是落家那天方吃落家飯，這落家飯是一席酒席，請當年參加過婚禮的親戚朋友來吃。若然不擺這酒席而悄悄落家，將被鄉鄰鄙視和非議。這落家飯稱作「雞米酒」。

50 東升、小欖、港口、民眾、坦洲、阜沙、橫欄、黃圃稱渡水飯，民眾鎮稱探房間。吳水田：《話說蜑民文化》（廣州市：廣東經濟出版社，2013年），頁142指出珠海市斗門縣的水上婚禮共有十三項儀式，包括了拿茶葉、渡水飯。陳忠烈：〈從婚俗看蜑民俗的演變——以珠海斗門水上人婚嫁為中心的考察〉，《蜑民文化研究（二）——第二屆蜑民文化研討會論文集》（香港：香港出版社，2014年），頁264-267也論及斗門水上人有拿茶葉、渡水飯的俗例。從渡水飯便看到沙田人的俗例也是承傳自水上人的婚俗，也是說沙田人是源自水上人，彼此源出自同一族群。

門、返滿月），大部分沙田區人（如沙朗、橫欄）在歸寧時，要帶上
一雙有頭有尾有葉有根的甘蔗，此外還帶一些糕點、糖果等食物（寓
意為雙雙對對、有根有蓉，有頭有尾，甜甜蜜蜜，開枝散葉）。關於
這點，小欖小欖農村水鄉的五圩、高沙、續麻沙、烏沙等地也是新娘
歸寧娘家時方擔甘蔗的。沙田各鎮都是新娘歸寧時擔上甘蔗回娘家
的。[51] 歸寧時，是要由男方的大嫂或大嬸帶引帶著新娘回娘家，新女
婿也要陪同前去。此外，新女婿還要帶一個豬肚給岳母，以示補償她
對女兒十月懷胎的養育之恩和悉心養育之情。[52]新娘歸寧後便不落家
了[53]，只有男方長輩生日或喜慶、喪事，經男家通知便能短暫返夫

---

51 馮林潤：〈婚嫁趣談〉，《沙田民俗》（廣州市：廣東旅遊出版社，2008年），頁3-12，
只談到新娘歸寧時要擔上甘蔗到男家，沒有說到像小欖新娘出家門時要擔上甘蔗。
看來馮林潤記錄的是沙田區普遍的婚俗俗例。梁華海、何耀雄編：《小欖民俗風情》
（中山市：中山建斌中等職業技術學校印，2015年），頁24直接指出小欖五圩、高
沙、續麻沙、烏沙等地是返滿月時由男方的大嫂或大嬸帶引，並帶上兩條有頭有尾
有葉的甘蔗及一些糕點、糖果等物，帶著新郎新娘一起回門。關於這點，筆者之一
何惠玲表示其同事是永寧人、母親、舅母是五圩人，歸寧時是沒有擔蔗俗例，可能
《小欖民俗風情》（中山市：中山建斌中等職業技術學校印，2015年）主編之一梁
華海所指是更早期之俗例，梁先生是生於一九四三年，何惠玲母親是生於一九五五
年，因此可能已出現婚俗俗例的變異。
《黃圃歷史文化》編委會編：《黃圃歷史文化》（珠海市：珠海出版社，2010年），
頁161指出三朝回門時，會留新女婿食晚飯，然後回贈一對有根有葉的甘蔗，這說
明黃圃的俗例又跟各鎮有點差異。
52 馮林潤：《沙田民俗》（廣州市：廣東旅遊出版社，2008年），頁12。
梁華海、何耀雄編：《小欖民俗風情》（中山市：中山建斌中等職業技術學校印，
2015年），頁24。
53 〔清〕祝淮主修、黃培芳（1778-1859）等輯：〈輿地下〉，《香山縣誌》（〔清〕道光
七年〔1827〕本衙藏版），卷2，頁17上：「黃圃、小欖、海洲諸鄉，略染順德餘
風，既嫁尚多不肯歸其夫家者。」
這裡說明中山沙田區的不落家婚俗很早已出現，也說明沙田區人是來自順德為主。
海洲是在古鎮裡的一條村，村人所說的話不是古鎮話，而是沙田話，其沙田話與小
欖話相近。所以海洲話在古鎮鎮裡是一個方言島，也解釋了海州村何以有不落家的
婚俗。關於落家，新娘結婚後不立刻住夫家，而是回到娘家，等夫家辦喜事時或過

家，事後馬上回娘家，起碼在娘家住上一年以上或有身孕才正式「落家」。

　　沙田區婚嫁的不落家，是承傳於番禺、順德的不落家，但是兩者已有區別。在番禺、順德，主要是女子希望死後有人供奉香火的歸宿，以免做一個無主孤魂，所以便假結婚起來，在歸寧時便不落家。此外，順德的不落家也是當時繰絲工業發達，女子可以當繰絲女工掙錢養活自己，在女子可以經濟獨立下，自決生活下便進行假婚姻，這是抗婚的一種表現，這是順德不落家的第一種現象。第二種不落家，就是歸寧時回娘家居住，直到有身孕方落家。[54]而中山沙田區的不落

節才會回夫家，喜事辦完後又回到娘家，如此反復，一直等到新娘子懷孕了，才正式在夫家住。男女越遲洞房，女子越遲落家，名聲越好，說明女子守貞潔。所以十年八年不落家的情況也是有的。如果女子還沒懷孕就落家了，是會被人說閒話的。

橫欄、東鳳、黃圃、南頭、東升、港口、阜沙、板芙、三角、小欖、坦洲、沙朗、民眾和古鎮鎮裡的海洲沙田人，在解放前，新婚婦人於婚禮後歸寧拜門之日起便不落家。

小欖方面，一般是三年方落家，或者有了身孕方落家。

黃圃方面，《黃圃歷史文化》（珠海市：珠海出版社，2010年）執行主編蘇照恩先生跟筆者說，黃圃鎮城區如三社坊和農村也有不落家，鄉村方面更講究，初一、十五要回夫家走一走。

小欖寶豐村馮明枝村幹部告訴筆者，寶豐的寶豐二村和新龍村在上世紀八〇年代初還有不落家婚俗存在。

阜沙黨政辦幹部陳權德告訴筆者，阜沙的不落家最快是一個月以上便回夫家。

馮林潤：〈水鄉接新娘〉，《沙田民俗》（廣州市：廣東旅遊出版社，2008年），頁14也提及水上人有不落家的婚俗。

劉居上：《香山婚俗》（廣州市：廣東人民出版社，2016），頁93提及到水上的婚俗裡也有不落家，一如小欖人一樣。

54　葉春生、凌遠清編著：《順德民俗》，頁79提及懷身孕方到夫家落家。

劉國香：〈廣東不落家婚俗的研究〉，《民國時期社會調查叢編三編嶺南大學與中山大學卷》（福州市：福建教育出版社，2014年），上冊，頁73-109。此論文是劉國香於一九四八年寫的學士學位論文，他畢業於廣東嶺南大學文學院社會學系社會學組，其論文指導老師是羅致平教授。

胡樸安著：《胡樸安中國風俗》（長春市：吉林人民出版社，2013年），下冊，〈番禺

家就是承傳順德的第二種不落家，就是在有身孕後方落家。因此，中山沙田區的不落家，沙田人認為這是女子守貞潔的一種象徵意義，若然早落家，會怕被人嘲弄恥笑，而順德、南海的不落家主要是一種抗婚的表現。

　　關於沙田區的婚俗，馮林潤分成〈婚嫁趣談〉和〈水鄉接新娘〉，而劉居上《香山婚俗》也分成〈小欖婚俗〉和〈水上婚俗〉來寫。筆者認為不宜這樣子處理。沙田區的陸上人和水上人，也是來自順德的水上人遷來中山做圍墾成沙工作，而且沙田的陸上人和水上人的婚俗俗例都有拿茶葉、採花枝、壓簺腳、脫殼、回腳步（翻面或朝神）、唱鹹水歌、渡水飯、散船盒、不落家等婚例。若然分開來描寫，讓人感覺好像陸上沙田人和水上沙田人來源自不同的族群。筆者在第一章第四節已論述中山沙田區人是源自順德水上人，就是不論今天居沙田區陸上的或居於水上的，他們是同一族群的。所以廣東省民族研究編《廣東疍民社會調查》頁五十七〈珠江三角洲中山縣沙田的疍民〉就是用上「農業疍民」來形容沙田人，「農業疍民」就是農舡（蜑），即是水上人家，只是由打漁轉成半耕半農，再漸變成完全務農，原因是海已轉成了一大片沙田，不能打漁或進行半漁半農，所以婚俗當然是相同的。

第三節　漁諺

　　漁諺是廣大漁民長期積累起來的寶貴經驗之一。這些諺語雖則世

女子之不落家〉，頁353-355；〈順德女子之不落家〉，頁356。

（臺灣）吳鳳儀：〈「自梳女」與「不落夫家」：以廣東順德為例〉，《華南婚姻制度與婦女地位》（南寧市：廣西民族出版社，1994），頁107-123。

代相傳，都有一定的科學道理，對漁業生產有一定意義。[55] 從語言學角度來看，這些漁諺短小簡練，有不少沙田區方言詞語，體現了地域特色。這些漁諺目的是想把自己和祖輩傳下來的經驗對他們的子孫後代產生認識價值和教育功能。這些漁諺特點是哲理性不強，但極為生動形象而朗朗上口。以下的漁諺的蒐集，筆者們先後跑到橫欄、東鳳、黃圃、南頭、東升、港口、阜沙、板芙、三角、小欖、坦洲、沙朗、民眾各鎮區去，在鎮政府安排的座談會裡努力蒐集，但蒐集得並不多。在部分筆者們離開後，筆者之一的何惠玲是沙田區小欖人，她還努力地繼續用上一年半多時間在沙田區作進一步找以上各鎮的沙田人繼續蒐集漁諺。有部分漁諺頗像農諺，如「東攝雨叢叢，南攝大南風，西攝日頭紅，北攝長流水」、「不怕西南風大，只怕刮東風」、「春霧雨，秋霧風」、「早雨晏晴，晏雨無得停」。因為中山沙田區的過去農舡們實際上是半漁半農[56]，所以提供資料給我們時，也把農諺混在一起提供，筆者們便把氣象農諺刪除出來，結果餘下並不算太多。主要是他們從漁舡（漁民）經歷到農舡（半漁半農），再經歷到完全務農，漁諺便一早一一忘記大部分。他們提供漁諺時，在座談會上還要討論一番，有時候討論到數個小時方能提供兩三條漁諺。[57]當民俗也要進行回憶方能回答，當民俗習慣還在族群裡經過一番探索回憶方能回答，這些民俗文化實際是已進入自然瀕危消亡階段。

　　1 泥鰍跳，雨來到。泥鰍靜，天氣晴。

　　注：泥鰍跳來跳去，預示天要下雨了。泥鰍安靜，說明天朗氣清。

---

55 依眾選輯：《舟山漁諺》（杭州市：浙江人民出版社，1963年）編者的話。

56 廣東省民族研究所編：《廣東疍民社會調查》（廣州市：中山大學出版社，2001年），頁57〈珠江三角洲中山縣沙田的疍民〉就是用上「農業疍民」來形容沙田人，即是說這些人就是半漁半農的農舡。

57 在三角鎮調查時，花上數個小時只取得數條漁諺。

2 魚兒出水跳，風雨就來到。

注：魚跳出水面，預示風雨來臨。

3 三日拋罟，兩日曬網。

注：罟，即漁網，三天撒網打漁，兩天又曬網。意思是（1）一年到晚打漁的日子不多，要積穀防饑。（2）貶義，形容一個人懶惰。

4 一朝霞霧三朝風，三朝霞霧lem^{53}低篷。lem^{53}，放下。因為大風大雨，把船上雨篷放下。

5 春邊秋鯉夏三黎。

注：春天邊魚肥美，秋天吃鯉魚最好，夏天則吃三黎魚。

6 清明蝦，一紮紮。

注：清明時節，蝦很多很肥美。

7 初三十八，高低盡刮。

注：每月初三十八，水滿，高高低低的河堤岸都被水刮到了。

8 棹艇需水漲，順水來回。

注：划艇需要水漲，順著水流來回，節省力氣，船又輕快。

9 東風滾壞天，蝦魚無得髦／釣。

注：東方來了，河床的泥變熱，河水變渾濁，魚蝦容易死，無法釣。

10 紅雲蓋頂，搵定彎艇。

注：紅雲蓋頂，預示颱風要來了，找地方讓船靠岸。

11 勤繪懶網，唔起冇餸；勤者得食，懶者得眠

注：要勤快地織網，不起來幹活就沒有飯吃；勤快的人賺到吃的，懶惰的人賺得睡眠。

12 不怕西南風大，只怕刮東風。

注：西南風再大，也不影響下水打漁，怕只怕刮東風，東風一來，魚獲很受影響。

13 立夏吹北風，十個魚塘九個空。

注：立夏吹北風時，魚塘裡沒什麼魚產。

14 清明蝦，拜倒都拿得槎（撲倒都拿得一大把）。

注：清明時節蝦肥美又多，隨便一抓就一大把。

15 朝拱風晚拱雨。

注：早上出現彩虹就會颳風，晚上出現彩虹就會下雨。拱，即虹。

16 清明暗，雨水拍拍坎。

注：清明天暗，雨水多，河水漲，拍打堤岸。

17 清明暗，西水不離坎。

注：清明天暗，西水水漲，拍打堤岸。

18 初一水前，十五後。

注：初一前和十五後水大。

19 魚作風，蝦作浪。

注：魚有在水面，表明將要起風；蝦跳來跳去，表明水浪大。

20 沙溜鑽，作風雨。

注：泥鰍鑽來鑽去，表明風雨來了。

21 唔好東風滾壞天。

注：漁民最怕刮東風，因為東風來了，水質不好，不利於魚蝦生
　　長，因此漁獲很少。

22 十月蟹，有錢難買。

注：十月，蟹鑽進泥土，很難找到。

23 九月公，十月乸。

注：九月的雄蟹最好吃，十月的雌蟹最好吃。

24 初八廿三水，日賴水。

注：初八廿三這天，水不大不小。賴：不漲。

25 清明暗，西水不離風雨。

注：清明天暗，雨水多，西水漲。

26 十七八，魚蝦盡刮。

注：十五大潮之後，十七十八水流漲退幅度大，魚蝦隨水流遊走的密度也高，故一網下去漁獲頗豐。

27 三黎不入黃魚隊。

注：從三月到五月，有三黎魚時就沒有黃魚，有黃魚時就沒有三黎魚。亦用以比喻有錢人與窮人不在一道。

28 六月六，抚爛三黎屋。

注：六月六很少三黎魚，找不到。

29 冷鱭熱鱸。

注：天冷吃鱭魚，天熱吃鱸魚。吃鱭魚的最佳時間在十月到春前，而吃鱸魚則以五到九月為佳。

30 清流一把水，海底冇魚遊。

注：河水太清，河裡就沒有魚。

31 不怕西南風大，只怕刮東風。

注：不管西南風多大，還是能打到魚，而一旦刮東風，基本打不到魚。因為刮東風時的水不利於魚生長。

32 魚有魚道，蝦有蝦路。

注：魚蝦各有自己的遊走路徑。

33 白鱔最怕上沙灘，唔死一身潺。

注：若白鱔擱淺到沙灘上，就算一下死不去，基本也活不了。

34 四月八，三黎隨街撻。

注：四月初八是三黎魚成熟的時候，街市上到處可見賣三黎的。

35 魚蝦最怕白露水。

注：白露（節氣）時水渾濁、苦澀，魚蝦生長不好。

36 六月十二，蝦喇出寶。

注：六月十二是蝦喇（一種像小螃蟹的動物）特別肥美的時候，
　　這是蝦喇會跑出窩，遍地都是。

37　三月佗春蝦。

注：佗：懷孕；春：卵。指三月是蝦的繁殖期，這時的雌蝦多帶
　　蝦子。也用佗春蝦來指代雌蝦（蝦乸），雄蝦（蝦公）則叫作
　　大頭蝦。

38　黃魚好食骨絲多，三黎（三賴）好食無幾多。

注：黃魚好吃但魚肉中的細骨絲很多，三黎（三賴）魚好吃，但
　　此種魚比較稀有，不常能吃到。相似的說法有黃魚好食骨絲
　　多，三黎好食冇幾何。

39　初三十八，高低盡刮。

注：初三、十八日，水漲，高岸低岸都刮到水。

40　阿 tʃʰat⁵ tʃʰat³ 過東，唔係落雨就翻風。

注：阿 tʃʰat5：一種鳥；tʃʰat3：動詞，飛。春天三、四月這種
　　鳥飛過東邊，預示將下雨或起風。

41　阿 tʃʰat5tʃʰat3 過東，魚蝦曬生蟲。

注：阿 tʃʰat5 飛過東邊，天上下雨，沒有太陽魚蝦就曬不乾，
　　長蟲子了。

42　早落晏晴，蝦仔又乾菜又青。

注：早上下了雨，晚點天放晴了，蝦得以曬乾的同時菜又不需澆
　　水了。（這句諺語充分體現了水上人半漁半農的生活。）

43　初八廿三，月起三更，晏晝望流返。

注：每月初八到廿三（中旬），三更時分月亮升起，水退了，到
　　中午時分，水流漲一點又下降。表示河水水位不高。

44　朝幹晚幹，無定曬蝦乾。

注：指每月的中旬（初八到廿三），早晚都水乾，容易捕到蝦，
　　捕到的蝦太多了，以致連曬蝦的地方也不夠。定：地方。

45 沙鑽鑽，作風雨。

注：沙鑽：泥鰍。泥鰍鑽來鑽去，預示將有風雨。

46 清明暗，西水不可坎。

注：西水：西江水；坎：岸邊。清明有烏雲，預示江水大，水浪
　　不停拍打岸邊。

47 天起氹，曬死林。

注：林：學名筍殼魚，俗稱林哥。氹：坑。天上的雲像一個坑，
　　預示明天天熱，能把魚都曬死。

48 三月蟹，狗都唔賴（賴：舐）。

注：形容二月的蟹很瘦，不好吃，連狗都不舐。

49 九冬十月多魚蝦。

注：九月十月，天冷，魚蝦多。

50 秋後刺，有錢難買喫。

注：立秋以後，蝦刺很少，有錢也買不到。

51 四月八，落雨 $tɐp^2$ 死鱸魚仔。

注：若四月初八這天下了大雨，鱸魚魚苗會缺氧而死，因而這一
　　年的鱸魚很少。

52 清明馬仔，夏至三黎。

注：清明時分馬仔魚肥美，夏至則三黎魚肥美。

53 三黎竹掃頭。

注：形容三黎魚的骨絲像掃帚頭那麼多、細。

54 死鱸魚，得把口。

注：死的鱸魚，嘴是張開的。用來形容人只會說不會做，或狡辯。

55 初八二十，平光滿。

注：平光是指天亮。初八二十，天亮後才水漲。

56 馬齊骨多人嫌賤，塔沙滑肉上口清甜。

注：馬齊，別名鳳尾魚，學名鳳鱭，屬於河口性洄游魚類，平時
棲息於淺海，每年春季，大量魚類從海中洄游至江河口半鹹
淡水區域產卵。中山水域地處鹹淡水交界，最適宜馬齊魚生
長，因而產量很高，又因其細骨很多，因此不顯貴；塔沙，
即龍利魚。

57 五月齊狗都唔 kɐi^{53}，三月乃狗都唔 lai^{35}。

注：kɐi^{53}：咬；lai^{35}：舔。齊，指馬齊魚；乃，指乃魚。乃魚學
名紅狼牙蝦虎魚，棲息於底質為泥或泥沙、水深二至八公尺
的鹹淡水交匯的河口區或淺海區，偶進入下游的淡水區。喜
穴居於兩百至三百公釐深的泥層中。五月不是齊魚生長的季
節，所以五月齊魚很瘦，連狗都不吃；三月不是乃魚生長的
季節，三月乃魚不好吃，連狗都不舔一下。

58 花魚出窿，坦面跳，背脊扎起藍旗。

注：中山花魚生長在灘塗，清明時，花魚眼睛看不清楚（漁民如
是認為），這時較易捕捉。在灘塗面上跳躍的花魚，泛藍的
魚鰭張起，像張起藍色的旗子。

59 初八廿三，下水唔帶藍。

注：每月初八、廿三，不帶婁下水，因為水裡打不到魚。

60 初五二十大繒歸。

注：初五二十的日子水不流動，在靜止的水裡魚也不遊動，這就
很難捕到魚。於是漁民也歸家休息了。繒，打魚的一種網。

61 初八廿四，下水唔到地。

注：初八廿四時，水大，不流動，漁網撒到水裡也不到底，打不
到魚。一般情況下，魚跟著水流遊走，若水不流動，則魚也
不遊動，不遊動的魚貼近地面靜止，漁網就逮不著了。

62 七月流鹹流，八月最忌白露水，十月流西流。

注：中山水域是鹹淡水交界，鹹淡水相交的水產長勢最好。七月
　　有鹹流，這時的水中生物長勢好，漁獲也大；八月白露時水
　　渾濁、苦澀，魚產極低；十月有西江水流下來，西水是淡
　　水，大量淡水與鹹水相沖，會造成水產死亡，或水產被西水
　　沖出中山流域的情況，因為漁獲甚少。

63　蝦拜風，魚拜雨。

注：魚蝦跳來跳去，預示風雨將來。

第四節　農諺

　　在古代，農民們會拿多年生長的樹木狀態作為預告農事季節的依
據，於是便產生了「要知五穀，先看五木」的農諺。不單如此，更多
的是根據二十四節氣指導各種作物的適時播種時期，如「白露蕎麥秋
分菜，寒露種菜火烤不大」、「清明前後，種瓜點豆」等。農民有了這
些農諺就能掌握適時播種。另外如「立冬蠶豆小雪麥，一生一世趕勿
著」、「十月種油，不夠老婆搽頭」、「南風栽禾抵窖糞，北風栽禾不如
在家眠」等諺語，是失敗教訓的總結。[58] 農諺是凝結了田舍間人們勞
動生產經驗的結晶，是農夫們田耕時觀天察地的經驗總結，以三言兩
語道著寶貴經驗。因此，農諺是民俗的一部分，是農民的智慧產物，
反映出農民的智慧之光，也是他們思考的結晶，是他們的行業語。不
單如此，農諺是農夫們墾植的準繩，是農夫們墾植的南針。其語言特
點是質樸、口語化、順口好記、形象生動、言簡意賅、易記易誦，因
此，農諺對於指導農業生產和傳播生產經驗，有著很重要的意義。
　　農諺許多都具有一定的科學道理，它從不同角度揭示了農業科學
的某些規律。因此不僅被廣大群眾用於生產和預測天氣，而具也被農

---

58 邵同斌主編：《讀農諺‧知農事》（北京市：化學出版社，2010年），前言。

業科技單位和氣象台、站所採用，有的已成為製作天氣預報的參考依據之一。[59]以下的中山農諺也是反映出自然現象為主。

板芙鎮、阜沙鎮、民眾鎮的鎮誌（未刊稿）提供的農諺如下：

1 夏至西北風，十個田園九個空。

注：夏至前後吹西北風，預示將有颱風，而颱風帶來的狂風暴雨，導致禾田減收。

2 颱風不回南，不夠三日打返來。

注：颱風離開時一般吹西南風，西南風未見吹則預示颱風還未離去。

3 南晴北落是春天。

注：春季吹南風，預示靜止鋒已經北撤，副熱帶高壓已經進入，多數轉天晴。

4 春水遇北風，冷死撑船公。

注：春季冷空氣入侵，加上下雨，天氣特別寒冷。

5 日頭翻風唔過日，夜晚翻風冷折骨。

注：日間冷空氣入侵，延續時間較短，夜間入侵，延續時間較長及較寒冷。原因是寒風借夜間海風退卻，高脊侵入沿海地區之故。

6 未吃五月粽，寒衣不敢送（動）。

注：指在六月中旬仍有冷空氣入侵。

7 冬在月頭，賣被置牛，冬在月尾，賣牛置被。

注：「冬」指「冬至」節氣來得早，多是寒潮乾冷，容易轉暖，便於春耕春種，反之則轉暖遲，若有陰雨，則特別寒冷，影響春耕春種。

---

59 石人光、陳有利編：《寧波天氣諺語與農諺》（北京市：中國農業科技出版社，2000年），編者的話。

8 南風入大寒，冷死早禾秧。

注：在大寒節令內，寒冷是正常的，天氣較暖則是反常，會導致
　　冷空氣入侵。

9 天上魚鱗斑，明日曬穀不用翻。

注：魚鱗斑雲屬高積雲，一般高積雲穩定，預示天晴。

10 東閃日頭紅，西閃雨重重。

注：由於夏天氣流由西向東移動的規律，東閃則氣流往東移，預
　　示天晴，西閃則氣流向西來，預示有陰雨。

11 夏至有雷，一日收三回。

注：夏至將近夏收季節，經常出現雷陣雨。

12 早造望白撞，晚造望秋淋。

注：白撞雨：即日曬時突然下雨；秋淋：秋天夜間下雨。水稻分
　　蘗期要求日夜溫差較大，因此希望早造水稻有白撞雨，秋淋
　　夜雨還有壓抑病蟲的繁殖。

13 禾怕寒露風，人怕老來窮。

注：寒露節令左右吹的風叫寒露風，正好晚稻進入抽穗揚花期，
　　寒露風影響水稻結實，造成減產。[60]

14 知知（蟬）叫，荔枝熟，龍眼開花未有肉。

注：蟬在農曆四月從土裏爬出來，爬上樹上脫殼，飛到荔枝樹上
　　叫，此時三月紅荔枝開始成熟，而龍眼（桂圓）剛成果未有
　　果肉。

15 先雷後雨不濕街，先雨後雷水浸鞋。

注：先響雷後才落雨，雨量甚小；雨來之後隨即打雷，雨量甚大。

---

60 第一條到第十三條——取自板芙鎮地方誌編纂委員會編：《中山市板芙鎮誌》（未刊
　稿）文化篇之農諺。
　馮林潤：《沙田民俗》（廣州市：廣東旅遊出版社，2008年），頁125-132收錄了不少
　農諺，這裡不採用，沒有交代是中山哪個沙田鄉鎮的農諺。再者，也沒有注釋。

16 朝起紅雲晚落雨，晚起紅雲大風雨。

注：早晚積雨雲對陽光的折射現象。

17 晏晝翻風唔過日，漏夜翻風冷折骨。

注：冷空氣在白天到達，延續時間不會太長，降溫也不大；若下
　　半夜冷空氣到，預示降溫延續時間也長。

18 初一十五當朝飯，初二十六當茶晏。

注：潮水在農曆初一、十五煮早飯時水漲，初二、十六煮飯焦茶
　　時水漲。

19 初三十八，高低盡刮。

注：農曆初三、十八的潮水會超過所有田面。

20 初八廿三水大牛歸欄。

注：農曆每月農曆初八和廿三，水漲時是傍晚的收工時候。

21 正薑二芋，三薯四葛。

注：農作規律，農曆正月薑下種，二月芋頭下種，三月薯下種，
　　四月粉葛下種。

22 處暑番薯白露菇。

注：處暑節氣適宜種番薯，白露節氣種茨菇。

23 雙春閏月好耕田。

注：年逢雙春閏月，對農事耕種有利，農作物收成理想。

24 正月東風大旱天，二月東風水浸田。

注：農曆二月吹東風是乾旱天氣，三月吹東風則是雨天和潮汐大
　　潮形成。

25 二月初二土地旦，有雨陰天一百日。

注：預示春寒未盡，往後一個多月會有陰冷天氣。

26 清明時節雨紛紛。

注：清明是春夏之交，北風和南風相持而下，經常出現鋒面雨，
　　小雨不停。

27 食過五月粽，寒衣收入櫳（衣櫃）。

注：也有人說：「未食五月粽，寒衣吾入櫳」。農曆五月已是夏
　　季，寒氣已過，端午節正是五月初五，之後可放心把冬衣洗
　　乾淨收放入衣櫃。

28 六月十二彭祖忌，無風無雨就不是。

注：農曆六月十二俗傳是彭祖的忌辰，是日必有雨。

29 雲冚中秋月，雨灑下年燈。

注：當年八月十五當天下雨，來年正月十五前後會連續有陰雨。

30 犁田過冬好過壅。

注：早犁田曬白，有利下年禾苗生長。

31 雷打驚蟄前，春分雨綿綿。

注：未到驚蟄響雷，冷暖天氣會在春分時交替相撞而下雨。

32 芒種節，食唔切。

注：到芒種節氣，各類瓜菜大量收穫。

33 夏至狗，無地走。

注：指夏至日甚熱，狗不知去何處避暑。也有人專選夏至日食狗
　　肉，說「補火」。

34 立秋有雨抽抽（一株株的禾苗）有，立秋無雨百家愁。

注：立秋有雨預示水稻豐收，立秋無雨水稻收成將會減產。

35 白露看禾苗，秋分禾有底。

注：水稻到白露已定型，秋分是孕穗期。

36 寒露過三朝，遲早一齊標。

注：白露過後幾天，禾苗抽穗揚花。

37 寒露過三朝，過海便尋橋。

注：寒露後水涼，不可涉水過河。

38 小雪滿田紅，大雪滿田空。

注：小雪稻穀成熟，大雪收割完畢。

39 冬幹年幹，谷米滿倉；冬濕年濕，谷米無粒。

注：冬至和春節天氣晴好，會風調雨順，農業收成好；天氣陰雨，自然災害會多，農業收成減少。

40 冬在月頭，賣被置牛；冬在月尾，賣牛置被。

注：冬至在農曆十一月上旬的，不會太冷，冬至在十一月下旬的，會有一個寒冬或倒春寒。

41 大寒唔寒，早造冇穀，晚造多程。

注：大寒節氣該冷，但天氣不冷，預示下年雨水偏多，造成禾苗徒長，當年減產。[61]

42 春陰百日陰。

注：立春陰天預示這段時間陽光少。

43 春霧晴，秋霧雨。

注：春季早上有霧預示天晴，秋季早上有霧則預示有雨。

44 二月東風大旱天，三月東風水責（意為「壓」）田。

注：農曆二月吹東風則天暖陽光充足，偏旱；農曆三月連續吹東風，則潮水必大，低田可能被潮水所壓。

45 正薑、二芋、三薯、四葛、處暑番薯白露菇。

注：正月種薑，二月種芋，三月種大薯，四月種粉葛，處暑種番薯，白露種慈菇，按節令下種才能有好的收成。

46 下谷近春分，冷死唔使恨（意為「可惜」）。

注：春分節令，天氣轉暖，受冷空氣的影響不會很大，可安心下種，縱使有寒潮冷死秧苗也不用可惜，因為這樣的機會很少。

---

61 第十四條到第四十一條取自阜沙鎮地方誌編纂委員會編：《中山市阜沙鎮誌》（未刊稿）文化篇。

47 春霧晴，夏霧雨，秋霧日頭曬脊痛，冬霧稈上吊雪棍。

注：春季有霧，一般為晴天徵兆；夏季有霧，預兆近日必有大雨；秋季有霧，來日必然晴好；冬季有霧，預兆天氣轉冷，且可能急劇降溫。

48 早霧晴，夜霧陰。

注：早上有霧，多為天氣晴朗的象徵。晚上有霧，預兆天氣會變壞。

49 霧收不起，下雨不止。

注：陰天或陰雨天氣有霧不散的現象，說明低溫陰雨延續，短時間內天氣不會晴朗。

50 立夏吹北風，十個魚塘九個空。

注：立夏節令吹北風，預示可能有颱風或暴雨，魚塘會被水淹沒。

51 夏至有雷擂爛稈。

注：夏至節令有雷雨預示夏收時段多雨，禾杆腐爛。

52 六月六，開芋屋。

注：農曆六月初六，芋頭開始收穫。

53 小暑大暑，有米懶煮。

注：小暑大暑時節，天氣酷熱難熬，縱使有米也懶得煮飯。

54 天上魚鱗雲，地下曬死人；天上魚鱗斑，曬穀不用翻

注：「魚鱗雲，魚鱗斑」這種雲是產生在空氣穩定的時候，所以是天氣晴朗、好天氣的徵兆。

55 立秋有雨秋秋有，立秋無雨百家憂。

注：「立秋」這天下雨，則雨水均勻，農作物生長正常，有望可獲豐收，「立秋」這天無雨則有旱象，收成會有影響。

56 七月無立秋，遲禾無得收。

注：立秋節令一般在農曆七月，有時節令推遲到農曆八月份，因此遲熟的晚稻要搶在立秋前插好，遲插收成不好。

57　立秋處暑定犁耙，蒔唔蒔都罷。

注：立秋處暑是夏種水稻的節令界限，之後插秧產量必減。

58　一朝霞霧三朝風。

注：秋冬季節，早上霞霧漫天，預示冷空氣將到。霞霧時間長，預示冷空氣時間長。

59　秋前北風易下雨，秋後北風幹到底。

注：「立秋」前吹北風容易致雨，「立秋」後空氣乾燥，致雨機會少，「秋高氣爽」的天氣較長，所以有「秋後北風幹到底」說法。

60　寒露過三朝，過水便尋橋。

注：寒露節令一到，天氣便轉冷，要過河就得要尋橋，不能淌水了。

61　南風入大寒，冷死早禾秧。

注：大寒那天吹南風，誤以為天氣轉暖，早播的秧苗會被凍死。

62　耕田最怕霜降風，做人最怕老來窮。

注：寒降節令正是晚稻抽穗揚花的時候，此時遇到風雨天氣則對收成影響甚大，類似人到晚年遭遇貧窮一樣淒慘。

63　小雪滿田紅，大雪滿田空。

注：小雪節令晚稻開始成熟，大雪節令來到之前應將晚稻收割完畢。

64　冬在月頭買被置牛，冬在月尾賣牛置被。

注：冬至日在月的上旬，預示來年開春寒潮短少，如果冬至日在月的下旬，開春寒潮會多而長。

65　朝虹風，晚虹雨。

注：早晨東邊出現彩虹，有風無雨，傍晚西邊出現彩虹將有雷雨。

66　東虹轟隆西虹雨。

注：東方出現彩虹，有雷無雨，西邊出現彩虹必有大雨。

67 先雷後雨不濕街，先雨後雷水浸鞋。

注：響雷後才下雨，雨量不多；下雨後才響雷，雨量必定大。

68 上看初三，下看十六。

注：春夏季節每月上旬和下旬的天氣，要看初三和十六兩天是否
　　有雨來預測天氣的好壞。

69 初三十八，高低盡刮。

注：農曆每月的初三和十八是潮水最高漲的日子。

70 初一十五當朝飯，初二十六當茶晏。

注：農曆每月初一和十五漲潮的時間是人們早餐的時候，初二和
　　十六則稍晚一點。[62]

　　筆者在鎮誌辦公室與鎮誌人員交流時，他們表示在沙田區農業舡
民裡很容易接觸到農諺，這是反映出沙田群眾已離別半漁半農生活已
經是久遠的事，他們的諺語已由漁諺轉成了農諺，這個過程當然是常
態下的漸變。中山沙田區的農諺還有不少，馮林潤的《沙田民俗》和
各鎮鎮誌未刊稿都記錄很多，可惜沒有注解。

第五節　茅寮

　　關於茅寮，馮林潤與家人也曾住上數十年。他稱茅寮（寮是讀成
liu[55]）是沙田水鄉人民從水上漂到陸上安居之住所，大多數是用禾稈
搭蓋，排上泥牆便成。一般是在坦圍基頭旁邊就地而搭，距離疏密，
形狀大小不一，但依基圍而建，屬條狀形建築。搭建茅寮，又因地
方、人數、經濟、材料不同而有異。一兩個人多數搭一仙（六尺丁後
房）；八人以上則搭建七仙，分三間（四牆三屋，可間五房一廳了）。

---

62 第四十二到第七十條撮取自民眾鎮地方誌編纂委員會編：《中山市民眾鎮誌》（未刊
　　稿）文化篇，頁522-528。

不過沙田地區，多數結了婚就分食、分家，故搭茅寮一般三仙的多，少數搭五仙（經濟條件好一些），七仙更少了，因為處理分家時麻煩。茅寮處於潮田地區、低（中）沙田地區、高沙圍地區、基水地區、台階段類型地區、低矮丘陵山區，茅寮也有區別。[63]

第六節　五行命名

筆者在進行調查時，沙田人與水上人命名一致，就是命名也用上五行的，這個便證明他們的源頭是一樣的，是出自同一個族群，就是指出自水上族群。

關於疍民的命名文化的前人文獻，部分專節提及過的有徐川〈石排灣的漁業〉[64]，另一篇是筆者的〈珠三角水上族群的語言承傳和文化變遷〉。以專題論文探討則有兩位，一位是萬小紅《從香港漁民姓名的特色看漁民文化》[65]；另一位是陳贊康、何錦培、陳曉彬〈香港四行人命名文化〉[66]，四行人是指珠三角沿海的白話疍民，因其命名基本只是採用金、木、水、火四行[67]，不用土字，跟廣州一帶的內河水上人金、木、水、火、土五行並用不同。[68]

---

63 馮林潤：《沙田民俗》（廣州市：廣東旅遊出版社，2008年），頁418-422、423。

64 徐川等：〈石排灣的漁業〉（2001年，未刊報告）筆者是報告指導老師。

65 萬小紅：《從香港漁民姓名的特色看漁民文化》（香港：香港理工大學中文及雙語學系碩士論文，1996年，未發表論文）。

66 陳贊康、何錦培、陳曉彬：〈香港四行人命名文化〉（2002年，未刊報告）。筆者是報告指導老師。

67 見廣東省民族研究所編：《廣東疍民社會調查》（廣州市：中山大學出版社，2001年），頁82指出有些陸上人叫漁民為四行仔。

68 韶關北江區北江水道上的漁民命名不用五行，只用甲、乙、丙等。如駱甲有、封甲順、駱乙貴、駱丙祥。珠三角和韶關，駱姓是水上人。關於姓駱是水上人，可參看《廣東疍民社會調查》。

陳贊康等〈香港四行人命名文化〉表示五行中以金字使用頻率最
高。如金喜、金勝、金貫、金福、金富、金興，其次的高頻五行字是
水和火兩字。[69]

大沙田區的人，命名也是以金字最多，如李金帶、何金仔、馮金
葉、何金福、李金娣、冼金、黃金勝、吳金好、馮金木、黃金好、何
金才、梁金葉、郭金榮、馮金木、樊金妹、冼金娣、吳金彩、吳金
全、吳金全、吳榮金、杜金妹、杜兆金。

此外是木字，但不多，以木命名有黃木勝、馮金木、高木根（民
眾）。以火（伙）字便命名很少，如吳伙妹、梁伙勝。至於以水、土
則沒有。這個現象，港口鎮、民眾鎮社區也是如此。[70]

以金字來命名，是為表達水上人父母對孩子內心的盼望，希望子
女或個人富有，出人頭地和為新生者求取吉祥。以「木」字來命名，
是反映命名者個人的安穩追求，反映漁家父母對上蒼的祈求，木有浮
在水上的特性，跟他們經常居於船內，內心總是希望船隻在海洋中得
到保護，不會受到海浪吞噬故此採用木字命名。同時「木」是屬於
「五行」之一，「木」能尅「水」；以「木」為名字，也是一種取其在
水中能浮起，能順應「水性」克服「水害」之意思。[71]

漁民因為他們的日常工作和水有關，日常生活中經常和水打交
道。從水獲中取生活資料，因此便以「水」等字來命名。[72]〈香港四
行人命名文化〉談到香港水上族群不愛用「土」來命名，是因為水沖

---

69 陳贊康、何錦培、陳曉彬：〈香港四行人命名文化〉（2002年，未刊報告），頁23。

70 港口鎮座談會上的楊格崢、梁愛媚、杜瑞顏、梁桂枝、陳至球、吳少紅、吳金全、
   吳榮金、葉坤仔，他們都認為以金木火命名在他們這幾條水鄉較多採用。
   坦沙群聯村座談會上，吳錦堂、鄭洪照、杜兆金、吳容好、馮北妹、胡侃佳、杜金
   妹、王蓉、關妹都認為最多人用上金字。

71 陳贊康、何錦培、陳曉彬：〈香港四行人命名文化〉（2002年，未刊報告），頁22。

72 水金、水生、水勝、水喜、水貴、水好、亞水、木水、金水、水仔。

土，對他們的工作會有影響。此外，香港的水上族群是屬於海舡，只會在逝世時葬於土，故此命名時不用土字。但珠三角內河為主，水、陸很接近，所以不介意用上土字作命名。筆者在廣州黃埔九沙、長洲島江瀝海進行方言調查時，也問及當地命名特點，得知他們會以土字來命名，這是海、河五行命名的區別。但是，中山沙田人上岸比較久遠，五行中的水、土便不見使用。

四行或五行命名以外，水上族群人名也喜歡「帶」命名。用帶字男女均可採用，有著「帶來」的意思，比方「帶娣」，表示父母希望下一胎能帶來一個男丁[73]；帶喜，帶來歡喜；觀帶，讓觀音為子女帶來福分。坦洲方面用帶字命名，如黃帶、陳帶喜、李金帶、陳帶好、梁帶娣。[74]

坦洲沙田區人也愛用「九」字，是表示希望孩子好養下去，一如狗這麼粗養。但寫上狗字不好，便用數字代替。坦洲方面有黃九仔、陳祥九、陳潤九、陳勝九、陳蘇九。

坦洲沙田區人命名會以排行的次序來為子女命名，如鍾七女、吳二女、何二女。

港口鎮的三蝦玖、群樂、白花、民主等村，以五行命名還是不少的。因這些漁村今天還在捕魚。

---

73 陳贊康、何錦培、陳曉彬〈香港四行人命名文化〉，頁23。

74 坦洲第一場座談會出席者有區棠妹（1952年）、陳北妹（1965年）、譚容森（1956年）、樊金妹（1947年）、冼金娣（1954年）、吳錦堂（1943年）、鄭洪昭（1946年）、杜北全（1944年）、吳容好（1942年）、馮北妹（1942年）、胡況佳（1950年）、杜金妹（1949年）、汪翁（1949年）、關妹（1948年）。

第五章
沙田話與沙田民俗承傳的危機

第一節　鹹水歌的變異

　　筆者在《珠三角水上族群的語言承傳和文化變遷》說到海舡、河舡族群因仰慕先進陸上文化便摒棄自己族群的語言和文化，從而讓自己固有文化、語言陷於消亡。如過去海舡、河舡吃過晚飯便圍坐漁艇，以其母語談說往事。當上了岸居住後，便圍坐在電視機旁，觀看新聞節目、文娛節目。在過去日子裡，舡族族群還是住艇的時候，長輩是最有發言權，到了今天，發言權落在進出市區工廠、商店打工的年輕人，他們見過世面，家庭裡的發言權的人物便改變了。過去的男女青年，在打魚或勞動之餘，常常以鹹水歌傳情，長輩們也經常向年輕人傳授流傳下來的鹹水漁歌或嘆歌。現在，年輕人在岸上打工，不再唱著濃厚漁文化氣息的鹹水歌、高堂歌、姑妹、白口蓮、大罾歌、擔傘調等漁歌，卻是唱著他們仰慕的陸上人所唱流行的歌曲，年輕人認為這方是先進的生活，這方是流行的享受，這方是文化。

　　珠三角海舡和河舡是分散的，是孤島狀態，不是聚居一處。中山沙田人卻很不相同，中山沙田話人口約六十萬七千人，佔中山粵語區人口的百分之七十點四，人口龐大外，人口也集中起來，因此，鹹水歌便能得以流傳，這是海舡、河舡族群望塵莫及的。雖然鹹水歌並不是絕對在沙田區最流行的歌曲，卻也能在若干鎮流行的，如在坦洲、板芙、橫門、阜沙、橫欄、東升、民眾、三角、南朗、沙朗、小欖等鎮或社區活躍的。從整個中山來看，擁有許許多多的鹹水歌歌手的地

方，就是坦洲。

　　雖然如此，鹹水歌不免也出現瀕危現象，所以當地政府也大力提倡推廣，特別在中小學校內推廣，讓鹹水歌可以得以承傳下去。

　　中山沙田地區的鹹水歌內容不再是反映漁文化，已經從漁歌特色變成歌頌毛澤東和黨，部分是反映農業，這是隨著他們由海舡、河舡轉成農民有關，故此，歌唱內容便有明顯變異。不單如此，現在還用鹹水歌歌唱古詩詞。提出用鹹水歌來唱古詩詞是馮林潤。因此，鹹水歌的轉變包含著常態變異和非常態的變異。歌唱黨和政治人物，是一種硬性政策，所以是非常態的；從海舡、河舡漁家歌曲轉成反映農業歌曲，是一種漸變的變易，這是常態的變異。總的來說，中山鹹水歌的變遷還算是有序的演變進行。

唱古詩詞

　　古詩新唱（融入鹹水韻），就是利用沙田民歌唱腔韻律演唱古詩詞。如李白之〈早發白帝城〉。[1]

唱政治

共產黨來恩情長[2]

（鹹水歌之高堂歌）

（一）

共產黨來恩情長，唔知哪裡啟言章。

比比鮮花千萬朵，朵朵結花朵朵香。

1　馮林潤：《沙田民俗》（廣州市：廣東旅遊出版社，2008年），頁227。

2　馮林潤：《沙田民俗》（廣州市：廣東旅遊出版社，2008年），頁228。

（二）

天上有了日月星，照見地下千萬人，

中國有了毛主席，領導人民大翻身。

（三）

高山頂上一棵松，千年萬載唔退冬。

中國有了毛主席，千年萬代唔憂窮。

（四）

天上最高明星，地下最深大海洋。

功勞最大毛主席，恩情最深共產黨。

月下輕舟漁歌[3]

（鹹水歌　楊堯福作）

妹好呀呢，出海打魚呀呢，魚打混呀呢，好妹呀囉嗨；

妹好呀呢，有魚呀呢，打混撒網跟呀呢尋呀囉嗨。

妹好呀呢，浪拍海灘呀呢，銀光閃閃呀呢，好妹呀囉嗨；

妹好呀呢，江心呀呢，明月映照魚呀呢船呀囉嗨。

妹好呀呢，大姐紡紗呀呢，小妹上線呀呢，好妹呀囉嗨；

妹好呀呢，魚歌呀呢，對唱水撥琴呀呢弦呀囉嗨。

妹好呀呢，大姐牽綱呀呢，妹織網線呀呢，好妹呀囉嗨；

妹好呀呢，飛針呀呢，走線網綱相呀呢連呀囉嗨。

妹好呀呢，網不離綱呀呢，綱不離線呀呢，好妹呀囉嗨；

妹好呀呢，齊心呀呢，合力心心相呀呢連呀囉嗨。

妹好呀呢，紗線縱橫呀呢，網綱穩定呀呢，好妹呀囉嗨；

妹好呀呢，網綱呀呢，穩定指引前呀呢程呀囉嗨。

3　阜沙鎮地方誌編纂委員會編：《中山市阜沙鎮誌》（未刊稿）。

妹好呀呢，新網織成呀呢，東方日上呀呢，好妹呀囉嗨；

妹好呀呢，紅光呀呢，閃躍照耀心呀呢房呀囉嗨。

妹好呀呢，胸有朝陽呀呢，心明眼亮呀呢，好妹呀囉嗨；

妹好呀呢，黨的呀呢，思想大放光呀呢芒呀囉嗨。

唱農業

耕田人仔無日歡容[4]

（鹹水歌，何福友演唱，流傳於坦洲一帶地區）

日做工，夜做工

── 兩手空空

衫爛褲穿窿

背瘠曬燶

汗水餿凍（濕衣衫）

耕田人仔無日歡容

第二節　命名的變異

《珠三角水上族群的語言承傳和文化變遷》說到海舡、河舡族群現在還有以五行命名的傳統，但只是停留於中年以上的漁家，年輕一輩改名跟陸上已一致。用上五行改名，會暴露出他們是舡族族群的身分，會受到歧視，因而學習陸上人的命名方法。沙田人也有這個傾向，就把這些特色命名改去，把族群邊界模糊化。因此，筆者發現在中山沙田區調查時，雖然還有部分鎮或社區存在著五行命名特點，但只屬極少數。這種變化是從漁文化變化到稻作文化有關。命名就是一

4　馮林潤：《沙田民俗》（廣州市：廣東旅遊出版社，2008年），頁324。

面鏡子，通過它可以看到不同時代、不同社會的文化面貌。

第三節　茅寮的變異

　　茅寮是早年沙田人的漁家文化的建築，反映出他們當年在沙田區圍墾時的建築茅寮時的心態，就是兩棲性的，是臨時的建築，也是一種朝不保夕的心態。隨著棄漁墾植的變異，他們隨著時代轉變而建起了磚瓦房或者上樓去。現在還想看看這種漁文化特點的茅寮是很困難的，除非跟到民眾鎮的旅遊景點去。[5]

　　板芙方面，河西片的居民多在河涌兩岸形成聚居點，清末民初時期，居民住房基本以草寮為主，主要是泥牆禾杆寮及小部分杉皮棚寮；磚木平房只是少數。房子簡樸，也有單條屋和雙條屋，一條屋寬度三至四米，由於是處在河岸原因，房子比較短統，屋長多在六至七米左右，大多數廳和房分不開，既是廳又是房，進門便見到廳中有大床，地下基本坭地。[6]

　　一九四九年以前，阜沙浮墟街市是磚木結構的商店和民居，而附近各鄉農民，幾乎清一色是泥拌禾草稈搭建的茅寮，就算農村富紳也多住茅寮，只不過是用料粗直、面積和空間寬大一些而已。茅寮門前空地稱「地塘」，用以收割後曬谷及平時曬柴草之用。比較窮的人所

5　這張照片是筆者在涌口門拍攝的。

6　板芙鎮地方誌編纂委員會編：《中山板芙鎮誌》（未刊稿）。

住茅寮只有上蓋沒有泥牆，支承稈區的竹架人字形直插在地上，俗稱「鹹魚夾」，裏面的空間成等邊三角形，中間頂尖高度兩米多，木板放在地面作床（更窮者連板都沒有直接以禾稈墊著睡地面），露天煮食，這類「鹹魚夾」到一九四九年前，阜沙已基本消失。[7]

　　一九四九年前後，民眾鄉群眾是沿河搭建茅寮居住。一九七九年實行改革開放政策後，社內各大隊先後推行磚屋化運動，各大隊建築隊陸續組建，建築業隨磚屋化運動日漸興盛。一九九〇年、民眾鎮內基本實現磚屋化，結束水鄉人住茅寮的歷史。[8]

　　至於三角鎮，二〇〇五年，全鎮家庭戶住茅房的已不足百分之三。[9]

　　茅寮是漁家特點，沙田人在經濟發展生活提高後，把茅寮成片地建起磚瓦樓房，使傳統民居蕩然無存，這是人性的慾求，是無可厚非，是沙田民俗的事象已經從生活層面消失。現在的沙田區民房蛻去後跟全中國一致，再無沙田特色，只能在民眾鎮的嶺南水鄉旅遊區看見，遊客們能在有空調的茅寮住宿下來，這也算是沙田區茅寮的遺留物。這是一種特殊的傳統民俗的消解，蛻變為旅遊經濟的搖錢樹。也可以說，這是改革開放和市場經濟的產物。

　　一九七二至二〇〇〇年阜沙鎮（區、公社）農村茅草房（茅寮）、磚屋數量表 [10]

7　阜沙鎮地方誌編纂委員會編：《中山市阜沙鎮誌》（未刊稿）。

8　民眾鎮地方誌編纂委員會編：《中山市民眾鎮誌》（未刊稿），頁430。

9　三角鎮地方誌編纂委員會編：《中山市三角鎮誌》（未刊稿）。

10　阜沙鎮地方誌編纂委員會編：《中山市阜沙鎮誌》（未刊稿）。

表

年　份	磚屋數（間）	茅草房數（間）	年　份	磚屋數（間）	茅草房數（間）
1972	314	4895	1989	7888	459
1973	790	4660	1990	8333	187
1974	973	4511	1991	8722	185
1975	1157	4237	1992	8901	142
1976	1341	4270	1993	9206	107
1977	1703	4095	1994	9578	96
1978	1718	3781	1995	10100	87
1979	2187	3658	1996	10501	82
1980	3139	2795	1997	10847	81
1981	3826	2358	1998	11064	162
1982	4793	1434	1999	11318	167
1983	5469	1233	2000	11551	197
1984	5848	1278	2001	11727	189
1985	6493	749	2002	11211	186
1986	6771	607	2003	11406	181
1987	7082	395	2004	11529	151
1988	7301	727	2005	11643	121

第四節　婚俗的變遷

　　習俗是在歷史過程中形成人們社會生活的規範，它具有穩定性，同時又隨著社會經濟和社會文化生活的進步而發展。因此，婚俗會在變遷中出現繼承與揚棄。解放前的沙田區，傳統的婚俗都是比較穩定發展，主要是保留。解放後，當部分沙田區從水鄉變成城鎮，這些地

區的人便改坐轎迎接新娘子。

改革開放後，即在上世紀八〇年代後，因商品經濟發達，水鄉之地變成了鎮區、城區，大部分人改乘汽車迎親，只有部分水鄉、農村還是保留著舊傳統，如小欖的五埒、高沙、績麻沙、烏沙等地，婚俗還有對對歌定情、壓蔞腳、撈蝦仔、採花枝、掛新字、新抱艇接新娘、渡水飯、不落家等婚俗。至於脫殼、打轟轟、散船盒、回腳步等已一一消亡。[11]

阜沙方面，阜沙地區婚姻風俗最大的變革，是「盲婚」變「明婚」，男女雙方自選對象，雙方各自徵求父母意見，並爭取父母贊同，到法定年齡，到當地人民政府辦理婚姻登記，領取結婚證書，之後擇定日期舉行婚禮。婚禮儀式新事新辦，迎娶方式，隨著社會進步不斷改進，上世紀七〇年代由用艇接新娘改為用自行車隊迎娶；九〇年代改用摩托車隊迎娶；一九九五年後阜沙地區公路四通八達，改用汽車，沿途燃放鞭炮。[12]

橫欄方面，隨著社會的發展，橫欄人的婚嫁習俗也發生很大變化。一些帶有封建色彩或者低級庸俗的習俗已逐步被拋棄，如開年生、開禮單、拿茶葉、玩新娘、散船盒等現已基本消失。採花枝、點燭、掛字等儀式也逐步淡化。不落家的婚俗也不存在。[13]

民眾鎮方面，解放前，新婚婦女三朝回門後不是立即落住夫家，只有長輩生日或喜慶、喪事，男家通知才返男家，且事後即回娘家，起碼一年以後或有身孕才正式「落家」長住（有的十三歲結婚待到十七、八歲才落家）。解放後，政府要廢除封建陋習，婚禮逐漸從儉、

---

11 《小欖民俗風情》（中山市：中山建斌中等職業技術學校印，2015年），頁24、頁28。
12 參看阜沙鎮地方誌編纂委員會編：《阜沙鎮誌》（未刊稿）。
13 參看橫欄鎮地方誌編纂委員會編：《橫欄鎮誌》（未刊稿）。

從簡，結婚後隨即「落家」的也越來越普遍。[14]

　　港口鎮方面，解放後，在政府的大力宣導下，越來越多的城鄉青年廢棄舊式婚禮鋪張浪費的繁瑣禮儀，以茶會的形式舉行集體婚禮或旅遊結婚。[15]

　　三角鎮方面，結婚儀式，新舊過程大同小異。隨著社會的發展，時代的進步，對一些繁瑣的習禮，人們都以省時、簡便、通情、文明的方式去逐漸取代。[16]

　　小欖鎮的五埒、高沙、績麻沙、烏沙等地的婚俗在進入現代社會後，發生了不少變遷。當然，可以想像到整個沙田區各村落的變遷速度率是不一致的。這四條村子距離小欖城區中心比較遠，經濟上依然保持原來傳統的農業耕作方式的，因此，在婚俗儀式上更多保持著過去的婚俗，五埒、高沙、績麻沙、烏沙的婚俗風貌具有一種雙重性，即是既現代又傳統。這四條村子這些文化是殘存著沙田區的婚俗某些文化要素，這些文化要素可以讓田野調查者在無法直接了解上一代的文化軌跡時，它是可以提供有力的線索。[17]

第五節　傳媒的干擾

　　中山市的廣播是普通話和廣州話，影響沙田人最大的是廣州話廣

---

14 參看民眾鎮地方誌編纂委員會編：《民眾鎮誌》（未刊稿）。

15 參看港口鎮地方誌編纂委員會編：《港口鎮誌》（未刊稿）。

16 參看三角鎮地方誌編纂委員會編：《三角鎮誌》（未刊稿）。

17 參考林敏霞：〈平話人婚俗變遷圖像——以南寧市郊平話人村落為例〉，《平話人圖像》（哈爾濱市：黑龍江人民出版社，2008年），頁32。

　　參考容觀夐（1922-）：《人類學方法論》（南寧市：廣西民族出版社，1999年），頁17。

　　參考（英）愛德華・泰勒著（1832-1917）、連樹聲（1927-）譯：《原始文化——神話、哲學、宗教、語言、藝術和習俗發展之研究》（桂林市：廣西師範大學出版社，2005年重譯本），頁56-130談論到文化研究的殘存法。

播。中山市沙田話雖然好像暫時不見到出現瀕危現象，但是中山沙田
人一般與人打交道是用廣州話，因此，何惠玲（本書第二筆者）便認
為沙田話出現變異，是傾向廣州話方面發展。小孩教育，全是用普通
話，不單在家裡說起普通話，還要大人們也要說起普通話來跟他談話。

筆者在調查沙田話時，許多老人家不禁說起現在的沙田話已不地
道了，是年輕人多說了廣州話，因此在家裡說起的沙田話是帶有濃厚
的廣州音。不單如此，沙田區以外的客家話鎮、閩語鎮區也是如此，
年輕人多使用廣州話。那麼，廣州話是整個中山市的第一交際語言。
中山人愛用廣州話作為交流語言，是仰慕廣州先進的文化、漸漸地放
棄了自己的沙田話，也可以說是廣州文化影響了語音的趨向，這其實
是一種文化心理的表現。何惠玲說，沙田話變異的基本是受廣州話影
響，不是普通話，她認為變來變去還是粵語。

沙田話是粵方言的粵海片，同屬於同一語系內的語言，具有發生
學上的親屬關係，在聲、韻、調等方面與廣州話接近，作為強勢語言
的廣州話，在語音、辭彙、語法等方面對沙田話影響很大，這決定了
對沙田話日後有不利發展。[18]試以聲調來說，沙田區的陽去調值是
21，但現在許多已說成22，22是廣州話的陽去調值。又從韻母來說，
古止攝開口三等韻與精、莊兩組聲母相拼時，這此字在廣州話韻母是
讀 i，但沙田話是讀作 y，這是中山沙田話粵語順德腔的一個最大的
特點。但是，在調查時不少人已把部分字讀成 i，不單是年輕人問
題，連橫欄鎮四沙的馮林潤（1935年）、阜沙大有圍吳財輝（1950
年）等人也出現了這個問題。另一個例子，沙田話最大特色是部分古
宕開一、宕開三、宕合一、宕合三、江開二、梗開二、梗合一、梗合

---

18 參看鄧佑玲（1966-）：《民族文化傳承的危機與挑戰 土家語瀕危現象研究》（北京市：
民族出版社，2006年），頁247。

二、曾合一、通合一 ɔŋ、ɔk 韻母讀作 œŋ、œk，但有些地方的老人完全讀成廣州話的 ɔŋ、ɔk，韻母不再是讀作 œŋ、œk，如浪網的鄧巨昌（1937年）等人。這就是一些沙田區老人家常說現在的沙田話已不正宗的原因之一。因此，現在已看見沙田話開始在老中青不同組別上的人也出現消亡特點。因此，不能少看廣播語言的干擾力量。

第六節　小結

一　有序與非有序的變遷

　　沙田民俗的變遷，一些是有序的變遷，如以鹹水歌唱國家領導人、唱共產黨、唱農業生產，唱新社會建設，唱古詩詞，這是一種自我調適，是漁文化適應著時代變遷、政治變遷的需要。這只是歌唱內容的變遷，但歌曲卻是不變。所以沙區田鹹水歌既是適應著變遷，同時傳統又規範和制約著變遷，這就是有序的變遷。至於茅寮、五行命名、婚嫁，是沙田人民進入了現代文化系統，不能不拋棄傳統，割裂傳統，這是一種非常態的變遷，是非有序的變遷。

二　民俗文化對語言的影響

　　文化不僅影響語言系統，也決定著語言的指稱內容和方式。文化對語言的影響，最容易看到就是落在辭彙身上，[19]因為民眾遇到需要用語言來描述客觀的事物時，他們便會創造出各種名詞。[20]語言和文

---

19 文化對語言的影響，不僅僅表現在文字裡、還涉及到辭彙、語音、語法。

20 文化對語言的影響，一般容易在辭彙表現出來，因此對辭彙的分析可以看出某種文化的基本重心是甚麼。

化，兩者之間是存在著千絲萬縷的聯繫，不同的民俗文化及歷史時代背景變遷，便對語言有著不同的影響。這些的影響，語言會在時間的推移而產生變更，可以是增加了辭彙，可以是表達法的改變，也可能是對於那些低頻詞出現淘汰現象。不單如此，甚至某些詞彙會完全的淘汰，所以物產會對語言產生了很大的影響。也可以這樣子說，當社會出現更迭，民俗便出現變遷，這時候，語言就會發生質的改變。

文化所包含的範圍是很廣的，包括了制度、應用、觀賞、政治、物質、心理、民俗等的文化。以上的文化會對語言會產生影響，這裡便以民俗文化來談談。

漁諺是舡族的文化特徵，[21] 是表現於明清年代該族群文化從打魚而積累於語言之中，通過獨特的語言流傳於民間。這些漁諺反映沙田舡民文化特色，也體現了沙田舡族的文化底蘊。但是，當中山沙田舡民上了岸後，打魚已經對他們來說已是不甚重要，所以漁諺慢慢在沙田人口頭裡慢慢消亡。當沙田人從漁文化轉成稻作文化，他們的口頭裡便開始出現耕作經驗的總結，因而出現了現在豐富的農諺。沙田人的言語就從漁諺語言變成農諺的語言。

昔日從漁文化遺傳下來的婚嫁程式，是水鄉一大特色。當遇上經濟改革後，這些漁文化的婚嫁程式便壓縮下來或轉變，不再出現婚嫁儀式上，這些詞兒也不再出現口頭裡，年輕人不會再說壓蔞腳、撈蝦仔，把壓蔞腳說成訂婚，把撈蝦仔說成哭嫁，實際上今天沙田人婚嫁裡已不留存哭嫁。不單如此，採花枝、上契、脫契、除婆、掛新字、開面、打轟轟、渡水飯、回腳步、朝神、散船盒、不落家等也消失口頭裡。老人家跟年輕人說起，年輕人也不知道是甚麼一回事。

五行命名的文化，在漁文化的年代裡，是他們祖先遺留下來的一

---

21 漁諺、農諺也是口承文藝的文化。

種特別的命名文化，當轉成了農業社會，這種命名文化雖然是還有留存的，但已是稀有的，不是普遍現象。

因此，以上這些的改變，從重視到輕視甚至去到消亡，不再留存在生活的口頭裡，這正正是民俗文化對語言的影響。也是說文化的轉換，對語言會產生明顯的影響。

沙田人的文化變遷是一種大變化，是從許多的小變化而積累的結果。由於紛繁多變的歷史及文化背景的消亡，沙田話未來的發展和變化，最終是失去活力而枯竭，或許是筆者的悲觀看法。

三　語言對民俗文化的影響

文化的發展會影響語言，但是語言反過來也能影響文化的發展。

語言是社會文化的現象，因此，不能不重視語言與社會和文化的聯繫；語言是文化的凝聚體，語言是文化的載體，是文化傳播和延續的工具，語言要素都蘊含著一定的文化內容，體現著一定的文化特點。因此，語言不僅反映人們的思維方式，還反映著一定的社會文化。

說語言最能反映出一個地方社會的發展進程，那麼，沙田區的語言也是最能反映沙田地方社會發展的進程，沙田的農諺是反映沙田區民眾是從漁文化進展到稻作文化的發展。所以語言是文化發展的一面鏡子，沙田發展很大程度上是在群體的漁文化語言習慣的基礎上，不知不覺地轉成稻作語言習慣文化。最後，又隨著改革開放，中山市沙田區各鎮也開發成工商業城市，農諺這些稻作語言習慣文化也開始退下來，轉成了工商業語言習慣文化。這就是語言對沙田民俗文化的影響。

語言和文化是互相聯繫的，一定要指出它們之中的因果關係幾乎

是不可能的。[22]所以，語言與文化的關係是一種相互交織、糾纏的共
變關係。

22 F.普洛格、D. G.貝茨著，吳愛明（1964-）、鄭勇譯，黃坤坊審校：《文化演
進與人類行為》（瀋陽市：遼寧人民出版社，1988年），頁329。

參考文獻

一　古籍、史料

〔元〕王　禎　《王禎農書》　北京市　中華書局　1956年

〔宋〕周去非　《嶺外代答》　《欽定四庫全書》　臺北市　迪志文
　　　化出版社　1999年文淵閣四庫全書電子版　史部十一

〔明〕羅曰褧　余思黎點校　《咸賓錄》　北京市　中華書局　2000年

〔清〕屈大均　《廣東新語》　〔清〕康熙三十九年〔1700〕序　出
　　　版者不明

〔清〕祝淮主修　黃培芳等輯　《香山縣誌》　〔清〕道光七年〔
　　　1827〕本衙藏版

龍廷槐　《敬學軒文集》　《北京師範大學圖書館藏稀見清人別集叢
　　　刊》　桂林市　廣西師範大學出版社　2007年

二　專書

〔英〕愛德華・泰勒著　連樹聲譯　《原始文化──神話、哲學、宗
　　　教、語言、藝術和習俗發展之研究》　桂林市　廣西師範大
　　　學出版社　2005年重譯本

《中國民族古文字研究》編　《中國民族古文字研究》　北京市　中
　　　國社會科學出版社　1984年

F.普洛格、D. G.貝茨著　吳愛明、鄭勇譯　黃坤坊審校　《文化演進與
　　　人類行為》　瀋陽市　遼寧人民出版社　1988年

中山市非物質文化遺產保護中心編　《中山原生態民歌民謠精選集》　廣州市　廣州音像教材出版社　2011年

丘斌存　《廣東沙田》　曲江市　新建設出版社　1941年　藏於廣東省立中山圖書館特藏部

石人光、陳有利編　《寧波天氣諺語與農諺》　北京市　中國農業科技出版社　2000年

吳水田　《話說蜑民文化》　廣州市　廣東經濟出版社　2013年

吳競龍　《水上情歌——中山鹹水歌》　廣州市　廣東圖書出版社　2008年

依眾選輯　《舟山漁諺》　杭州市　浙江人民出版社　1963年

東莞市政協、暨南大學歷史系主編　《明清時期珠江三角洲區域史研究》　廣州市　廣東人民出版社　2011年

邵同斌主編　《讀農諺・知農事》　北京市　化學出版社　2010年

胡樸安　《胡樸安中國風俗》　長春市　吉林人民出版社　2013年　下冊

容觀夐　《人類學方法論》　南寧市　廣西民族出版社　1999年

徐傑舜、覃稅鈞等　《平話人圖像》　哈爾濱　黑龍江人民出版社　2008年

馬建釗等主編　《華南婚姻制度與婦女地位》　南寧市　廣西民族出版社　1994年

張壽祺　《蛋家人》　香港　中華書局　1991年

梁華海、何耀雄編　《小欖民俗風情》　中山市　中山建斌中等職業技術學校印　2015年

陳澤泓　《廣府文化》　廣州市　廣東人民出版社　2007年

傅安輝、余達忠　《九寨民俗——一個侗族社區的文化變遷》　貴陽市　貴州人民出版社　1997年

傅寶榮、中山市坦洲鎮宣傳文化中心編　《坦洲鹹水歌集》　出版社
　　　資料不詳　2009年珍藏版

曾棗莊、劉琳主編　《全宋文》　上海市　上海辭書出版社　合肥市
　　　安徽教育出版社　2006年

程煥文、吳滔主編　《民國時期社會調查叢編 三編 嶺南大學與中山
　　　大學卷》　福州市　福建教育出版社　2014年

馮　江　《祖先之翼——明清廣州府的開墾、聚族而居與宗族祠堂的
　　　衍變》　北京市　中國建築工業出版社　2010年

馮林潤　《中山市橫欄鎮四沙簡介》　未發表

馮林潤　《沙田民俗》　廣州市　廣東旅遊出版社　2008年

馮林潤　《沙田拾趣》　北京市　中國文聯出版社　2001年

馮國強　《珠三角水上族群的語言承傳和文化變遷》　臺北市　萬卷
　　　樓圖書公司　2015年

黃永豪　《土地開發與地方社會——晚清珠江三角洲沙田研究》　香
　　　港　文化創造出版社　2005年

楊湛等編　《嶺南風情畫》　北京市　中國輕工業出版社　2007年

葉春生、凌遠清編著　《順德民俗》　北京市　人民出版社　2005年

詹伯慧主編　《廣東粵方言概要》　廣州市　暨南大學出版社　2004年

詹伯慧、張日昇主編　《珠江三角洲方言綜述》　廣州市　廣東人民
　　　出版社　1990年

趙龍明等編　《橫欄印記》　廣州市　羊城晚報出版社　2016年

劉居上　《香山婚俗》　廣州市　廣東人民出版社　2016

廣州香山公會編　《東海十六沙紀實》　廣州市　廣州香山公會初印
　　　1911年　藏於廣東省立中山圖書館特藏部

廣東省民族研究所編　《廣東疍民社會調查》　廣州市　中山大學出
　　　版社　2001年

鄧佑玲　《民族文化傳承的危機與挑戰 土家語瀕危現象研究》　北京市　民族出版社　2006年

龍葆誠　《鳳城識小錄》　出版地不詳　〔清〕光緒乙巳年〔1905〕順德龍氏攸園刊本　今藏於廣東中山圖書館之特藏部

譚棣華　《清代珠江三角洲的沙田》　廣州市　廣東人民出版社　1993年

蘇照恩主編　《黃圃歷史文化》　珠海市　珠海出版社　2010年

三　地方誌

《廣東省中山市地名誌》編纂委員會編　《廣東省中山市地名誌》　廣州市　廣東科技出版社　1989年

中山市小欖鎮地方誌編纂委員會編　《中山市小欖鎮誌》（1152-1979）　廣州市　廣東人民出版社　2012年　上冊

中山市地方誌編纂委員會編　《中山市誌》　廣州市　廣東人民出版社　1997年　上冊

中山市地方誌編纂委員會編　《中山市誌》　廣州市　廣東人民出版社　1997年　下冊

中山市坦洲鎮地方誌編纂委員會編　《中山市坦洲鎮誌》　廣州市　廣東人民出版社　2014年

民眾鎮地方誌編纂委員會編　《中山市民眾鎮誌》（未刊稿）

何端有編　《中山市東鳳東罟村誌》　內部流通　出版地和印刷年分不詳

佛山地區革命委員會　《珠江三角洲農業誌》編寫組編《珠江三角洲農業誌》初稿（一）　中國　出版地不詳　1976年

板芙鎮地方誌編纂委員會編　《中山市板芙鎮誌》　未刊稿

阜沙鎮地方誌編纂委員會編　《中山市阜沙鎮誌》　未刊稿

珠江三角洲農業志編寫組　《珠江三角洲農業志　堤圍和圍墾發展史》（初稿）　佛山市　佛山地區革命委員會《珠江三角洲農業志》編寫組　1976年

郭汝誠撰　《順德縣誌》　咸豐癸丑〔1853〕刻　板藏公署

劉稚良　〈沙田志初稿〉　《中山文獻》　中山市　中山縣文獻委員會編印　1947年

四　期刊

〔日〕西川喜久子、翟意安譯　〈清代珠江下游地區的沙田〉　《中山大學研究生學刊》（社會科學版）　廣州市　中山大學研究生院　2001年　第3期

甘於恩、吳芳　〈廣東順德（陳村）話調查紀略〉《粵語研究》　澳門　澳門粵方言學會　2007年12月　第2期

吳建新　〈清代墾殖政策的兩難選擇——以珠江三角洲沙田的放墾與禁墾為例〉　《古今農業》　北京市　全國農業展覽館（中國農業博物館）　2010年　第1期

彭小川　〈南海沙頭話古云、以母字今讀初析〉　《中國語文》　北京市　中國社會科學出版社　1995年　第6期

彭小川　〈廣東南海　（沙頭）方言音系〉　《方言》　北京市　商務印書館　1990年2月　第1期

葉顯恩、林燊祿　〈明清珠江三角洲沙田開發與宗族制〉　《中國社會經濟史研究》　廈門市　廈門大學歷史研究所　1998年　第4期

蕭鳳霞、劉志偉　〈宗族、市場、盜寇與蜑民——明以後珠江三角洲的族群與社會〉　《中國社會經濟史研究》　廈門市　廈門大學歷史研究所　2004年　第3期

高　然　〈中山人與中山方言〉　《南方語言學》　廣州市　暨南大
學出版社　2016年5月　第10期

五　畢業論文

梁靜文　《試析中山鹹水歌的風格因素——以鹹水歌〈對花〉為例》
廣州市　廣州大學音樂舞蹈學院畢業論文　2014年
郭淑華　《澳門水上居民話調查報告》　廣州市　暨南大學碩士論文
2002年
蔡燕華　《中山粵方言的地理語言學研究》　廣州市　暨南大學碩士
論文　2006年
駱嘉禧　《長洲蜑民粵方言的聲韻調探討》　香港　香港樹仁大學畢
業論文　2010年
羅佩珊　《香港筲箕灣與周邊水上話差異的比較研究》　香港　香港
樹仁大學畢業論文　2015年
萬小紅　《從香港漁民姓名的特色看漁民文化》　香港　香港理工大
學中文及雙語學系碩士論文　1996年
葉賜光　《香港西貢及其鄰近地區歌謠研究》　香港　香港中文大學
音樂系哲學碩士畢業論文　1989年

六　報告

李兆鈞　〈香港白話蛋民民俗的承傳〉　2002年　（未刊報告）
徐　川　〈石排灣的漁業〉　2001年　（未刊報告）
陳贊康、何錦培、陳曉彬　〈香港四行人命名文化〉　2002年　（未
刊報告）

七　研討會論文集

文　豪　〈陽江地區蜑民的婚俗〉　《蜑民文化研究（二）——第二屆蜑民文化研討會論文集》　香港　香港出版社　2014年

甘於恩　〈三水西南方言音系概述〉　《第二屆國際粵方言研討會論文集》　廣州市　暨南大學出版社　1990年

徐贊源、胡國年　〈澳門漁民婚嫁禮俗〉　《蜑民文化研究——蜑民文化學術研討會論文集》　香港　香港出版社　2012年

陳忠烈　〈從婚俗看蜑民俗的演變——以珠海斗門水上人婚嫁為中心的考察〉　《蜑民文化研究（二）——第二屆蜑民文化研討會論文集》　香港　香港出版社　2014年

楚秀紅　〈中山疍民與鹹水歌〉　《疍民文化研究——疍民文化學術研討會論文集》　香港　香港出版社　2012年

劉居上　〈鹹水歌溯源〉　《蜑民文化研究——蜑民文化學術研討會論文集》　香港　香港出版社　2012年

鄭偉聰　〈小欖話變調現象初探〉　《第二屆國際粵方言研討會論文集》　廣州市　暨南大學出版社　1990年

八　網際網路

（http://www.jcjob.cn/information?id=110253）

小欖傳統的婚禮舊俗　發佈時間　2015年05月26日

後記

　　這一本書終於殺青了，最大功勞要歸於中山市社會科學界聯合會胡波主席。二〇一三年十一月，在第二屆疍民文化學術研討會裡，我方認識主席，就表示希望他能夠以非官方形式協助我進行沙田話調查，他二話不說，便點點頭答應了。胡博士曾任電子科技大學中山學院人文社科系主任，我猜他認為調研是一項艱辛的科研工作，是很不容易的，尤是來自外地的人，人生路不熟，所以方這麼爽快便答應了我的要求。二〇一四年到了中山，胡主席安排他的好友胡三白協助我，胡三白是駕駛其私人汽車幫助我從早到晚到十多個鎮區和西區街道進行長時間的方言調查。三白兄是早已退休人士，否則不能夠如此從早到晚協助我到處去跑的。

　　胡三白，中山人，著名詩人，詩作有《浮草》、《雨寒詩草》、《雨寒詩聯》等，筆者獲贈一本《雨寒詩聯》，幸甚！此外，三白兄也是詞人、書法家、謎學家（燈謎）、民俗學家。三白兄博學廣聞，因此他是沙田的活字典，他常利用一些空閒時間，除了給我講解不少中山沙田民俗外，也不時談及西海十八沙和東海十六沙成沙時間和分布，讓我初步了解香山沙田來源。在離開中山那天早上，三白兄再跟我談論十八沙和十六沙的成沙問題，這一談，便談了兩個多小時。關於香山成沙問題，便引起我要找東海十六沙和西海十八沙的書籍。結果一找，便找到廣東省中山圖書館特藏館裡去。

　　馮林潤（1935-2015），中山橫欄鎮四沙貼邊人，馮公是書法家、鹹水歌導師、沙田民俗者。馮公除了協助我進行貼邊沙田話的調查，

不忘告訴我甚麼是鹹水歌，還送了他的大作《沙田民俗》和大量鹹水歌資料和書法作品給我。此外，他除了即興給我唱了鹹水歌、高堂歌、姑妹歌、大嘗歌四種不同類型的鹹水歌，更講解當中的區別之處，也介紹一位板芙鎮鹹水歌歌手梁惠珍女士給我認識，她也唱了不少鹹水歌讓我學習。再者，在我寫到西海十八沙和東海十六沙時，馮公幫我核對各片沙洲於現在實在是應歸屬於那一個鄉鎮，在這裡要跟他道謝一番。可惜，馮公於二〇一五年十二月三十一日仙逝了，無從道謝，很難過。他於我來說，他是沙田民俗、沙田話的一本活字典。他走了，我頓時覺得有所失落。馮公為人，他的好友黃圃二村三社坊蘇照恩兄稱他一生樂觀和不逐利，蘇兄所言甚是。

梁靜文，中山沙朗人，她的本科專業是音樂，其畢業論文是《試析中山鹹水歌的風格因素——以鹹水歌〈對花〉為例》，這是一份寫得很不錯的論文，能讓我真真正正首次從專業角度認識鹹水歌面貌，我這本書也引用她的論文資料。

何惠玲，小欖人，碩士論文是《中山粵閩客方言聲母比較研究》，是與我一起合作寫這一本書的。雖然她只是負責寫漁諺這一部分，也給我整理小欖話同音字匯，應該說是進行了大量資料的補充。調查漁諺是很困難的，主要是沙田人早已離開了海洋打魚或半漁半農狀況，漁諺已遺忘很多。我們先後在不同鎮區政府協助下開了不少大大小小的座談會，來的人很多，可惜收穫不大。在調查時，他們竟然出現悵惘若失的樣子，要互相討論，要在他們的回憶裡尋找那已遺忘很久很久的漁諺，漁諺對他們來說竟是生疏的。我認為漁諺是中山市瀕危的非物質文化遺產，她這個蒐集工作是很有意義，也是中山市第一個人走出來寫漁諺的人。當我返港後，她還要用上一年半時間去蒐集，很感謝她這一份堅持。在這裡也進行一點交代，何老師與我一樣先後給中山市各鎮寫方言誌，不少部分是重疊的，如阜沙、南頭、港

口，有些是合作來寫，如橫欄鎮方言。由於大家都是方言調查同行者的關係，我們經常的話題便離不開中山方言，當然也討論中山一些方誌的方言部分出了甚麼錯誤。

吳桂友，原是橫門社區涌口門漁民，卻很早上上岸打工，會為鹹水歌填詞，是我在二○○二年認識的一位老朋友。他是南朗鎮鹹水歌的著名導師之一，他的學員不少在鹹水歌比賽裡獲得大大小小的獎項。二○○二年，他在橫門看見我率領的二十多名學生，便主動跟他們交談起來，知道他們要來了解鹹水歌和疍民民俗。他便主動協助我的學生認識鹹水歌，也協助他們在中山進行疍民方言和民俗的調查。後來，我也前來中山調查，他也盡力協助我，不時抽空協助我到處跑，到處去調查疍語。今次寫這本書，他也全力協助何惠玲老師進行漁諺調查，找了不少疍民朋友出來配合這艱辛的工作，給了她很大方便。

我能夠寫好中山沙田與順德人疍民的關係，是得到廣東省中山圖書館特藏部給了我很大的方便。除了辦卡部特快給我辦了一張讀書卡外，特藏部也能讓我可以靜靜地在閱覽室抄錄《東海十六沙紀實》、《鳳城識小錄》和《廣東沙田》。

還要道謝的，是各鎮鎮誌、宣傳辦、黨政辦、文體教育局、文聯、共青團委書記和鎮委主任們給了我大力支持，最重要是不介意我三番四次重來鎮區下的村子繼續尋找合作人來進行深度調查和核對同音字匯。

蘇照恩，中山黃圃鎮二村三社坊人，他是「黃圃飄色」省級非遺名錄代表性傳承人、黃圃歷史文化學者。他除了協助我進行黃圃方言調查，也常常讓我通過微信途徑再得到許多黃圃民俗和方言資料，以補在黃圃調查時不足之處。我的另一個重大的收穫是照恩兄也送了他主筆的《黃圃歷史文化》一書給我，讓我知道更多黃圃的歷史。

　　有一位朋友很值得要道謝一聲，他是珠海市桂山港澳流動漁民辦公室梁超雄主任，我在《珠三角水上族群的語言承傳和文化變遷》一書的後記向他道謝過的。他除了大力幫助我在珠海調查水上人的舡語，也開車送我到中山坦洲鎮新合村、神灣鎮定溪村、橫欄鎮進行調查。

　　文豪，江西南昌人，陽江職業技術學院教授，她在廣州大學吳水田教授那裡知道我想了解舡民凌晨迎親的情況，二話不說就在二〇一六年八月一日開始在陽江市的東平、閘坡、沙扒調研這幾個鎮的凌晨迎親習俗，在八月八日就把調研結果告訴我，在此衷心感謝她。

　　何廣棪，他是前臺北華梵大學東方人文思想研究所所長、博導教授、前香港樹仁大學教授、前新亞研究所教務長，他認同我此書的學術價值，一再大力推薦給臺灣萬卷樓，讓本書得以順利出版。

　　《中山市沙田族群的方音承傳及其民俗變遷》是我第三本在萬卷樓出版的書，這裡要多謝梁錦興總經理大力支持，讓本書能夠順利付梓，筆者特向出版社諸同仁致以崇高敬意。

　　最後，此書如有甚麼錯誤和缺點，敬請海內外學者不吝指正。

馮國強

二〇一八年八月八日

於香港樹仁大學

語言文字叢書 1000013

中山市沙田族群的方音承傳及其民俗變遷

作　　者　馮國強、何惠玲

責任編輯　廖宜家

發 行 人　陳滿銘

總 經 理　梁錦興

總 編 輯　陳滿銘

副總編輯　張晏瑞

編 輯 所　萬卷樓圖書股份有限公司

排　　版　林曉敏

印　　刷　百通科技股份有限公司

封面設計　百通科技股份有限公司

發　　行　萬卷樓圖書股份有限公司

　　　　　臺北市羅斯福路二段 41 號 6 樓之 3

　　　　　電話 (02)23216565

　　　　　傳真 (02)23218698

　　　　　電郵 SERVICE@WANJUAN.COM.TW

香港經銷　香港聯合書刊物流有限公司

　　　　　電話 (852)21502100

　　　　　傳真 (852)23560735

ISBN 978-986-478-215-4

2018 年 8 月初版一刷

定價：新臺幣 460 元

如何購買本書：

1. 劃撥購書，請透過以下郵政劃撥帳號：

　　帳號：15624015

　　戶名：萬卷樓圖書股份有限公司

2. 轉帳購書，請透過以下帳戶

　　合作金庫銀行　古亭分行

　　戶名：萬卷樓圖書股份有限公司

　　帳號：0877717092596

3. 網路購書，請透過萬卷樓網站

　　網址 WWW.WANJUAN.COM.TW

大量購書，請直接聯繫我們，將有專人為

您服務。客服：(02)23216565 分機 610

如有缺頁、破損或裝訂錯誤，請寄回更換

國家圖書館出版品預行編目資料

中山市沙田族群的方音承傳及其民俗變遷 ／

馮國強, 何惠玲著. -- 初版. -- 臺北市 ： 萬卷

樓, 2018.8

　　面 ；　　公分. -- (語言文字叢書 ；1000013)

ISBN 978-986-478-215-4(平裝)

1.粵語　2.方言學　3.語言社會學

802.5233　　　　　　　　　　　　107016339